徳間文庫

つばき、時跳び

梶尾真治

徳間書店

目次

1

百椿庵《ひゃくちんあん》というのは、わが家のことだ。その証拠に、玄関の軒《のき》に掲《かか》げてある木の板に彫られている。

「百椿庵」と。

曾祖父の字だろうか。

わが家は、古い屋敷で四百坪を超える敷地のほとんどが庭だ。二階建ての日本家屋が、七十坪というところか。

門を入ると、家屋の玄関まで、二十メートルほど両脇に庭を見ながら玉砂利の道を歩かなければならない。そして植えられている樹木のほとんどが椿《つばき》だ。

もちろん、サルスベリや槙《まき》の木、桜などの樹木もあるにはあるが、圧倒的に多いのが椿だ。それも地植えされているものだけではなく、古く巨大な鉢も無数にあり、それにも椿が鉢植えされている。

わが家の歴史は、子供の頃からあらためて聞いたことがないが、祖先から代々住み続けてきたというのではなさそうだ。それは祖母から聞いたことがある。同時に、植えられている椿は、熊本だけの特殊な種類である「肥後椿《ひごつばき》」であることを知った。

熊本は、昔から園芸の盛んな土地だったらしい。武士、町民と身分のちがいを超えて、肥後だけの特殊な花々を生み出す努力を続けていたそうだ。道楽なのか、求道的な意味を持つのかはわからない。肥後花菖蒲《はなしょうぶ》、肥後芍薬《しゃくやく》、肥後朝顔、肥後菊、肥後山茶花《さざんか》に合わせて「肥後六花」というらしい。普通の山椿と比較しても、花芯が特徴的だ。これほどに椿に種類があるのかと思えるほど品種が多い。花芯が豪華で、花びらも一重から薔薇状の華麗なものまであって、百品種をはるかに超えるらしい。

色も、ピンクから紅、白とさまざまで、一枚の花弁に数種の色が混じりあっているものもある。

うちのいくつかには、誰が吊るしたものか、「錦司香《きんしこう》」とか「肥後白雪《しらゆき》」とかの品種名が木の板に書かれている。

一月から四月の季節は、それぞれの品種が次々に咲き乱れ、わが家の庭でありながら、息をのむほどの光景となる。

そんなロケーションの家に、私は一人で住んでいる。

熊本市の郊外。城下町からもはずれた花岡山《はなおかやま》の中腹に、この家はある。花岡山とはいうものの、標高百メートルと少しの丘という方が、ぴったりくるような場所だ。

うちの家系は代々商家を営んでいて、その自宅用にと、第二次世界大戦の終戦後、廃屋《はいおく》同然だったこの家を買った。

曾祖父が買ったとき、肥後椿は、すでに庭に無数に植えられていたということを聞く。そこに惚れこんで曾祖母は購入を決めたということだが。無人の時期が永く続き、荒れてはいたが、大幅な改修を施《ほどこ》さなくても丈夫な造りだったため、すぐに人が住める状態になったという。

人が住まないと家は荒れるらしい。

私がこの家に住むことになったのは、それが一番の理由だ。

祖父の代に商売をたたみ、父は勤め人になった。勤め人といっても、全国を転勤してまわるメーカー勤務だ。

私は、大学卒業後、一般の会社に就職し、しばらく勤め、その間に趣味で書いていた歴史小説が娯楽小説コンテストの優秀作に入り、それを機会に、専業作家の道を選んだ。

百椿庵に住んでいた祖父と祖母が同時期に亡くなり、父から話があった。作家という仕事に強く反対していた父だったが、他に方法はないと考えたのだろう。

「祖父《じい》さんの家に住まないか。作家という仕事は、どこでもやれるんだろう」

私は、正直、驚いた。父は、住み手がない祖父の家など、すぐに売りはらうだろうと考えていたのだ。

「家賃はとらない。固定資産税は父さんが納める。住んで、手入れしておいてもらうだけでいい。いい条件だと思わないか？」

いい条件だと思った。三十歳を過ぎているのに独身という私は、何も拘《こだ》わるものがない。

「古い家だよ」

「ああ、父さんが定年になったら、帰ってきて、あそこに住むつもりでいる。それまで、荒れさせたくないんだ」

父は、家に愛着を持っているらしい。岡山の支店長の身では、そう簡単に家の手入れをする時間が作れないようだった。

昔、父の転勤で、私も一年ほど祖父母と両親と、百椿庵に住んだことがあった。小学四年生の頃か。今は嫁いでしまった父の妹もいて、なかなか賑《にぎ》やかな家族の暮らしを体験した。そんな、いい思い出しかない。

だから、「いいよ」と引き受けた。

母が父に釘を刺していたのも知っている。

「お祖父さんの家、幽霊がいたじゃない」

父は母に平然として言った。

「ああ、だが、あの幽霊は女にしか見えないらしい。俺は子供の頃から、一度も見ていない」

「私は、見たわ。あの一年で三回も見たわ」

「しかし、惇《じゅん》は男だ。だから大丈夫だ」

そして、私は百椿庵で生活をすることになった。パソコンとファクシミリを据えて。

母親は心配性だった。夜、父が帰宅していない時間に岡山から長距離電話をかけてきて、様子を聞きたがった。

〝様子〟というのは、幽霊のことだった。

「百椿庵はね、幽霊が棲んでいるんだよ。父さんとの新婚のとき、しばらく住んでたときも見たし、一年間の熊本勤務のときも見た。必ずいるんだよ。女の人の幽霊」

そう、電話で断言した。

「奥の松の木の下に観音像があるでしょう」

そう母は指摘した。そのとおり。一メートルほどの高さの石の観音像が、まつられている。

「あの観音様は、ひいお祖母さんが、あまり幽霊が出るから、鎮《しず》めるために建てたんだそうだよ。でも、全然効果はなかったらしいけれど」

「私が見たって話したら、お祖母さんも、あんたも見たかねって、あのとき平然としておられた。女は皆、見るんだ。女の幽霊だからって」

「お父さんの妹さん。芳子《よしこ》さんも、悪さをするような幽霊じゃないわって、やはり言っていたものねぇ」

百椿庵は……ということで幽霊が出る。その心配性の母の電話も、最近は間隔が開くようになっている。

いくつかの出版社から、最近では、原稿があがったら見せてください、とまで言われているが、切迫《せっぱく》したた締切りというものはない。自己目標を設《もう》けて、自分が生活するのに必要な、最低、月に原稿百枚分くらいは書いていこうかと考えていた。そのための執筆環境だけは、整えておきたかった。

荷物らしい荷物は、辞書、各種の事典類くらいのものだった。書棚を片付けて、まる三日間をかけ、掃除をした。最初の日は、とりあえずの自分の生活空間に決めた、玄関から入ってすぐ右手の六畳の居間、そして奥の仏間に続く八畳の座敷。そして風呂場。お手洗。台所。

それだけで精一杯だった。

掃除機をたんねんにかけて、クモの巣まではらい、欄間《らんま》の埃《ほこり》まで吸いとった。畳も、棚も箪笥《たんす》も、そして廊下まで繰り返し雑巾《ぞうきん》がけをした。最初は赤い錆《さび》色の水しか出てこなかった水道も、透明な水になった。透明になった水を使って雑巾がけをする。洗うと真っ黒になる水を替えて、再び雑巾がけに挑む。雑巾を洗う水が濁《にご》らなくなるまで根を詰めて磨《みが》いた。

小学四年生の頃からは変化していることが、いくつかあった。五右衛門《ごえもん》風呂だった風呂場は、最新式のバスタブに変わり、シャワーまで備えられていた。汲《く》みとり式だったトイレは、水洗式になり、ウォシュレットタイプの便器に変わっていた。土間だった台所には、竈《かまど》が消え、代わりに床板が張られていた。

外観は、古《いにしえ》の屋敷のままだ。だが細部では、祖父母の生活様式も少しずつ現代化していたのだなぁと感心した。

二日目は、残りの部屋にかかった。仏間、六畳間が二部屋。書庫。そして階段。二階。

二階の戸を開くと、そこは、ほとんど倉庫代わりに使用されていたらしいことがわかる。長持《ながもち》や、巨大な箱、箪笥などが無秩序に置かれていた。木箱の類《たぐい》も何層にも積まれていた。その部屋の中の掃除までは、あきらめた。階段までを掃除の対象に決めた。

そして三日目は、庭に移った。門から入ってすぐ左手に、ひょうたん形の泉水《せんすい》がある。その水が藻《も》で濁っていたのでバケツで汲み出し、水を替えた。伸び放題だった芝生を芝刈機を使って、すべて刈りとった。

それで三日があっという間に経《た》った。何となく、人が生活しているという空間ができあがったという気がした。

夕方、縁側に腰を下ろし、買ってきた豆腐に納豆をのせ、それを肴《さかな》にしてビールを飲んだ。

縁側の正面に、横を向いた観音像が見える。両手を合わせ、穏《おだ》やかな表情で目を閉じていた。

平和だなと思う。広い屋敷に私一人だけ。

電話もかかってこないし、煩《わずら》わされるものは何もない。

2

梅雨に入った。夜更けの雨音が続く。

書いている歴史小説は、幕末の思想家、横井小楠《しょうなん》の幼馴染みの話だ。資料は揃えていたが、主人公と小楠の関わりを描くいくつかのエピソード部分で、はたと止まってしまっていた。

横井小楠は、幕末を描いた小説やドラマでもほとんど登場することはない。しかし、彼の思想に感銘し、教えを乞《こ》いに訪れたのは坂本龍馬、高杉晋作、西郷隆盛、吉田松陰という錚々《そうそう》たる人々。その影響力はいかに絶大であったかが、わかる。

私の小説に登場する幼馴染みは架空《かくう》の人物である。だが、小楠の人格の一部だ。

実は小楠は、酒癖が悪く、何度となく酒で失敗を繰り返すが、その卓越《たくえつ》した思想のため、幕末の要人たちに影響を与え続ける。そんな意志の弱さを兼ねた彼の良心としての人格を主人公にしようと考えていた。

もちろん、小楠と主人公のエピソードも、架空のものだ。

迷いに迷い、まる二日ほど思考は堂々巡りをしていた。

このようなとき、迷わずにどんどん書き進めるタイプもいるらしいが、私はちがう。ちゃんと頭の中で整合性が得られ、かつ、自分自身で納得できないと進められないタイプなのだろう。

また、書けなくなったときも、いくつかのタイプがあるという。仕事をストップして、外に出かけ、思いっきり遊んで気分転換する人。まんじりともせず、机に向かったまま、果てしなく思考を続ける人。

私は、後者のようだ。前者になりたくても、遊びにいく金もない。とりあえず三ヵ月で現在の作品を完成させ、印税を前借りするつもりでいた。むしのいい話だが。だが、こんなふうに迷っていては、三ヵ月はおろか、一年経っても完成しないのではないか。

そんな怯《おび》えと焦《あせ》りもある。

パソコンの電源を落とさないまま、私は横になって天井を見ていた。

外では、しとど降り続く雨の音と、青蛙が鳴く声。あとは、自動車の走る音さえ聞こえない。

灰皿には山になった吸殻。

除湿機を買えば、能率があがるだろうか。そんなことをぼんやり考えている自分がいる。

柱時計が唐突に鳴りはじめた。

それまでは止まっていたのを、掃除の途中で私は捩子《ねじ》を巻いて、昨日、生き返らせてしまっていたのだ。おかげで、真夜中に、柱時計の時報に慣れない私は、一時間ごとに目を醒《さ》ます結果となった。

時刻の数だけ、打つ音が聞こえる。十二回、午前零時だ。

私は、起きあがり、玄関横の六畳間から廊下に出た。お手洗は廊下を伝って、もう一つの六畳間の横を抜け、風呂場の入口手前を左に曲がる。用をすませ、廊下に戻る。

風呂場の角まできたときに、見た。

廊下の先、仏間と座敷の境あたり。

人影が立っていた。

一瞬、私の中から、さっと血の気が引くのがわかった。

あの影こそが、代々百椿庵に出没する幽霊なのか。

ぼんやりと闇の中に浮かぶように立っている。闇の中の影だから見えるはずがないと思うのだが、何かある……何かがいる……それだけは、はっきりわかるのだ。

私も立ちすくんでいた。

影は、数秒じっとしていて、それから仏間の中へ吸いこまれるように消えた。

思い出して、あわてて廊下の電灯のスイッチを入れた。

黒光りのする廊下が伸びているだけだった。仏間に駆けた。

六畳の仏間には誰もいない。仏壇の簾《すだれ》もおりたままだ。寸前まで誰かがいたという気配さえもなかった。

そのまま隣の座敷に続く襖《ふすま》も開いた。生暖かい空気が流れこんできたような気がしたが、やはり動くようなものはない。

明かりを消し、襖を閉め、廊下に戻った。

いったい何を見たのだろうと、確認するために記憶を順にたどってみた。もとのように廊下の明かりも落とした。

深夜の十二時を柱時計が知らせた。そしてお手洗に立ち、戻ってくる。闇の中に明度の異なる闇があり、立体的な影のように見えた。仏間の中に吸いこまれるように消えた。

あれは、立っていた。

散り散りに思考が断片化している。

人間だろうか。ぼんやりと人の形のように見えた。誰もが、この百椿庵には幽霊がいると言っていた。それも女性の幽霊だと。

あれでは、男性の幽霊か女性の幽霊かもわからない。影でしかなかったのだから。

父は言っていた。確かに幽霊は出るらしいが、女性にしか見えないそうだ。俺は見たことがなかった……と。

疲労していて幻覚を見たのだろうか。

その可能性は、ないとはいえない。パソコンの画面を長いこと眺め続けて、急に暗い場所を歩いたりしたから……。

その日は、パソコンの電源をそのまま落とした。とても仕事を続ける気になれなかったからだ。

布団に入っても、身体はだるいのに目だけが冴《さ》えわたり、なかなか眠りの中に入っていくことができなかった。

翌朝、目を醒《さ》ましたのは、九時をまわっていた。電話の着信音で起こされた。

岡山の母からの電話だった。

どうしてる、から始まる、いつもの様子うかがいの電話だった。私は、母に対しては何《な》故《ぜ》かいつも投げやりでぶっきらぼうな返答になってしまう。言葉の裏では、ほっといてくれよと叫んでいる。罰あたりかもしれないが。おまけに、そのときの私は寝起きの声だった。

「何だか無愛想だねぇ」

何も変わりはない。ちゃんとやってる。こちらは三十過ぎてんだぜ、といった返答のあとに最後の最後で一言つけ加えた。

「おふくろが、ここで見たって幽霊は、どんなんだよ。何時頃、どの部屋で見たんだ？」

「えっ」と絶句して、「惇ちゃん、見たんだ」と言った。

「見たのかどうか、わからない。眼の錯覚《さっかく》かもしれないし。夜中の十二時に変なものを見たような気はする」

「ふうん」と言った。案じる様子はなかった。ただ、好奇心は旺盛のようだった。

「着物着た女の人だった？」

「影だよ。着物かどうかはわかんなかったなぁ」

「おかしいねぇ。女にしか、あの幽霊は見えないってことになってるんだけれどねぇ」

「だから、わかんないって言ってるだろう。錯覚かもしれないって」

ふうんと言って、「母さんはね」と自分が目撃したときのことを話してくれた。

「最初は、二階。片付けものを整理して、人がいないし、疲れてたから、あの部屋でうたた寝してたの。午後二時過ぎかなぁ」

「え、あの埃だらけの部屋で？」

「そう、それで目を醒ましたら、階段のところから女の人が首だけ出して私を見ていたの。誰だろうって、二、三回瞬きしたら消えちゃってた。

それから二回目は、夏の午後。一人で留守番してたとき。あの廊下で昼寝したの。あの廊下、風が通って涼《すず》しいでしょう。だから、誰もいないから廊下に横になって。ひんやりして気持いいし。うとうとしていたら、女の人が、すたすたって、私の寝てる横を歩いてった。顔は見てない。

三回目は仏間。仏間のところの廊下。そこで、うとうとしていたの。あそこ涼しいから。そしたら、仏間に誰か座っていて「誰！」って言ったの。横顔しか見えなかったけど、紺色のしぼりみたいな着物の女の人だった。その人が立ち上がって歩き始めたら、消えちゃってね。私は、それだけ。どれも、影なんかじゃなかったよ。女の人だってわかった」

私は、少々あきれていた。母が目撃しているのはいつも昼間。それも昼寝をしていて、現実か夢かの区別もつかないようなときに目撃したと信じているようなのだ。

「それって、いつも眠っているときじゃない。夢かもしれないよ」

私は、少し怒った声になっていたかもしれない。

「夢じゃないよ。いつも同じ人なんだから。それは、わかるからね」

その話題は、それで打ち切りとなり、母は小説の仕事の方をしきりと聞きたがった。小説を書いて食べていくなんて、両親にすればとても信じられないことのようだった。私自身の裡《うち》でも、未だに五十パーセントくらいの部分では不安を抱《かか》えているのだ。それを親が、大丈夫かい大丈夫かいを連発するとなると、こちらの不安は一層増すことになるというのが、わからないのだろうか。苦しいだろうけど、とにかく選んだ道だからガンバレヨみたいなことを一言くれれば、ずいぶんとちがうのに、と話しながら考えていた。

母の電話が終わった頃、やっと、半ば寝ぼけていた頭が、復調しかけていると感じることができた。

庭に出てみた。

曇り空だが、雨は止《や》んでいた。

遠くでアブラゼミの鳴く声が聞こえる。もうすぐ梅雨も明けるのかもしれないと、勝手に思っている自分がいる。

それから、母の話を思い出した。

「すたすたって、私の寝てる横を歩いてった」

歩いてったたって……この屋敷の幽霊には、足があるっていうことなのだろうか……そう考えている自分が、おかしい。

3

私が見た〝あれ〟が幽霊だったのかどうか、確信が持てないまま、二日が経過した。

原稿の方はというと、あれから二日間、熊本市の図書館へ通い資料を調べた。

実は、父から熊本に住めと頼まれたときに決心する大きな要因として、横井小楠の資料は、やはり熊本の郷土史として調べた方が集めやすいという計算も働いていた。

郷土史料コーナーに入らずとも、数冊の文献は探し出すことができた。そのうちの一冊に、小楠が裃《かみしも》を着て写っている写真がある。何だか、高校の英語の教師にでもいそうな、平凡な顔だなと思う。

いくつかの文献のコピーを頼む。

時間が余って、郷土史料コーナーに入り、閲覧した。江戸時代の古い手書きの熊本市内の地図があった。

それを広げて、見入る。地図の中央に熊本城があり、周囲に武家屋敷が並ぶ。西の方角は、町人たちが住む町が並ぶ。職種別に町が分けられていた。米屋町《こめやまち》、鍛冶屋町《かじやまち》、職人町、塩屋町、大工町という表記が続いていた。

百椿庵のある花岡山は、熊本城の西北に位置して描かれていた。あたりには山林の表記しかなく、横手村としかわからない。

近くに細川家廟《びょう》と下馬天神《げばてんじん》だけが記されていて、そう遠くない位置であると推測した。

百椿庵がいつの時代に建てられたものかは知らない。だが、座敷の床の間の大黒柱や、他に使用されている数本の柱の巨大さや黒光りする形状から推しはかると、かなり古い時代であったとしても不思議ではないような気がしてくる。

だが……。

熊本は、肥後藩で代々、細川家が統治していた。その細川家の御廟以外に何もめぼしいものがない場所に、何故、百椿庵は建てられたのだろう。武家屋敷街からも距離的にはかなり離れているのに。

そんな、とりとめのない連想をしながら、古地図を眺めていたのだ。

そんな状態を続けていたから、原稿の方はちっともはかどりはしない。一昨日、やっとの思いで七枚半分は書き進めたが、どうしても納得できずにすべて消去して、昨日は、プロットにあたりさわりのない描写を四枚分ほど進めたにとどまった。何かの歌詞にあったような気がする。一進二退……。そんな進捗《しんちょく》状況だろうか。

餃子とビールで昼間から一杯やり、百椿庵に帰りつくと、昼寝でもするかという気分になった。執筆は夕刻からやろう。昼間の暑さでは、一枚分書くのも苦行《くぎょう》に思えた。

引っぱり出していた平凡社世界大百科事典の29巻目を持って、それを枕にして仏間の横の廊下に横になった。

母の気持が、少しわかったような気がした。

廊下は、微涼風の通り道なのだ。昼寝の場所としてこれ以上のところはない。木の板もひんやりと心地よく、やや固いが、枕も最適だ。

その場所を選んだのは、それだけの理由ではない。母の幽霊体験談が、頭の隅《すみ》にこびりついていたからだ。

〝あれ〟を見たのが、二日前。

一昨日と昨日、よもやと思い、午前零時を柱時計が知らせるのを合図に、廊下に飛び出した。しかし、結果は何もなかった。

きまった時刻に、その場所から亡霊が出現するという怪談話は、古今東西に数多い。ある種のそのような法則があるのかもと考えたのだ。だから、律義に午前零時と同時に、廊下へと走り出したりしたのだが、残念なことに、霊の存在を確認するのは空振りということになった。

怖くはない。

何故か、恐怖は感じなかった。母たちが言う、害をなすものではないという先入観があったからだろう。それが実在することを確認したい、という好奇心の方が私には強かったのだ。

昼寝をしていて、女の幽霊と会う。

なかなか優雅なイメージではないかと思う。会えるがどうかはわからないが、母の体験を再現してみたかった。

そのためには、昼寝。それも廊下で。なかなかに自堕落《じだらく》な快楽を伴《ともな》っているように思えた。

とりとめのない思考が、いつか眼を閉じた私の中で眠りに変化していった。

眠りの中で、風が私の全身を心地よく撫《な》ぜていく。

夢は見なかった。ゆらゆらと漂《ただよ》うような感覚ばかりだ。眠りの中で、それだけを感じていた。

何かを感じた。

どのくらいの時間が経ったのかは、まったくわからない。一時間？　二時間？

その感覚は、眉間《みけん》……というか、両眼の間で感じた。眼を閉じ、眼と眼の間に磁石棒を近付けられたときの感覚。あれに似ていると言ったらいいだろうか。

おかげで痺《しび》れたような全身のまま眼を開いた。金縛りという現象は体験したことがないが、全身、動かないというのとは、少しちがう。じっとり寝汗をかいたような気がする。

重い瞼《まぶた》を、ようやっと開いた。

廊下の座敷に面したガラス戸の方から、西陽が射しこんでいた。そして仏間に眼をやる。

女が座っていた。

一瞬に眠気が飛んだ。

あわてて上半身を起こした。心の中で「出た！」と叫んでいる自分がいる。この屋敷に私以外いないはずなのに、人がいる。

女は、私に背を向け、私の存在など気にもとめていないというふうに、畳に片手をついて横座りしていた。仏間から、座敷の向こうの庭を眺《なが》めている。そんなふうに見えた。

顔はわからない。だが、若い。私より随分《ずいぶん》と若い。二十歳前後だろうか。

女が着ているのは、白地の浴衣だろうか。頭は髪を洗ってすぐのように濡れそぼっていた。

現実の女としか思えなかった。一つの点を除いては。

一つの点とは、徐々に色が薄くなっていくことだ。薄いといってもわかりづらいかもしれない。どのような状態かというと、女の座っている向こうの風景が透けて見えるほどの薄さなのだ。

女は、ゆっくりと濡れた髪に布を押しあてた。そして首を傾げる。横顔が見えた。睫毛《まつげ》が長い。瞳が驚くほど大きい。きれいな人だ。

すぐに顔が見えなくなった。

そのときは、ほとんど消えかけていた。

私は、勇気を出して……というより我を忘れて彼女に呼びかけていた。

「あのう……もし……」

彼女の耳には私の言葉は届かなかったようだ。女は、私の言葉に何の反応も返してはくれなかった。

立ち上がったときは、すでに遅かった。彼女の姿は、空間に溶《と》けこむように見えなくなってしまっていた。

私は一人、仏間に立っていた。

見た。今度こそ、はっきりと見た。怖くはなかった。にもかかわらず、全身がぶるぶると震えていた。人間とは、恐怖感がなくても、合理的に説明できないことがらに出遭うと、身体《からだ》が震《ふる》えだすものだということを初めて知った。

震えがおさまると、私は他の部屋すべてを見てまわった。やはり予想通りに、何も見つけることはできなかったのだが。

どこに消えたのか、説明がつくはずだと、そのときの私は真剣に思っていた。仏間で消えて、条件が合えば他の部屋に現れる。そのはずだと。

しかし、何の説明もつきはしない。

一つ確実に言えるということがあった。

あの女性は、私の存在など気がついてはいなかったのだ。あれだけの私の声で呼びかけたのだから。聞こえていれば、彼女は私の存在を探していたにちがいないのだ。

それにしても……。

私は思った。百椿庵に出る幽霊が、あのようにきれいな若い女性であるなぞということは、誰も語っていなかったではないか。

これまでの目撃者が代々、女性ばかりだったから、あえて幽霊の美貌という点は話題にのぼらなかったということなのだろうか。幽霊というよりも、この百椿庵に宿る〝椿の精〟のような存在ではないか、という考えが私の中でフッとよぎった。

遠くで鳴くアブラゼミの声が、呆然と立ちつくす私の耳にいつまでも残っていた。

4

何も手につかなくなってしまった。

私は、百椿庵で幽霊を見た初めての男になったのだ。

幽霊というのは、現世に出現して、生きている人間に生前の自分が果たせなかった想いを伝えるものだとばかり思っていた。

百椿庵に出現するという霊も、当然その例にならうのかと信じていた。ところが、私が出会った幽霊というのはどうだ。私には何も訴えかけてこない。私が呼びかけても何も応《こた》えない。聞こえてさえいないし、私がいることに気づいてもいない様子なのだ。

ただ座っていただけ。

そして、しばらくしたら消えてしまっただけ。

ちらと、私に向けた横顔。それが眼に焼きついて離れない。

浴衣から伸びた真っ白なうなじの絶妙な曲線。濡れたような黒眼がちの大きな瞳。

いったい、あの幽霊は、誰なのか？

原稿が進むはずもない。

あれから、すべての部屋を丁寧《ていねい》に見てまわった。特に〝彼女〟が出現した仏間は、何度も繰り返して点検した。畳の間から部屋の隅《すみ》まで、眼を凝《こ》らして、何かの痕跡《こんせき》が残っているにちがいないと信じ、虱潰《しらみつぶ》しにチェックした。

何もなかった。足跡さえも。

だが、あれは眼の錯覚などとは断じてちがう、と私には言いきれた。あのような女性は、私の想像力だけで創り出せるものではない。あのような女性は現代には存在しない。

あのとき、確かに〝彼女〟は仏間にいたのだ。

屋敷内の捜索はすべて終え、私は何の成果もなく、書斎兼居間に座りこんだ。

それから、詮《せん》のない思考に入りこんだ。

幽霊であれば、もっと忌《いま》わしい感じがあるのではないか？　それはなかった。

それから、母が見た場所で、自分も同じように幽霊を見たという事実に思い当たった。

母は、どこで見たと言っていたろうか？

位置はちがうようだが、二度は廊下で見たという。もう一度は二階の階段のところか。

共通点は何があるだろうか。

仏間の廊下での昼寝を選んだのには、その場所で影を目撃したからという単純な理由があった。

母が目撃した三ヵ所をもう一度、丁寧に見てまわった。しかし、おかしなところは何もなかった。二階の物置き同然の部屋だけは、足を踏み入れることさえできなかったが。

何も手がかりがなかった。あの幽霊は、気象条件……温度や湿度とか……、季節、時間など、まったく関係なく出現するというのだろうか。

何故、それが閃《ひらめ》いたのかは、わからない。

私は洋服ダンスを開いた。それからクリーニングに出していた服を探した。あった。

服をクリーニングに出すと、簡易ハンガー付きで戻ってくる。その簡易ハンガーが必要だった。

そのハンガーを針金だけにする。針金を真っ直ぐに伸ばす。それからペンチで長さを調節してカットする。それを二本揃えてL字型に曲げた。短い方の部分に、プラスチックの筒を付けると、できあがった。

ダウジング棒だ。

学生の頃、友人に作りかたを教わった。インディアンが水脈を探すときに使っていたらしい。原理はわからないが、結果は出してくれる不思議な棒だ。たとえば、土中にどのように水道管が走っているかわからないときに、このダウジング棒を持ち、ゆっくりと地上を歩く。すると、水脈があったり、水道管が走っていたりする上に来ると、ダウジング棒は生きもののように開くのだ。

面白がって学生時代にいろいろと試してみた。空地で、山の中で、二本の針金棒を一本ずつ両手で持って進行方向に向ける。ゆっくり歩く。針金が開いた場所にしるしをつける。それを繰り返すと、しるしをつける場所が集中する。そこを掘る。出てくるものは水道管だったり、金属片だったり。

屋敷の中を、そのダウジング棒を使って、探査してみようと思ったのだ。

台所にあった黒板からチョークを持ってきた。それからスタートした。

針金を二本とも正面に向けて、玄関からゆっくりゆっくり歩き始める。針金は何の反応もない。廊下へ出て、すぐに六畳間に入ろうとしたとき、針金はクイと左右に開いた。開いた場所に立ち止まり、廊下の一点にチョークでしるしをつけた。

やはり、廊下に何かあると確信した。

位置をずらし、数歩もどる。やはり一定の位置にくると反応がある。

チョークのしるしが並び始めた。位置をずらし続けた。いつか仏間横の廊下に出た。そこにも反応が。

反応は座敷横の廊下まで続く。開く、チョーク、閉じる、歩く、開く。その繰り返し。

座敷内には何も反応がなかった。それから場所を変えた。

今度は、洗面所の横から始めた。反応があった。

ひととおりダウジング探査を終えて、チョーク跡を見ると、一つのラインができあがっていることがわかった。座敷横の廊下から仏間横、そして風呂場前の廊下で直角に曲がり、二階へ登る階段の下へと続くのだ。

それだけが、わかった。この下に水道管が走っているのだろうか。洗面所近くはわかるのだが、座敷の方角には水場はないはずなのだ。

確認してみようと思いたった。長袖の古着を引っぱり出して、汚れてもかまわない服装になった。それから懐中電灯を探し出した。床下を確認する必要があると思ったのだ。反応があった床下を調べれば、そこに何かあるはずだ。

ここまでくれば、途中でやめるわけにはいかない。

私は、アブラゼミがけたたましく鳴く庭に出た。

玄関側から芝生を伝い、座敷に面した場所から、床下に潜《もぐ》りこんだ。埃臭いのもかまわずに、四つん這いになって進んだ。いくつかの柱を見ながら位置を確認するが、私がここと目星をつけた場所は、泥があるだけだ。ライトをあてても、何匹かのクモが走り去っていくのが見えただけだ。

そこでも、持ってきたダウジング棒を使った。這いずりながら。

今度は、何の反応も起こらなかった。洗面所から階段まで、顔中に貼りつくクモの巣と闘いながら。

途中ではやめなかった。

やはり私は、何も見つけることはできなかった。

頭の中で疑問符を行列させながら、シャワーをあびた。

私には、偏執的《へんしつてき》な部分があるのかもしれない。一つ頭に引っ掛かることがあると、まったく他のことが手につかなくなってしまう。そのときの私がそうだ。執筆も少しは進めなくてはいけないと自分に言い聞かせる。

自分に対しての叱咤《しった》が効果をあげないことに業を煮やし、いらついたままひっくり返った。

宙を見上げ、しばらくぼうっとしていたにちがいない。それから気がついた。まだ探していないところがある……と。

天井裏だ。

床下でダウジングが無効になったのは、距離が離れすぎたからだと思えた。ダウジングは地下にだけ反応するのではない。頭上に対しても探査力があったのだと考えた。

まさに頭の中でライトが点灯したようだった。

廊下に応接台を持ち出し、その上に卓袱台《ちゃぶだい》をのせた。そして椅子を積む。

天井板の一つを無理矢理にはがした。

真っ暗闇だ。天井全体をぎしぎしと鳴らしながら、身体を懸垂《けんすい》の要領《ようりょう》で持ち上げた。

古い配線が無数に走っている。

そして、光をあてて驚いた。下から見てもまったくわからなかった。木製の梁《はり》が、奇妙な寄木細工《よせぎざいく》のように走っている。複数の材質だった。単なる寄木細工ではない。組み合わせかたが、何の脈絡もないように見える。でっぱっていたり、あきらかにある部分はくりぬかれ、石や金属がはめこまれていたりする。それが延々と伸びている。

洗面所の上あたりで、梁同士が組み合わせられていた。その組み合わせかたがまた異常だった。何のためにと思えるほど突起が多い。幾何学的に不自然な形をとっている。

あの感覚があった。

眉間を圧迫するような、〝彼女〟が出現したときの感覚に似ている。

この梁は、この百椿庵という日本家屋の構造上、これで〝あり〟なのだろうか。

見えない部分だからだろうか。何の美的感覚も存在しないようだった。

梁に金属が差しこんである。その金属は釘とはちがう。錆《さび》はまったく浮いていない。ピンクがかったシルバーといったところか。引っ張ってみると、何の抵抗もなく抜けた。金属の先が細くなっているためだろうか。最初にこの梁に使われたときより、小さくなっているのではないかという印象があった。

この梁は……何かの装置……機械なのではないか……。

私は、そんな印象を受けた。

幽霊発生装置？

そんな連想が浮かぶ。

私は、細長い直方体の金属を握ったまま、天井裏を下りた。

5

太陽光の下で見る金属棒は、それまで私が見たことのないものだった。天井裏で、ライトで照らしたときは、ピンクがかったシルバーという印象だった。

ところが、下へ持ってきてみるとまた印象が異なる。基本的には銀色なのだが、よりピンクの濃さが増している。そして、七色の光沢を放っている。虹色といえばいいのか。

何年ほど、あの場所に置き去りにされていたのだろうか。あの梁と同じ歴史を持っているとすれば、かなり古い。おそらく百年をはるかに超えるだろう。ところが、金属棒には、その長の年月を感じさせるものは何もない。埃こそかぶってはいたものの、それを拭うと、表面は錆一つ浮かんでいない。まるで精錬《せいれん》されたてのようだ。私が知っているどんな金属、あるいは合金ともあてはまらない。

架空金属。

そんな連想さえ持った。

太古の時代から伝わるという神話や伝説、ファンタジーの世界に登場する空想上の金属。最強の剣や鎧《よろい》を作るという金属。ミスリル。オリハルコン。緋色金。少年時代に小説の中で知った、そんな架空金属の固有名詞が頭の中に現れた。

顔にその金属を近づけると、あの感覚があった。まず、眉間の下あたりがむずむずするという感覚。続いて、その感覚が自分を浮遊させそうな不思議なものに変化する。

あわてて、顔から離した。

いったい、この金属棒は、何なのだろうか。天井裏の梁には、四本ほど、この金属棒が差しこまれていたと思う。そのうちの一本を引き抜いて持って下りた。梁には、他に、何も差しこまれていない穿《うが》たれた穴が、いくつかあったという気がする。その穴にも本来は、金属棒が差しこまれていたのだろうか？

彼女……幽霊を発生させるための装置が、あの梁だとしたら……。天井裏の金属棒を思い出す。私は一番、抜き出しやすい金属棒に手を伸ばしたはずだ。他の三本よりも細かったから。他の三本も、太さはばらばらだった。とすれば……この金属は、空気中で気化する性質があるのではないか。個体差によって、気化する速度が異なるかもしれないが。

とすれば。

かつては、すべての穴に金属棒が差しこまれていた可能性がある。

しばらく、もやもやと埒のあかない推理を続けた。だが、自分だけの思考では、堂々巡りに陥ってしまい、何ら解決の糸口にたどりつけそうもなかった。

数時間経過した後、母に電話を入れた。

電話をとった母は、私からということで、心底、驚いたようだった。これまで、私の方から岡山へ電話を入れたことはない。

だから、まず、こう聞いてきた。

「惇ちゃん、どうしたの?」

本気で心配していた。私が、そうじゃないと答えると、うわずっていた声が、落ち着きを取りもどした。

「聞きたいことがあって電話した」

自分の都合で電話しているのに、この愛想《あいそ》のない言いかたは何だろうと我ながら呆《あき》れかえる。だが、なおしようがない。

「何が、聞きたかったの？」

「幽霊を見た。仏間で」

「えっ、また？　前は錯覚かもしれないみたいなこと言ってたじゃない。また出たの？」

「ああ、まちがいない。女の人だった。今度は影なんかじゃなかった。はっきりと見た」

ふうーんと少し不思議そうな声を母はあげた。

「惇ちゃん。悪い薬とかは、やっていたりしないよね」

何を母は言いだすんだと思った。あれほど先日は自分の方から幽霊は出ないかと言っていたくせに。

「そんなものやるわけないだろう。信じないのか？」

「信じないとは言ってない。でも、代々、その幽霊は女性にしか見えてなかったからねぇ。

何で惇ちゃんに見えたんだろうね」

「何故か、わかるわけないよ。知りたかったのは、あの女の人が幽霊だとして、あの女の人は何者かっていうことを知りたいんだ。母さんは、何度も目撃してるから、何か聞かされているだろう？　祖母ちゃんから」

「あまり、聞いてなかったね。お祖母さんが話してくれたことも、そうじゃないかっていうもやもやした感じでしかなかったからねぇ」

「それでもいいから、知ってるだけ、教えといてくれよ」

「惇ちゃんが見た幽霊って、どんな女の人？」

「着物姿で、けっこう若かった。ぼくより若い感じだったなぁ」

「私が見た人と同じだと思う」

「何も聞いてないの？　その女の人の正体」

「ん――」

　母は、ちょっと頭の中を整理しているというように数秒押し黙った。それから、記憶をたどるように話してくれた。

「その家……。今は、まわりに民家がいっぱい建っているけど。昔はね、まわりは何もなかったみたい。林と、畠だけで、道もせまくって、街から来るときは、山水の流れる小川の横を登ってきたんだって。で、坂を登りきった林の裏が、百椿庵だったんだって。それが……屋敷が唐突《とうとつ》な感じにポツンとあったって。道に迷って百椿庵の前にたどりついた人は、この屋敷で道を尋《たず》ねたらきっと狸か狐にばかされてしまうことになるって、本気で思ったらしいよ。お祖母ちゃんが言ってたんだけれど、昔は細川家の家来の偉い方の隠れ屋敷じゃなかったのかなぁって言ってた」

「偉い方って、侍か？」

「侍か、学者か……少なくとも下級武士には、その広さの屋敷は建てられないだろうから、かなり上の身分の人だったにちがいないよね」

「じゃあ、幽霊は、その人の奥さんか、娘ってこと？」

「いや、ちがうみたい。お祖母ちゃんは、家来が囲ってたお妾《めかけ》さんじゃないかって言ってた。たぶん……江戸時代の末期前後じゃあないかなぁ。きっと、囲った家来が妾の世話をちゃんとやらずに飼い殺したみたいなことを言ってたわねぇ。だからその人の念が残ったんだろうって。女にしか見えないっていうのが、女にしか、自分の立場を理解してもらえないと思っているのだろうし、何もうちの家族に悪さをしなかったというのも、その女の人がやさしい人だったのかもしれないってことは言っていたよ。だから、成仏《じょうぶつ》されるように観音様を建てたって」

意外だった。私が見た幽霊は、細川家の家来の誰かに囲われた妾だったと聞かされたことが。あんなに若いきれいな女性が。

あの姿で出現するというのは、若くして果てたということを意味するのだろうか。だとしたら、何と淋しい薄幸《はっこう》の人生だったことか。

「母さん、天井裏の梁のこと知ってる?」

急に話題が変わって、母は戸惑《とまど》ったようだった。

「ハリ……ハリって……何の話だろう」

「天井裏に不思議な形の梁が使ってある。それを今日、見つけたんだ。何か、幽霊に関係あるんじゃないかと思って」

「いいや、知らない。お祖母ちゃんもお祖父さんも、そんな話はしなかったからね」

「その梁に、変わった金属が使ってあったんだ。少しピンクがかった銀色の。見たことない?」

「それ、昔の釘かなんかじゃないの? わからないよ、母さんには」

「この屋敷の……由来とか書いたものはないの?」

「二階」と母は言った。

「二階?」

「ああ、二階がほとんど物置き状態になっているだろう。昔はね、表の門の横に小さな蔵があったらしい。それはお祖父ちゃんが若い頃に取り壊したらしいの。で、中にあったものは、二階に置いてあるって。何とも整理しようがない状態だから、そのまま、何十年にもなってしまったって。

もし、あるとすれば、あそこね。私も、手のつけようがなかったほどだったから」

それ以上のことは、母は知らないようだった。

「ぼくが、二階を掃除するついでに、整理してみようと思うけれど、かまわないかな」

そう言った。母は、驚いた。

「それはかまわないけれど。でも、惇ちゃん一人では、とても手に負えないわよ。何だったら、母さんもそっちへ行こうか？　父さんは一人で充分《じゅうぶん》やっていけそうだし、二、三日熊本へ行って一緒に二階の整理をやろうか？」

早口でそう言い始めたのには、閉口してしまった。

その必要はない。原稿を書くのに必要なのは、静かな環境だけだから、放置しておいてほしいと、必死で私もまくしたてた。くどいほどに私の現状を憂《うれ》い、見に来ると言い張る心配性の母に、何も心配することはないからと、やっとあきらめさせることに成功して電話を切った。

しばらくは、電話をかけてこないだろう。かかってきても電話をとるのは三回に一回ということにしよう。全然とらなければ、母は熊本に押しかけてきてしまうから。そう私は心に決めた。

6

それからすぐに、一度は二階へ上がってみたのだ。夕方の薄明かりの中で、うず高く積まれた無数の箱をあらためて見て、正直、躊躇《ちゅうちょ》した。窓の黒幕は、保管された品々に直接、日光があたらないようにということだろうか。その黒幕を引くと黄昏の赤が、部屋に満ちた。保管されているらしい品々の上には、青いビニールシートがかけられているが、長の年月のために埃が積もり白っぽい。

ビニールシートをはずそうとすると、白いものが部屋中に舞いあがり、その手を思わず止めた。

さすがに、これから部屋の探索にかかろうという気は失《う》せていた。

時機を改めよう。

それで、二階を下りた。

原稿執筆に戻った。

さまざまな想いを振りはらうことに成功し、その夜、食事をとった後、六枚半分を進めることに成功した。主人公が小楠に、もっと慎重《しんちょう》に行動すべきだと忠告をする場面で、若き日の小楠は主人公に逆らう。幼少から、「横井の舌剣《ぜっけん》」と呼ばれるディベートの達人だったようだ。とすれば、ふさわしい会話はどうするべきか。

指が止まった。

それよりもそのとき私の脳裏に影響を与えていたのは、〝幽霊〟の彼女のイメージだ。瞬間的にしか見ることのできなかった彼女のおもかげだ。

そこで、キーボードから手を離す。六枚半分も進んだぞ。たいしたものだと、自分を慰《い》労《ろう》しているのが自分でも滑稽《こっけい》だった。心の隅では、あの女の幽霊の呪縛《じゅばく》にかかってしまったのではと考えている自分がいることも、私にはわかっている。

布団に入って眠りにつく前に、さまざまな想いが交錯していた。

母親の言葉。「あの幽霊の女の人は、この百椿庵に囲われていた妾だったたって、お祖母ちゃんが言ってたから」

あの若さで、妾だったというのか？　いやな響きだなぁ……妾って。名前は何というのだろう。そのような過去のできごとは、どうやって知ればいいのだろう。

郷土史家？

どこに住んでいるのかもわからない。大学にでも足を運ぶべきなのだろうか。わかるだろうか。

振りかえった彼女の瞳。吸いこまれそうな瞳。いつかイメージがいくつものきれぎれの断片となって、眠りとともに深い底に沈澱《ちんでん》していった。

その夜、明け方まで、私は目を醒ますことはなかった。

翌朝、起きたばかりでぼんやりとしたまま、机の上に文鎮《ぶんちん》代わりにでもするかと置いていた金属棒を見たとき、背筋が一瞬にして伸びた気がした。

前日、自分で手にしたときよりも、あの梁に差しこまれていたピンクがかった金属棒が、驚いたことに、ひとまわり小さくなっていたのだ。

目の錯覚などではなかった。昨夜、資料が風で飛んだりしないようにと、その上に置いた。縦に置いた金属棒は、ややA4サイズの紙からはみ出ていた。それが、今では、A4サイズの用紙内におさまっている。まちがいない。私は、そんな変な部分を記憶する律義さがあるようなのだ。

やはり、金属棒は縮んでいる。いろいろと思い巡らせていた可能性の一つが、現実である確信を得たのだ。金属棒は気化（固体だから昇華か）している。

金属棒を手に持つと、確かに軽くなっていることがわかった。梁からはずしたことで昇華が促進《そくしん》されているのだろうか。

それがきっかけとなった。一刻も無駄にするわけにはいかない。不思議な金属棒が消滅する前に、真実をつきとめなければいけない。その真実の手がかりは、二階の古道具の山の中以外に考えられない。

見極めなければならないという強迫観念は、私を行動的にさせた。昨日天井裏と床下を調べた作業着に着替えて、私は駆け足で二階に上がった。その日、一日を費やしても、ちゃんと解答を探してやろう。そんな意気込みとともに。

窓の黒幕をはずし、充分に明かりが室内に入るような状態にして作業に入った。積まれた木箱を一つずつ階段の踊り場まで運び、雑巾で拭《ふ》きながら開いていく。そして、手がかりとは無縁だと判断したものは、階段に沿ってとりあえず積みあげておく。それは、途方《とほう》もない作業に手をつけたという後悔を伴ってはいたが、もう引き返せなかった。

ある箱からは、漆器《しっき》の類が出てきた。輪島塗《わじまぬ》りの椀や皿など、いかにも高価そうなもので、思わず見とれて時間をとってしまう。掛け軸、行灯《あんどん》、香炉。古道具屋が同席していれば、涎《よだれ》を垂らしそうなものが次から次に出てくる。

細長い木箱に「胴太貫《どうたぬき》」と書かれているものがあり、開くと、布に包まれた黒鞘《くろざや》の刃《やいば》の太い日本刀が錆《さび》一つ浮かんでいない状態で現れ、私は仰天《ぎょうてん》した。あわてて、箱に再び収納した。その横の小箱に入っていたのが、拳銃だった。油紙で包まれていて、その紙の上からでも、すぐに私でもそうだとわかったほどだ。型は南部式《なんぶ》というタイプだと思う。もう一つの小さな油紙を開くと弾丸が四個入っていた。私は、見てはいけないものを見た気がしてしまい、これもあわてて小箱にもどした。

まさに、この部屋は、びっくり箱だった。何が出てきてもおかしくない。そう思った。昼前までに、内容を検《あらた》めることができたのは、部屋の収納品の三分の一程度だろう。熊本も終戦近くに大空襲に数回遭っている。そして昭和二十八年には、全市大水害に見舞われたということだが、この百椿庵は花岡山の中腹にあったということで幸運にも残ってしまったということか。

三十分ほどの休憩をとって、〝調査〟を再開した。長持の類は、もう調べるのをやめた。中を開いても、虫が喰った古着しか存在しないことがわかったからだ。相当の年月、長持の中の衣類を維持《いじ》させようという努力は放棄《ほうき》されているようだった。

一番奥に、棺桶《かんおけ》を思わせるような木箱が一つあるのが見えるが、そこまでは、なかなかたどり着けない。その大きな木箱の表面に、かすれた墨文字で何やら三文字書かれているのが気になった。そこまでたどり着くのは、今日は無理かもしれないという予感はあった。

母が、ひょっとしたら……と言っていた古文書の類は見つからなかった。やはり、空振《からぶ》りなのか……。午後に入った作業は、そんな気持が加わったためか、能率も著しく低下していたように思う。

窓際の荷物から、窓に沿うように奥へ奥へと点検の順序を進めていた。当然、古い品ほど奥にあると想定して。

一つの長持が、またしても現れた。それを移動させようとしたときに、私の直観が働いた。その長持は、他の長持と微妙にデザインがちがうのだ。

調べよう。調べなくてはならない。そう自分の中で言っている気がした。

ゆっくりと蓋《ふた》を開いた。この長持の中身も着物だった。しかし、包まれた紙の中にある着物は、黄ばみも虫喰いもない。最近のものだろうかと思ったほどだ。数枚の着物は、女性用のものだ。そして、白っぽい生地の着物。

私は、声をあげた。

あの女性の幽霊が着ていた着物の柄だ。

記憶ちがいだろうか。いや、まちがいない。白地に小さな井の字がたくさん入っていた。

この着物を、あの幽霊は着ていたのだ。

不思議だった。着物を包んだ紙の隅の方に、安政《あんせい》六年と書いてあった。

安政といえば、安政の大獄《たいごく》の、あの安政か。江戸時代の末期、いわゆる幕末の時代だ。

そんなに古い時代のものなのか。長持の底の方まで着物が重なっている。

安政時代の幽霊、安政時代の幽霊。そう何度も私はつぶやき続けていたような気がする。長持の底に異物の感触があった。つるりとするような予想外の感触。あわてて、両手を長持の中に差しこんだ。

出てきたのを見て連想したのは、「浦島太郎がもらった龍宮城の玉手箱」だ。底の深い金属製の文箱《ふばこ》といえばいいのか。表面は、黒い漆《うるし》が塗られ、右隅に、金箔《きんぱく》で椿の花が描かれていた。肥後象嵌《ひごぞうがん》の細工ものだった。

巻いてある紐《ひも》をゆっくりと解く。文箱にしては大きすぎる。それに持ち上げたときの重量もずしりとしたものがある。大判小判か……あるいは……どんなとんでもないものが出てきても不思議ではない。

油紙で巻かれた棒状のものが、数本入っていた。

まさか……。

私は、自分の手が震えるのがわかった。包みの油紙をゆっくりと開く。

あの金属の棒状の物質だ。机の上に置いてあるものよりも、かなり大きい。まだ、この金属は、まったく昇華していないのだ。

完全な状態の未知金属が、ここにある。一本、二本、三本、……全部で七本。

箱の中にあるのは、それだけだった。あとは、何の説明書きも添えられてはいない。

私の胸が、銅鑼《どら》を叩くように、激しく鼓動を打っているのがわかった。

私は、その金属棒を、箱ごと階下に持って下りた。使い道は、一つしかないと思いながら。

7

とりあえず、でかい文箱から取り出した金属棒を、机の上で再び見た。油紙から出して一本ずつあらためる。

大きい。

定規ではかると八・三センチ×八・三センチ×二十八・二センチの直方体だった。それが六本。

いずれの棒も、ピンクの光彩が強い。シルバーとピンクの境の虹色も実に鮮《あざ》やかだ。

天井裏から持ってきていた例の金属棒と比較してみた。

二まわり以上も大きさに差があるのがわかる。

この金属棒は、「スペア」にちがいないと私は確信していた。

この完全な金属棒を差しこんでみたら、何かが起こるはずだ。

私はそれから、廊下に再び応接台と卓袱台それに椅子を運び、まず天井裏に金属棒を置いた。

天井裏に上がるとライトをつけ、しゃがみこんだ不自然な姿で、あの奇妙な梁の場所へ急いだ。

私が金属棒を抜いた穴の近くに、同じような形状の穴が三つある。私は、タオルを使って、その穴の一つ一つを丁寧に拭いた。奥に手を入れると、それぞれの穴に数ヵ所、金属の感触があった。

一本ずつの油紙をはずし、穴の中にゆっくりと金属棒を差しこんだ。穴のサイズはぴったりだ。そのまま奥へ押しこんでいく。金属棒が固定するのを確認して、次の穴へとうつった。

四つの穴にすべて入れ終わる。

そのとき、私はある種の期待を抱いていた。すべての穴に金属棒を入れ終えたとき、この奇妙な装置を思わせる梁は、光を放ち、回転でも始めるのではないかとか、内蔵された奇妙な機関が作動を始めて、唸《うな》りでも発するのではないかといったことを。

その期待は裏切られた。

金属棒を入れ終わって、私はしばらく微動だにせず、その場で梁を見守っていた。何の変化もない。

これが、何かの装置であれば、今の私の行為は電池を装填《そうてん》したようなもので、作動させるための要素が別に存在するのではないかとも思った。だが、ライトを照らして梁を観察したが、それらしいものは見当たらない。

いくつかの梁の突起にも触れてみた。可動部分があれば、ひょっとしてそれが……とも考えたのだが、起動させるようなものではなかった。ぴくりとも動かない。

無駄だったのだろうか。

私は天井裏から下りた。

すべてやるべきことを終えたような気になり、出てきたのは大きな溜息《ためいき》だった。

それからやったことは、気を鎮《しず》めることだった。気分が、とにかく昂揚《こうよう》……いや興奮状態のまま継続している。このままでは、仕事ができる状態ではない。

そんなにいくつもの方法が思いつくわけではない。選択肢としては、一番シンプルな〝散歩〟だ。それに、必要な食料や家庭用品を買い揃える。そうこうやっているうちに、気分も鎮静《ちんせい》化するにちがいないと考えていた。

坂道を歩いて下《くだ》った。

頭の中からできるだけ天井裏のことや幽霊の姿を排除し、物語の今後の展開について検討しようと努力した。だが、なかなかうまくいかない。

一日中、家にこもって原稿を書いているから妄想《もうそう》も生まれるのかもしれないなと、半ば声に出して言ってみた。そうかもしれない。ほとんど、他人と会話を交わすこともない。それに身体を動かすこともない。

身体を動かさなければ、やはり思考だけが膨《ふく》れあがってしまうのだろう。

そうだ、一度、今度は花岡山の山頂の方へ歩いて登ってみようか。たぶん一キロも離れていないはずだ。気分転換にはいいかもしれない。

スーパーで数日分の食料を買いこんだ。インスタント食品と冷凍食品がほとんどだ。一人暮らしでは、あまり調理をする気にはなれないし。

買いものをしていくうちに、少しずつ百椿庵のことが頭から剝《は》がれていく。いいぞと思ったが、ぶり返しは帰りのコンビニだった。

そこでタバコを買うと、コンビニの店主が勘定をすませた後に、私に声をかけた。

「百椿庵の方ですかね」

「ええ、どうしてわかるんですか?」

私は答えながら不思議だった。何故、そんなことがわかるのだろう。

「子供の頃のおもかげがありますからね。このコンビニは、前は酒屋だったんですよ。何度か、父の配達でついていったとき、子供の頃のお客さんを見たことがある」

店主は、私より十歳くらい年上か。私を見たとすれば、小学四年生頃の私だ。

「ああ、そうだったんですね。じゃ、まちがいない。子供の頃の私です」

「そうか。やはり」

そう店主は、一人得心していた。

「今、一人で百椿庵に住んどられるんですか？」

「ええ」

「そうでしょうね。井納《いのう》さんとこのおじいちゃん、おばあちゃん、いなくなってから、しばらく空家《あきや》になっていたから」

「ええ」

私は相槌《あいづち》を打つしかなかった。残念なことに他に客はないようだった。

それから、店主は唐突に言った。

「で、百椿庵。今はどうなんです。出るんですか？　あれ」

店主は、両手を胸の前でだらんと垂《た》らしてみせ、好奇心を露《あら》わにした。私は、やや呆《あき》れていた。何故、コンビニの店主が、そんなことを知っているのだ。

「どういうことですか？　出るって、何のことですか？」

私はとぼけてみせた。店主は何度も首を縦に振る。いかにも、真実を認めろというように。

「だって、私も何十年も前から……そうだって聞いてますよ。昔だったなぁ。おじいちゃん、おばあちゃんが元気だった頃、お手伝いさんが住み込みでおられてね。ときどき、うちの酒屋に買物に来られていた。そのとき、うちの父親と雑談しているのを耳にしたことがあるんですよ。そのお手伝いさんが言ってた。百椿庵に幽霊が出るんですよって。その人も、何回か自分の眼で見たって。もう、なんか祟《たた》りがあるといやだから、お暇《いとま》もらおうかと思っているって」

仰天した。ということは、百椿庵の御近所は皆、そこに幽霊が出るということを知っていたということなのだろうか。

住み込みでいたというお手伝いは、このように外に出た機会に、百椿庵の幽霊について言いふらしていたということなのか。

「へえー。そんな話があったのですか」

私は、とぼけて答えを濁した。

「どんな幽霊が出たんだろう。聞いてますか？　で、そのお手伝いさんは、祟りがあったんですかね」

コンビニの店主は、明らかに失望したように見えた。私がそのような不思議体験に縁がないように見えたのだろう。

「さぁ、そのお手伝いさんに祟りがあったかどうかは、わかりません。私もまだ子供の頃のことですからね。あるとき気がついたら、そのお手伝いさん、うちに見えなくなってましたから、その間にやめられたんじゃないんでしょうかねぇ。

たしか、若い女性の幽霊って聞きましたよ。美人だって。色が白くて、品のいい若い幽霊だそうですよ」

ははぁ、と私は思う。この店主は、その部分を記憶の中に強く刷りこまれたにちがいない。だから子供の頃から、いい年齢になった現在まで、忘れずにいたのかもしれない。

「美人の幽霊なら、ウェルカムですけれどねぇ」

そう私が言うと、店主は照れたような複雑な笑いを浮かべた。

「そうか……。お兄さん、見ていないか。残念だなぁ。すごい美人だって言っていましたよ。

そういえば、幽霊を見るのは、皆、女性だって言ってましたからねぇ。

そうそう、わりと最近だけれど……去年の暮れかなぁ、まだお兄さんが来る前で、空家だったころ。塀の外を夜半に通ったんだけれど、光が見えたんですよねぇ。百椿庵で。緑色の光。屋根の下あたり。軒下のところが、ぼーっと光っていて、あっ、ひょっとしたら、今時分、あれが出ているんじゃないかって思って、走って帰ってきましたよ」

店主には、邪気のかけらもないという話しかただった。

「そんな光は、見たことありません？」

「ありません」と私は答えた。

「何か、変わったことがあったら教えてくださいね」

店主は私に念を押した。それほど彼は百椿庵の幽霊に興味を持っているということか。

私は、そのときは「報告しますよ」と心にもない約束をして、コンビニを後にした。

8

百椿庵に帰りついたとき、コンビニの店主の言葉を思い出していた。

「軒下のところが、ぼーっと光っていて。緑色の光で」

あの不思議な梁と関係があるのだろうか、と考えていた。あれが何かの装置だとして、それが起動したときの光だとすれば。

何故、コンビニの店主の言葉を思い出したかというと、現実に私自身がその光景を目にしたからだ。

まだ陽が沈むには少し早い。だが、コンビニの店主の言葉どおり淡い緑色の、まるで蛍光灯が昼間消し忘れられたというような頼りない光で、軒下が染まっているように見える。

あの天井裏の梁と関係があるのだろうか。

それとも、私のまだ知らない照明灯が、あの位置にあったのだろうか。

塀越しにぼんやりとその光を眺めながら歩く。塀から突き出た椿の樹々にさえぎられ、光は位置によって見えたり見えなかったりで、注意深くないと見逃してしまいそうな光量の儚《はかな》さだ。空が暗くなる。

雨模様だ。ぽつりと一粒きた。夕立ちか。天気予報でそんなことを言っていたろうか？

玄関へ駆けこんだ。と同時に、堰《せき》を切ったように雨が降り出した。

間に合った。私は胸を撫《な》でおろした。

台所に買物袋を置いたときだ。

雨音に、異音が混じっていた。しゅっ、しゅっ、しゅっ。布が擦《こす》れるような音が聞こえる。私の他に、百椿庵に誰かがいる。

「誰か……いるんですか？」

私は、台所から叫んだ。音はぴたりと止まった。音の主は座敷にいる。

そのまま座敷を目指した。障子を開けた。

若い女が立っていた。

彼女だ。

ただ、先日の幻で見たような洗い髪ではない。ぴしりと結いこんだ日本髪だ。分けた髪を銀杏《いちょう》の葉のように広げ、元結《もとゆい》で縦に結んである。髪の中央部が櫛《くし》で留められていた。だが、大きな瞳だけは、見忘れるはずはない。浴衣ではなく、着ているのは褐色がかった着物だ。何と言ったろう、母は。こんな着物を。木綿生地《もめんきじ》で衿《えり》が黒い。呆然《ぼうぜん》とした私は、そんな脈絡《みゃくらく》のないことをフラッシュのように考えていた。

私は立ちすくんだ。

彼女も立ちすくんでいた。

両手で口許《くちもと》のあたりを覆い、首を横に振っていた。自分の眼が信じられないというように。

「どなたですか？」

かすれた声でやっと彼女は言った。幽霊などではない。生身の人間が発する声だ。だが、その声は透明で、何かの楽器のようだった。

私は思わず生唾を飲みこんでいた。

「私は……井納《いのう》……惇《じゅん》といいます。この……百椿庵に住んでいます。あなたは？」

彼女は、信じられないというように何度も首を横に振った。帰ったばかりで、電灯もつけていない。おまけに夕立ちのせいで、座敷の中は薄暗かった。雨の音だけが、激しく打ちつけるさまがわかる。だが、彼女が実在しているということが、気配でわかる。

「私も、ここに住んでおります。もう、りょじんさんをお送りして、ずっと一人で暮らしております。この屋敷は私だけでございます。いのう様は妖怪ですか？」

私は、どう答えてよいのかわからなかった。本当は私が質問したかった。あなたは幽霊なのですか、と。

「妖怪ではありません。普通の人間です」

「では、どうしてここにおられるのです？　この屋敷には、私しか住んでいないのですよ」

それから彼女は座敷をゆっくりと見回して、何が起こっているかわからないというように首を振った。

「狩野幽明《かのうゆうめい》の掛け軸が消えている。昨日、掛けなおしたばかりなのに」

信じられないという表情で私を見た。その視線はただよい、座敷の隅に置かれている旧式のエアコンに目が留まったようだ。

「あの、カラクリみたいな箱は、何でございますか？　いつ据えられましたの？」

「あれはエアコンです」

「えあこん……」

理解できないという様子だった。そして、ようやく彼女は、自分が慣れ親しんだ世界とは別の場所にいるということに気がついたらしい。自分がそれまで居た場所とそっくりだが、微妙に異なる……。

「ここは、どこですか？　私は、どこに迷いこんでしまったのですか？」

そのとき、閃光《せんこう》と雷鳴が同時に襲った。目の前が真っ白くなる。

悲鳴とともに、彼女が私にしがみついてきた。近距離で落雷があったらしい。

私の両腕を彼女の暖かい手が握っていた。胸に彼女の息づかいを感じる。そして、彼女の甘い匂いがした。私は、胸の鼓動が銅鑼《どら》の連続音のように鳴り続けているのがわかった。

しばらく私と彼女は、そのままの状態でいた。それから、やっと彼女は私から離れた。

「ああ、雷さま。怖かった」

それから、蚊が鳴くほどの小さな声で、私に「すみません」と言った。

彼女は、私に敵意がないことは悟ったようだった。どうしたらいいものかと、戸惑いが消えずにもじもじとした状態でいる。

年齢は、二十歳を過ぎたかどうかというところだろうか。不安から寄せた眉のままでいるが、幼さを残しているため、いたいけな印象だった。

彼女こそが、百椿庵に出没していたという幽霊であると私は確信していた。代々、目撃されていたという、女性にしか見えないという女の幽霊。

そして、何かの理由で幽霊がこの世に生身の肉体を持って、蘇《よみがえ》ってきている。二階にあった着物の包みに書かれたあの年号が本当なら、たぶん幕末の時代に生きていた女性ということになるはずだ。

私は壁のスイッチを押した。部屋が明るくなった。

女は、それだけで驚いた。大きく口を開いて、天井の光を見つめた。眩《まぶ》しそうに。

「行灯《あんどん》がないと思ったら、まるで昼間のお天道様《てんとうさま》の下みたいに明るい……」

百数十年の時を隔《へだ》てれば、あたりまえに感じている日常生活の一つ一つが驚きなのだ。

私は、彼女の驚きがおさまるのを待って、声をかけた。

「どうか驚かないで、安心してください。ここは危険なところではありません。ゆっくりされたらどうですか？　立っていたら私も落ち着きませんから」

私は彼女がうなずくのを見て、畳に腰を下ろした。彼女も私に向かって正座する。

「私は、一度、あなたを見たことがあります」

私は彼女にそう言った。彼女はまだ不安な様子で、意外そうな表情を浮かべた。

「思い出せませんが。どこでお会いしたのでしょうか」

言葉はゆったりとしているが、彼女が話すのを聞くのは嬉しかった。方言は入っていないが、独特の抑揚があった。

「隣の部屋、仏間です。私は、廊下で昼寝をしていました。そうしたら、あなたは浴衣《ゆかた》姿で現れた。髪は洗いたてで、肩まであったな。濡れた髪を拭いておられた」

記憶にないというように、彼女は首を横に振った。

「お風呂をつかった後なのでしょうが、いつのことかはわかりません。井納様がおられたことも気がつきません」

それから頬を染めるのを見て、私は失言したことに気がついた。私は無神経だったのだ。風呂上がりに独りくつろいでいた彼女を、私は覗き見ていたと言っているようなものではないか。口には出さないものの、若い女性にとっては、顔から火が出るほどに恥ずかしいことであるにちがいないのだ。

おかげで会話が、またしても途絶えた。

「まるで……似ているけど、他所《よそ》の国に迷いこんでしまったような気がします。ここは、ひょっとして……りょじんさんの国なのでしょうか？」

「りょじんさん……？」

彼女は、さっきもそう言った。誰のことなのだろうか。

「りょじんさんというのが、私にはわからない」

そう私が答えると、情けなさそうに彼女は大きく溜息をついた。

「さっきまで、こちらの部屋で頼まれものの裁縫を致しておりました。糸が切れたので、糸を取りに向こうの部屋へまいりました。そして戻ってみたら、こちらの部屋の様子がちがったのです。外にも出かけておりません。糸をとって戻ってきただけで、へんなカラクリの箱もあるし、掛け軸もなくなってしまって」

またしてもカラクリの箱だ。

「今、何年ですか？　時代は」

私が彼女に尋ねると、彼女は不思議そうに首を傾げた。そして言った。

「今は、元治の甲子《きのえね》だったと思いますが」

元治……安政じゃないのか……。元治といえばやはり、江戸時代の末の頃の時代だったはずだ。たしか、安政、万延、文久、そして元治、慶応と激動の幕末はつづく。甲子……何年になるのか……。もちろん、その時代は横井小楠も存在したはずだな、という考えがフッとよぎる。

「あなたは、誰なんですか？」

私は問うた。そう、まだ彼女から名前を聞いていない。彼女は、うなずいた。

「つばきと申します」

深々と私に礼をした。

9

「ここは、本当はどこなのですか？」と繰り返し尋ねるつばきに、私は、表現を変えながら何度となく説明を繰り返さなければならなかった。

「ここの時代は、二十一世紀です」

「元治じゃなくて、平成という年号です」

「元治から、ざっと百四十年後の未来です」

〟世紀〟という概念が、つばきにはなかったようだ。ただ、未来という言葉には反応した。

「未来というのは、刻《とき》の果てということなのですよね」

そう、つばきは答えたのだ。果てではないが時間の流れる先ということで言ったのか。

「そう、つばきさんがいたところの百数十年先ということです」

「でも、私は、年をとっていません」

どうも会話がちぐはぐになってしまう。

雨は小降りになっていた。外は雨雲から逃れようとしているのか、いくぶん明るさを取り戻していた。

「そうですね。突然、元治の世の中から平成の時代に飛びこんだのだから、年をとる暇《ひま》がなかったのですよ。

庭を見てみませんか？　つばきさんが住んでいた百椿庵かどうか、わかると思います」

私は立ち上がって廊下に出た。つばきも、それに続く。

「雨戸がないと思ったら、向こうの景色が見える雨戸。これはギヤマンですか？」

つばきは、不思議そうにサッシのガラスに触れた。「冷たい……」と言った。

「その材質はガラスといいます。この家でも方々に使われていますよ」

つばきは、感心したようにうなずいていた。

「どうですか？　庭を見ると、百椿庵が同じ場所だとわかるでしょう」

つばきは、うなずき、黙って庭を見回す。

「芝が植えられている。なかったのに。垣根のところの椿が、どれも大きくなって。泉水《せんすい》の横にあった槙の木が消えている」

一つ一つを確認するように話す。自分自身が記憶している庭の光景との差異を探していた。

「父が、私が子供の頃、この椿を植えたんですよ。同僚の方が持ちこんだり、自分で山に入って株を持ち帰ったりして、椿屋敷になってしまいました。でも、まだ私の腰くらいの株ばかりでした。こんなに大きくなるなんて」

どの椿も、見上げるばかりの樹になっている。それぞれが、つばきにとって見憶えがあるもののようで、その椿の樹の成長ぶりが、時の経過を具体的に彼女に理解させたようだった。

「でも、椿の木は少なくなっているみたいですね」

私は、つばきに、曾祖父の頃から芝生がふえてしまったことを話した。昔は、これ以上に椿が多かったということか。

「父も、椿が大好きだったのです。だから、私にもつばきという名を与えたほどですから」

では、その時代から百椿庵と名付けられていたということか。私が、百椿庵という名称を言っても、別に疑問に思っていなかった様子だし。彼女の半透明の姿を私が初めて見て、

〝椿の精〟を連想したのは、あながち見当違いのことではなかったのかもしれない。

「あれは？」

つばきは、不思議そうに小首を傾げて私の答えを待った。その指先がさしているのは、両掌を合わせた観音像が、松の木の下に影のように立っている姿だった。

「観音像です」

そう私は答えた。

「私の曾祖母の代に建てたものですから、まだ五、六十年しか経っていないはずですよ」

私の言葉に、つばきは、ショックを受けたように複雑な表情を浮かべた。私は、それ以上説明のしようがない。この百椿庵に女の幽霊が出現して、それを鎮めるために建立されたものだということなど、説明しようがないことだろう。

そのとき、ふっと、自分につばきの姿が見えた原因がわかったような気がした。女性にしか幽霊が見えないというのは、単純に、母や祖母が百椿庵に在宅している率が高かったということに過ぎないのかもしれない。男たちは、仕事でほとんど家を空けていたということにちがいない。

「やはり、ここ……百椿庵なのですね。垣根が石造りになっていて……それで庭の樹々が、同じ位置にあって……まちがいないのですね」

つばきの身体が揺れた。眩暈《めまい》を起こしたのかもしれない。私は、あわてて彼女の左肩と右腕を支えた。そのままつばきは、くたくたと崩れ落ちそうになった。受け容《い》れなければならない現実が、つばきにとって大きすぎたのかもしれない。同じ場所にいるとわかっても、それは彼女にとって異世界にちがいないのだ。何の理由もなく、何の予告もなく放り出された未来の中で、つばきは精神的失調を起こしたにちがいない。

つばきは、軽かった。私が廊下にある籐椅子に彼女を座らせてやったときの手応えの感想だ。胸が高鳴った。「ギヤマン」とつばきは言ったのだが、私が椅子に座らせようとしたときの彼女は、まさに壊れもののギヤマン細工のようだった。

「すみません。すみません」と何度もつばきは唄うように繰り返した。

目の前に、つばきの日本髪があった。後部が膨《ふく》らんだ、まるで人工的なヘルメットみたいなものを連想する。白いうなじから生えている髪は、やはり人工的なものではないと変なところで考えてしまう。

つばきは、しとしと降り続く庭の雨を、ぼんやりと眺め続けている。今、彼女の内面で、自分に起こった非現実的なできごとを、どう現実のこととして受け容れていくかの葛藤《かっとう》が続いているにちがいなかった。それだからか、「天明屋《てんめいや》さんから頼まれた縫いものは、どうすればよかったのでしょう。もう届けられません」と唐突なひとり言を口にした。

彼女の内面の整理がつくのを、辛抱《しんぼう》強く待つしかないと思った。私は、つばきが座った籐椅子の横に腰を下ろした。

暮れなずんだ庭を見ながら、何か夢の世界にいるような気がした。二、三度、瞬《まばた》きをすれば、つばきの姿が消え去ってしまっているのではないかと。幽霊と信じて、その正体をあれほど躍起《やっき》になって知ろうとしたのに、こんなにあっけなく、私の傍《そば》に彼女が現れてくるなんて。ある部分で、わくわくしている自分がいる。それがつばきに対して不謹慎《ふきんしん》であることはわかっている。

あの天井裏の梁が、関係している。それだけは確信を持って言える。梁や正体の知れない金属棒との具体的な因果関係はわからないが、彼女……つばきが時を超えて現代で実体化した責任の一部が私にあることは、まちがいない。

私は、もう一度、つばきに会ってみたかったのだ。だからこそ、あれほどに必死になって二階の物置きや屋根裏を探索してまわったのだ。

それだけは、まちがいない。

つばきが、これから不幸を感じるとすれば……それは、私の責任ということになるのだろうか。もし、彼女を悲しませるのであれば、それは、私の望むところではない。

もっと、つばきには尋ねなければならないことが沢山あるような気がした。だが、今はそのときではない。今は、彼女が精神的に安定することを願うだけだった。

石垣の向こうで、大きな音がした。

つばきが、はっと椅子から身を起こすのがわかった。私がつばきを見ようとするのと、彼女が私の右肩を摑《つか》むのが同時だった。

つばきは音に驚いたのだ。

低く唸るような連続音が、塀の外を近付いてくる。マフラーに細工を加えたターボ車の排気音だ。つばきが耳にしたこともない音のはずだった。地を這《は》う雷鳴にちがいないのだ。初めて耳にする彼女にとって。

つばきの私の肩を摑む力が強くなった。見上げると、彼女は下唇を嚙《か》んで、塀の外に注意を向けていた。私は、不安をとり除いてやろうと、肩を摑むつばきの左手を握ってやった。

「怖がらなくていい。あれは、自動車が出している音です。自動車は乗り物。……そう、カラクリで動く、馬のいない馬車のようなものです」

つばきは、わかったというように何度かうなずいた。でも、理では納得できても、本当に情の部分まで納得できたかというと、そうではない。その証拠に、右肩を摑む手から力が抜けていない。

「大丈夫ですよ。つばきさんを傷つけるようなものは、ここには何もないのだから」

ターボ車の排気音は、特別に大きかった。暮れや正月にかけて、この界隈では花岡山で暴走族が走りまわることがあると母が言っていた。その音量に匹敵《ひってき》する排気音だ。接近したときに腹にまで響く。狭い道なので低速で走らせているようだ。

またしても、つばきはこらえきれずに私にしがみつき、排気音が遠ざかるまで眼を閉じて、その状態のままでいた。

つばきが、この世界で頼れるものは、私しかいないのだということに私は気がついた。

「井納様、ありがとうございます。でも、今まで、このように怖いことはなかったので」

椅子に座りなおしながら、彼女は言った。

「何も心配することはありません」

そう答えた。

「私、どこにも行けません。この世界で、ここで暮らしていいんでしょうか?」

つばきは、恐る恐るといった様子で私に言った。申し訳なさそうに。

「もちろんです。百椿庵は、つばきさんの住まいではありませんか」

私がそう答えてやると、つばきは深々と礼をした。ほっとした表情を浮かべて。

10

それからのつばきは、連続して驚きを体験することになる。それが、そのまま、百椿庵の、いや世の中の百数十年の時代の変化となるのだと思う。

実は、それから、つばきは発熱したのだ。自動車の排気音に脅《おび》えて私にしがみついてきたときに、すでに熱いとは感じていたのだが。

時を超えて見知らぬ世界に迷いこんだがためのカルチャーショックで、身体がついていけなかったのかもしれない。

結果的に、まる二日、意識が朦朧《もうろう》とした状態に陥って、眠った。

その二日間は、医者に見せようにも見せられず困ったが、私はつきっきりで彼女の看病をした。三十九度を超えていたから、病名はわからないものの、熱さましと、体力増強をうたうドリンク剤を飲ませた。

そんなとき、つばきは、薬を差し出す私の指をしげしげと見た。

「どうしたのですか?」と尋ねると、彼女は少し恥ずかしそうに、「そんなに白くてきれいな指、あまり見たことありませんでしたから」と答えた。

「それって、女性的な指っていうことですか？」と問い返すと、つばきは、ゆっくり顔を横に振った。

不器用ながら粥《かゆ》をこしらえて、つばきの枕元に運んだとき、彼女が涙を流しているのに驚いた。「どうしたのですか？」と問うと、彼女は、うなずいた。

「さっき、大丈夫ですか、つばきさん……って声をかけていただきましたよね。兄の声にあまりに似ていたから。小さい頃、私が風邪をひいて伏せっていると、兄もそんなふうに声をかけたんです。大丈夫か、つばき……って」

「お兄さん……」

「流行《はや》り病《やまい》で私がまだ幼い頃に亡くなったんですが……。思い出してしまって……」

それから、つばきは劇的な回復をした。

この世界で、つばきは、ひとまずは私を頼ることに決めたようだ。そして、この百椿庵で過ごすことができると知って、いくぶん不安が除かれたのかもしれない。表情が和《やわ》らいできている気がする。

つばきが体調を回復した夕暮れ、籐椅子に腰を下ろしたままの彼女のために、泉水のまわりにある誘蛾灯のスイッチを入れてやった。蒼い灯がともり、濡れた樹々や芝生が照らされた。雨あがりの靄《もや》が宙空を漂い、庭は幻想的な風景となった。

明かりの技術を、すでにつばきは未来の既存技術として受け入れたらしい。

「きれいですねぇ」そう感嘆の声をあげた。「まるで、夢の中に出てきそうな光ですねぇ。こちらでは、もう灯籠《とうろう》とかは使っておられないのですか？」

石灯籠は三本ある。観音像横と、泉水近く、それに門から玄関に至る玉砂利の道に沿った位置だ。本来は中に灯をともして、外灯代わりに使ったものらしい。だが、つばきに指摘されるまで、そのような用途にしたものだったとは考えもしなかった。庭の飾りとしてしか捉《とら》えていなかったのだ。

「ええ、使っていません。つばきさんの時代では、いつも灯籠をともしていたんですか？」

つばきは、首を横に振った。

「灯籠をともしたのは、お盆のとき。それからこちらにお客様をお迎えするときくらいでした」

そう答えた。庭の光景を眺めるつばきの横で付き添いながら、私自身、今の自分の状況が夢のように思えて仕方がなかったのだ。

瞬きすれば、この光景が霧消して、布団の中で目が覚めるのではないか。

そんなことはなかった。

私は、現実に横にいるつばきに声をかけた。

「もう……身体の具合はいいようですね。食事はとれますよね？」

つばきは、はっとしたように立ち上がった。

「あっ。晩御飯の支度は、私がいたします」

つばきは、それが自分の使命だというように、そう言った。しかし、病みあがりの彼女にそれをまかせるわけにはいかない。今、台所に行っても驚くだけだ。

「ありがとう。でも台所も、つばきさんの時代とちがうから。ぼくがやるよ」

「しかし、男の方にやっていただくわけにはまいりません。まかないは女の仕事ですから、男の方は厨房《ちゅうぼう》には入りません」

仕方ないと思った。まだ、つばきには、百椿庵の現在の全容を見せていないのだ。

「じゃ、一緒に台所にまいりましょう」

いつの間にか私にも、つばきの口調が感染《うつ》ってしまったようだ。それが自分でおかしかった。私は彼女を案内することにした。つばきはうなずくと、私の後を尾《つ》いてくる。

玄関の三和土《たたき》を見て、つばきが「ずいぶん変わっている」と呟《つぶや》いているのが聞こえた。

玄関から左の部屋が茶の間。その奥が台所。

つばきは、茶の間で足を止めた。天井近くを眺めて「棚が皆、なくなっているわ」と言った。その頃の百椿庵には、茶の間の壁には棚があったらしい。

「棚？」

「ええ。器とかを、そこに納めていたんです。それから、私のおやつに芋飴《いもあめ》も作って置いてましたから」

それから視線が流れ、止まったのはテレビだった。

「この箱も……えあ……こん、ですか？」

つばきは私に尋ねた。

「いや、テレビといいます。いろんな世の中のできごとが映《うつ》ります」

まだ見せるのは早すぎる。あまり一度に、文明のショックをつばきに与えるべきではないと思った。

「何も映りません」

テレビを覗きこむようにつばきが見ていた。

「あとで、使いかたを教えます。こちらが台所です」

私はつばきを手招きした。つばきは、テレビの正体を見極めたいらしく、何度も振り返りながら台所に入ってきた。

「あっ」小さな声をあげた。「井納様、土間がなくなっています」

つばきに、そう言われるのは覚悟していた。

「竈《かまど》もありません。井納様たちは、お米は、どうやって炊くのですか？」

私はうなずいてみせた。

「だから、つばきさんが戸惑ってしまうと思って、私が食事の用意をすると言ったんですよ。昔と様子がちがっているはずです」

つばきは、半ばべそをかきながら、うなずいていた。

「竈の神様は怒りませんか？　水甕《みずがめ》も消えている。井戸から運んだ水は、どうするんですか？　どこに溜めるのですか？」

一つ一つに答えるべきだろうが、面倒臭くなってきた。

「私が、食事をこしらえます。つばきさんは、黙って見ていたらいい」

私は、冷蔵庫の冷凍室から冷凍食品のピラフを取り出し、皿に入れて電子レンジにかけた。その冷蔵庫を見て、つばきは大きく口を開いた。信じられないものを見たという様子で。

続いて冷蔵庫から、トマトとバジルの葉、そしてモッツァレラチーズと生ハムを出し、皿に盛って、オリーブ油とバルサミコソースを混ぜたものをかけてサラダにした。その間、約十分。

それをすべて茶の間の食卓にならべ、コップを置く。

「さぁ、できました。未来の食べものです。つばきさんが気に入るかどうかはわかりませんが、手早くできるものを作りました」

それから冷えたビールのロング缶を置いた。つばきを私の正面に座らせた。

「さぁ、食べましょう」

私は、ビールを彼女と私のコップに少しだけ注《そそ》いだ。私が胡座《あぐら》をかくと、つばきは戸惑ったようだった。

「こうやって……一緒にいただいてよろしいのですか？」

「ええ、どうしてですか？」

「いえ、家の主人様が召し上がられてから、女人は食すものだと教えられていますから」

「かまいません。私をこの家の主人だと考えないでください。そうだな……友だちと思えばいい」

「友だち……」不思議そうな声だった。

「さ、食べましょう」

今度は、珍しそうにピラフの皿を見る。私はスプーンで食べる真似をすると、つばきは、わかったというように笑ってうなずいた。

「この水は？　あぶくが出ているんですね」

「ビールという軽いお酒です。少量なら、元気づけの薬みたいなものです。口に合うかどうか。コップ……これを持ってください。風邪が治ったお祝いに、乾杯しましょう」

「えっ、ちょっと待ってください」

つばきは、両手を合わせ眼を閉じて祈った。数秒だったが。そんな習慣を私は忘れてしまっていた。自分の行儀の悪さを自覚していた。

私がコップを持っているのを見て、同じようにつばきもコップを持った。私が笑っていたのだろう。少し嬉しそうにつばきも笑顔を見せた。

その笑顔を見て、私は何だか心が洗われるような気持になった。

「乾杯」と私が言って、コップをつばきのコップに当てて鳴らしてやった。

一息にビールを飲み、彼女を見ると、口に手を当てて驚いていた。

「どうですか？」

「苦い。口の中があぶくでプチプチして驚きました」

「嫌いですか？」

つばきは、首を横に振って、目を閉じ両手をコップに添え、あたかも覚悟を決めて毒杯をあおるように一息に飲み干した。

コップを置くと、つばきは一つ小さく「ヒック」とおくびを出した。

それから「冷たくて、苦くって、好きです。こんな味は」と言った。

「もう少しだけ飲みませんか？」

「ありがとうございます」

両手でそえたコップを真っすぐに私に差し出した。そのコップにビールを注《つ》ぐ。つばきは、慣れたらしく一口だけ飲むと、サラダに箸《はし》を伸ばした。

その視線でわかった。つばきは、トマトもバジルもチーズも食べるのは初めてのようだった。口に入れて、何度か咀嚼《そしゃく》する。

「おいしい……」と言った。「生まれて初めてのものばかり」

今度は私を真似てスプーンを手にとり、ピラフを食べた。サラダもピラフも最初は恐る恐る。そして何度も感心したようにうなずきながら。食べる速度はあまり早くはない。初めてのものを、味わいながら食べているという様子だ。

食べ終えると、再びつばきは手を合わせた。

「味はどうでしたか？」

私が尋ねると、満足そうに微笑して、「とてもおいしかったです。ありがとうございました」と言った。

「でも、少し、ふわっとします」
頰が、少し桜色に染まっている。つばきは飲み慣れないビールに、どうも少し酔ってしまったらしい。

11

私は少したーめらっていた。

何をためらっていたかというと、つばきがちらちらとテレビの方に関心を向け始めていたからだ。それまでテレビはつけていない。

私は、あまりテレビを見るほうではない。食事どきに、ニュースにチャンネルを合わせるくらいのものだ。だから、つばきとともに食事をするときは、テレビなど必要ではないと、スイッチも入れなかった。

つばきはというと、食事を終えた後、くつろいだ様子を見せた。私を警戒すべき人物ではないと見極めたのかもしれないし、百椿庵内での時代の変化を受け容れたのかもしれない。どのくらい変化を受け容れたかというと、水道の使いかたを覚えた。台所の明かりのスイッチを覚えた。

都市ガスの使いかたは、まだ無理だと思う。火をつけて見せたとき、ガスレンジに近付けなかった。一メートルも離れて炎を見ていたほどだ。

だが、つばきは、食事後の片付けを自分がやると主張した。家の主人がそのような仕事をやるべきではないというのが、つばきの考えかただった。

つばきは、食べ終えた食器を集め、水道で洗った。私が背後から様子をうかがおうとすると、はっとして身を固まらせた。

「井納様は、あちらでお休みになっていてください」と、きりっとした眼をして言った。

私は、「では、甘えさせてもらいます」と答えると、つばきは安心したような笑顔を浮かべた。

「ただ」と私はことわって、スポンジに液体洗剤をふくませ、「これで洗えばいい」と言って手渡した。

その後、「すごく油の汚れが落ちます。魔法みたいにお皿がすべすべになります」と台所から、はしゃいだ声が聞こえてきた。

その後、台所からの声は聞こえなくなった。気になって覗くと、台所は見ちがえるように整理されていた。男の一人暮らしは、日々、できるだけ整頓しようと心がけてはいるのだが、出しっぱなしの調味料、洗いっぱなしの食器、そしてカビの生えかけた布巾はどうしようもない。だが、それらはすべて洗われ、片付けられ、油分が散ったガスレンジの上まで完璧にきれいになっていた。

私の顔を見て、つばきが言った。

「もう、終わりましたから」

「ああ、ありがとうございます」

私は、彼女に頭を下《さ》げた。

つばきは茶の間に戻ると、再び私の正面に腰を下ろした。私の方を向いて、正座している。ふだん一人だったら、横になって音楽を聞きながら、本でも読んでいるときだ。だから彼女が、そのようにかしこまって正座して私の正面にいると、嬉しく心弾む半面、どうすればいいのか、間のとりかたがわからず、ややおろおろしている自分を感じてしまう。

「井納様は、くつろがれてください。私のことは気になさらずに」

そうは言われても、「ああ、つばきさんこそ」と答えている。何だか、お見合いというのは、こんな雰囲気なのだろうかと考えていた。

そのとき、気がついたのだ。

つばきの眼がテレビを見ている。茶の間に入るときに、テレビの正体に興味を持っていた。彼女は、眼を細めたり睨《にら》んだりしていた。そうすることで、テレビが見えると考えているようだった。

「テレビの使いかた、教えましょうか」

思いきって、私はつばきに言った。つばきは振り返って私を見た。

「やはり、どう目をこらしても見えません。どうやって使うのですか」

私は、テレビの横に置いていたリモコンを持ってきた。

「これでつけます。この赤いのが電源」私はつばきにリモコンを渡す。「テレビに向けて赤いのを押してください」

彼女は、言われたとおりにスイッチを押した。

テレビの画面が現れた。名前のわからないアイドル歌手が歌を唄っている。テンポの速い曲で、歌手のバックで数人が踊っている。

つばきは、リモコンを握ったまま呆然としていた。

「この動く絵でいいですか?」

私が言うと、彼女はリモコンを私に向けた。

「元にもどすのはどうしたらいいのですか?」

消しかたがわからないらしい。

「もう一度、赤いところを押してください」

つばきは、あわてた様子で再びスイッチを押した。画面が消えた。彼女は、大きく溜息をついた。

「ああ、まだ胸がどきどきしています。これが、て・れ・び、ですか?」

「テレビです」

「テレビ」と繰り返して口にした。「今の人は唐人《とうじん》さんですか?」

「いや、私と同じ日本人ですよ」

「この時代の女は、あのように肩を出しているのですか?」

ステージ衣裳のことを、つばきは言っているのだろうか。

「いや、あのようにテレビの中で歌を唄うときだけです」

「どこに、あの女の人はいるのですか? 箱……テレビの中じゃありませんよね」

「東京……江戸ですね。たぶん。江戸にいる人を機械で写して、信号に変え、日本中に飛ばします。それを、それぞれの家のテレビで、またこうして見ることができるのです」

つばきに理解できるように説明するのは、それが限界のようだった。自分の日常を振りかえって、あたりまえと思って使っている技術を説明する言葉には、あまりにも限りがあることを知って愕然《がくぜん》とした。

「今は、歌の絵になっていましたが、他にもいろいろな動く絵を見ることができます。それを番組って言うんですが。やってみましょうか？　これで絵が選択できます」

私は、リモコンのチャンネル部分を見せ、それから再びスイッチを入れた。

歌番組に替わって、アニメの番組になった。

「絵が動いて、話をするのですね。どうしてそんなことができるのでしょう」

巨大ロボットが活躍するＳＦだった。何故、絵が動くのか、話をするのか、説明して理解してもらえるとはとても思えなかった。

「この動く絵、つまりテレビの番組を作っているところでは、どんな場面も作りあげることができるんです。でも、けっして現実にあの箱の中で、このように絵が動いたりしているわけではありません」

つばきは、うなずいた。そして言った。

「幻術のようなものですか？」

「そう思っていただくといい」

次々にチャンネルを切り替えた。

アニメの次は、ドキュメンタリーで野生の動物の生態が映る。そのときには、それが現実ではない絵空事を見せるカラクリだという認識に、つばきはなっていたようだ。アフリカの草原でライオンがシマウマを襲うシーンがあっても、「怖いけれど、本当は、こんなこと起こっていないんですよね。幻術なんですよね」と念を押すのが、おかしかった。どう答えてやるべきなのか、わからない。

結局、それには答えずにチャンネルを替えた。

時代劇をやっていた。

私も見たことのない番組だ。若侍が腰元を守ろうとしている。取り囲む抜き身を持った侍たち。そこへ町人風の主人公が割って入る。町人という扮装だが、実は身分の高い武士が悪事を暴くために、そのような身なりをしているらしい。その証拠に武芸の達人のような身のこなしだ。「引け！　引け！」という声を合図に悪い侍たちは去っていく。場面は変わって、江戸の街並み。物売りや町人が行き来する。

「これもお芝居です。現実のことではありません」

私が言うと、つばきはコクンとうなずいた。

「このお芝居の世界は、私よりもつばきさんたちの世界に近いんじゃありませんか」

つばきは首を傾げた。

「そうでしょうか？　なんだか、ちがうような気がします。皆、身体が大きそうだし、顔つきがちがいますし、そして、皆、新しくてきれいな着物を着ています。町に、いつも、あんなに沢山の人は歩いていませんし、瓦屋根の家は、あんなに多くはありません」

つばきの眼から見る時代劇は、何やら異質な世界に映っているようだ。

「それに……」

「何ですか」

「これ、お芝居ですよね」

「ええ、そうです」

「皆、そのままの顔で出るのですか？　お芝居の役者は、皆、白粉《おしろい》を塗りますよねえ」

「いや、今は塗りません。あっ、歌舞伎とか剣劇芝居では塗るかな」

しかし、つばきは時代劇を気に入ったようだった。喰い入るように、画面に見入っていた。

ただ、コマーシャルの時間になると、画面の切り替わりが早いのか、わけがわからないのか、眼をぱちぱちさせたり、首を傾《かし》げたりする。それだけでも、つばきに文化のショックが襲っているのではないかと心配になる。

私は、画面よりも、そんな彼女の横顔に見とれていた。

12

電話が鳴った。

テレビを見ていたつばきは、その音のありかを探そうと、両手を胸にあてて不安気にあたりを見まわしていた。

「心配しなくていいですよ」

私は、テレビの音を少々おとして受話器をとった。つばきは、両手を胸にあてたままうなずいて、私の様子を見ていた。

電話は、岡山の母だった。父は、今夜はまだ帰宅していないらしい。

「どうしてる？　そちらはどうなの？」で始まるいつもの電話だ。私は、早く切りあげようと最小限の返事で通していた。

ちらっと、つばきを見ると、いったい何をしているのか、誰と話しているのか、と不思議そうに私を見上げていた。

「もう切るから」

私は言った。よほどつっけんどんに聞こえたらしい。母は、いつもの私とちがうと感じたようだ。

「何か変わったことがあったのかい?」

そう尋ねた。母親というのは敏感なものだ。

「いや、別に」と答えた。

「誰か、来てるのかい?」

凄いカンだなと驚いた。つばきは黙って、私を見上げているだけだ。心配そうに。声をたてることも、物音をたてることもない。

「誰も来てない。どうして?」

「いつもより早く電話を切りたがっているみたいだし、それに、惇は、あまりテレビを見たりしないじゃない。それで」

電話にテレビの音が響いているのか。母の推理力に舌を巻いた。

「たまには、テレビくらい見るよ」

それから、いくつかのやりとりの後、母親は尋ねた。

「あれからは、幽霊さんは出ないの?」

「出ないよ。たぶん、あのときは、眼の錯覚だったと思う。疲れてたんだろう、長時間、原稿書きをして眼を使いすぎていたから」

「ふうん」

母の声は、怪訝《けげん》そうだった。そうして電話を切った。

受話器を置くと、まだ不安気につばきは私を見ていた。

「そのカラクリ、腹を立てたときに使うんですか？　堪忍袋《かんにんぶくろ》のようなものですか？」

恐る恐るといった様子で、私に尋ねた。そんなふうにつばきには見えたらしい。私の話しかたは、よほど不機嫌そうだったのだろう。

私は、彼女に心配をかけないように、作り笑いを浮かべた。作り笑いは苦手だ。きっと強張《こわば》ったような笑みになったはずだ。

「今は、母と話していたんです」

つばきは、何かを勘ちがいしたのだろう。こんな答えが返ってきた。

「えっ、すると、今は、あの世に行った方と、話ができるようになっているのですか？」

私は、思わず声をたてて笑ってしまった。電話を、つばきはそのような装置だと捉えたらしい。

「母は、まだ生きていますよ。岡山という所にいるんです。これは、電話といって、電話線を使って遠い所にいる人と話ができるんです。いくら科学が発達したといっても、あの世がどうなっているか、我々もわかりません」

つばきはうなずいたが、納得したかどうかはわからない。

夜が更けて、私は彼女のために、その夜は仏間に来客用の床を用意してやった。

私は、玄関横の六畳間に寝ることにした。

つばきは、私が仏間を離れるときに、私に向かって三つ指をつき、「井納様、ありがとうございます。お休みなさい」と深々とお辞儀をした。

それから、彼女は何か言いたげな様子で私を見る。どう切りだしたらよいのか、迷っているように。目が不安気だ。

「何か？」

「ええ……。もし、このまま元に戻れなかったら……私……」

私は、彼女に言った。

「何らかの理由で、つばきさんはここへ迷いこんでしまったけれど、きっと元の世界へ戻る方法はあると思いますよ。それがわかるまでは焦らずに、心配せずここで過ごしたらいい」

そう言うと、つばきの目から、やっと不安が消えた。

私に対して彼女は気兼ねしていたらしい。

布団の中に身を横たえてみると、自分でもここ数日のできごとが、まるで夢のように思えてならなかった。明日、目を醒ましたときに、つばきがいなくなっているということはないのだろうかと考える。不謹慎だが、看病も含めて、楽しい時間だった。いや、今こそひょっとすると夢なのかもしれないと思う。すると仏間の方から、つばきの咳《せき》ばらいの声が一つ聞こえてきた。

夢ではない。

つばきが回復したその夜、私はなかなか眠りの中に入っていくことができなかった。

夢ではなかった。

人の気配で目が醒めた。

布団を出ると、その気配の方を見た。廊下で、つばきが雑巾がけをしていた。

時計を見ると、まだ六時だ。いつもならまだ私は夢の中にいる時間だ。

私が立っている気配につばきは気がついた。雑巾がけの手を止めて、私に向きなおった。

「おはようございます。申し訳ございません。起こしてしまったのでしょうか」

いや、目が醒めたところだったから、と私は答えた。

「できるだけ井納様がお休みになっている邪魔にならないようにと心がけましたが」

つばきの気配りには舌を巻く。廊下はきれいに磨きあげられ、黒光りを放っている。

「いつも、こんなにつばきさんは早起きなのですか？」

「ええ、りょじんさんのお世話する前からずっとですわ」

りょじんさん……まただ。りょじんさんというのが、つばきの主人になるのだろうか。

「百椿庵は細川家の家来の妾宅《しょうたく》だったんじゃないか」と祖母が言っていたという母の科白《せりふ》が浮かんできた。だが、そのことを、今、つばきに尋ねる気にはなれなかった。

「もう、掃除を終えますから、朝御飯の用意にかかろうと思いますが、まだ、あそこは、私、怖いのです」

困ったような表情を彼女は浮かべる。それは、台所のガスやレンジなどのことを言っているのだとわかる。私だって未だに、据えつけられている電子レンジをうまく扱《あつか》う自信はない。冷飯を温めることができるくらいだ。

「それは、私がやりましょう。つばきさんに、見たばかりのカラクリを扱えるはずがない。御飯はありますから、お味噌汁を作りましょう」

つばきは、ほっとしてうなずいた。

「井納様、すみません。必ずカラクリを扱えるようになります。それまで、よろしくお願いします。側について、申しつけていただくだけで、慣れることができると思います」

「いや、一緒にやりましょう。私も楽しいし」

つばきは、やっと納得できたかのように、うなずいた。それから、私に言った。

「味噌汁の具は、何がお好きですか？」

「何でも……かまいませんが」

つばきは、うなずいた。

「茄子《なす》でよろしいでしょうか。ちょうど食べ頃なので」

つばきが何を言いだしたのか、私にはぴんと来なかった。

「茄子ですか？　残念ですが、切らしていますが」

「私が、とってまいります」

「どこから？」

「裏の畑から」

つばきは、根本的な部分では、完全にまだ理解できていないのだ。変な顔を私はしていたらしい。

「食べ頃が沢山《たくさん》なっております。残りは浅漬けでもこしらえますから」

百椿庵の裏は、畑などではない。狭いながらも舗装《ほそう》された市道になっている。彼女が生きていた時代は畑だったかもしれないが、今はちがう。

「畑は、ありません」

それが納得いかないというように、つばきは首を横に振る。時代が変わっても、そんなに簡単に畑が消えるはずはないと考えているのだろう。

「裏木戸の向こうにあるはずです」

今回は、つばきも信じられないのだろう。頑固に畑の存在を主張した。

私は言った。

「じゃあ、つばきさん、一緒に見てみましょうか？」

私たちは、玄関から出た。つばきには、つっかけを履《は》かせ、玄関から庭にまわった。庭から、裏木戸へと歩く。まだつばきは、心の中がうまく整理がつかないというようだった。途中、観音像の前で立ち止まり、彼女は両手を合わせて真剣に拝んでいた。

木戸から外に出て、誰かに見られたらどうしようという気持もあった。つばきの着物姿は、現代ではあまりに異質すぎる。

だが、あまり人通りが多い場所ではない。つばきが納得すれば、それでいいのだ。すぐに戻ればいい。これから二十一世紀の世の中を案内するときは、服を準備する必要があるなと考えていた。髪型もそうだ。美容院に連れていくべきだろうか。

裏木戸のところから、道路が見えた。

「わかりますか？　つばきさん」

彼女は黙してうなずいた。道路の向こうには、アパートが見える。

「畑は、ずっと昔になくなっているんです」

つばきは、裏木戸を開いた。それから、道路へ二、三歩、踏み出した。

そこで、彼女の姿が消えた。

「あっ」

思わず私は小さく漏らしていた。道に、つばきが履いていたつっかけが、ぽつんと残っている。見まちがいではない。あたりを見回しても、彼女の姿は見当たらない。

つばきは、現れたときと同様、突然に百椿庵から消えてしまったのだ。空気のなかに溶けこむように。

13

あまりの唐突なつばきの消失に、私がとった行動はというと、思いかえせば恥ずかしくなるほど間抜けなものだった。

裏木戸から道路へ出た。それから、あたりをきょろきょろと見回しながら、町内を探しまわったのだ。道路で会ったのは、花岡山山頂へ散歩に行く人々と牛乳配達の車くらいのものだ。彼らの眼に私がどのように映ったものか。

だが、ひょっとしてつばきは、道路のどこかで困惑しながら立ちつくしているような気がしてならなかった。そう考えると、私は彼女を何とかしてやらねばならないという思いにかられて、そのような行動をとらずにはいられなかったのだ。

近所を不審者の挙動で、つばきを探しまわりながらも、頭の中ではいくつかの可能性を考えていた。近所にいないということは、そのうちの可能性の一つが消えたということだ。次の可能性は、つばきが百椿庵の中に戻っているというものだ。

家の中で、私は彼女の名前を呼びながら探してまわった。庭で佇《たたず》んでいる姿も想定しながら。二階にも上がってみた。

そこで、いくつかの希望的に考えていた可能性は、すべて消去されてしまった。

つばきは、現れたときと同じように、突然去ってしまったことがわかっただけだ。

気が抜けたような状態のまま、私はへたりこむように腰を下ろした。

何をする気にもなれなかった。何か大事なものが、心の中から抜け落ちてしまったような感覚だけがあった。

あれから、つばきはどうなったのだろうかと思う。裏木戸を抜けた瞬間に、時を超える何らかの力が働かなくなったということではないか。それとも、ひょっとして時を超える力の範囲のようなものがあって、それから飛び出してしまったのだろうか。ということは、つばきにとって、裏木戸の向こうは茄子畑だったということなのだろうか。つまり、つばきは元治の時代に戻ったということになるのだろうか。

それにしても消えかたがあまりにも唐突すぎる。心の準備も何もできないままだった。まるで、天狗か何かに神隠しにでもあったかのように消えてしまった。

それはそれで仕方のないことかもしれない、と自分に言い聞かせる。つばきと私は、最初から生きる時代がちがうのだから。

もし自分の時代に帰ったとしたら、彼女は、どのようなことを考えるのだろう。不思議な夢を見た。そう考えるのだろうか。誰かに、自分の奇妙な体験を語って聞かせたりするのだろうか。

夢のような、遥かな世界では、部屋の中にたくさんのギヤマンが使われている。遠い場所にいる人と話ができたり、幻術みたいに箱にいろんな絵を映し出したり、そんなカラクリだらけなのよ。そんなふうに語るつばきの声が聞こえるような気がした。

元治の時代に、そんな話をしても絵空事としか聞こえないだろう。予言として人々が聞くこともないはずだ。たぶん、その時代の人々の想像力の枠も超えているにちがいない。もしつばきが第三者に未来の話をしても、三日も経たずに忘れられてしまうことだろう。

午後になったが、何もする気は起きなかった。そんなふうに私は簡単に精神的に立ち直れるほどタフな人間ではない。ぼんやりと、つばきのことを思い出していた。身体を動かす気にもなれない。この数日、原稿もちっとも進んでいないよなという罪悪感にも似たものが、心の隅でふと湧き上がる。だが、こんな精神状態で書いても佳品が生まれるはずはない、と良心の訴えを却下していた。

ようよう身体を動かして、トイレに立った。小用を済ませて、居間へ戻ろうとしたときだった。

私は目を疑った。

廊下に、つばきが立っていた。

「つばきさん！」

その声は、嬉しさのあまり叫び声に近くなっていたと思う。彼女は、手に持っていた笊《ざる》を落とした。廊下に数本の茄子が転がっていく。

「井納様！」

つばきも、驚きで感極まったような声になっていた。

「もう、お会いできないと思っておりました」

つばきの大きな瞳からみるみる大粒の涙が溢《あふ》れ出してきた。彼女は、ぽろぽろと流れる涙を隠そうともせずに私を見る。貰い泣きしてしまいそうになるのを、私は必死でこらえた。

「消えて、半日もいなくなっていたから、心配したんですよ」

私がそう言うと、泣きはらした眼で、つばきは驚いたように答えた。

「私……こちらの裏木戸を通ってから、もう四日目なんですよ」

四日目……。不思議だった。今朝早く、つばきが姿を消してから、四日間も時間が経過したというのか。

いずれにしても、私の内部でみるみる生気のようなものが蘇《よみがえ》ってくるのを感じていた。現金なものだと自分でも思う。

私たちは居間に座った。つばきには紅茶を入れてやった。

彼女が一息ついてから話してくれたのは、こうである。

裏木戸を抜けたときに、足を引っ張られたような気がした。履いていたつっかけがなくなっていたということだった。それでも、変だなと思ったくらいで、畑から茄子を必要な分だけもいで、百椿庵に入ったら、私の姿はなく、元の一人っきりの昔の屋敷に戻っていたのだという。

それまで自分は幻を見ていたのだろうかと不思議でたまらなかったらしい。私と同じように、彼女は百椿庵のまわりを調べたり、最初に現れたときのように座敷の中を何度も歩いたりしてみたという。

だが、何も起きなかった。

「もうこちらには伺《うかが》えないのかと思ってしまいました。でも……」

つばきは随分とまどったようだ。

「もっと井納様のお役にたてればと思っていたのです。だから、どうやったらこちらにもう一度伺えるかって、いろいろとつばきは工夫したのですよ」

そう真剣な表情をしてくれるのが、私には嬉しかった。口を挟《はさ》まずに、うんうんと、うなずくばかりでいた。

翌日にも、つばきは〝工夫〟してみたという。その〝工夫〟が具体的にどのようなものか、くわしくは聞かなかったのだが、いずれにしても功を奏することはなかったという。

三日目、四日目は、もう諦《あきら》めはじめていたと語った。

「でも……」と彼女は、顔を上げて、「もう一つの百椿庵へは行けないかもしれないと諦めかけていたのですが、井納様のことはずっと頭から離れませんでした。だから、私、また来られたのだと思います」

そう、きっぱりと言い放った。

何か時を超えて、つばきが現代へ現れる法則性のようなものがあるのだと思う。しかし、このときは、つばきがそう言ってくれたことが嬉しくてならなかった。

彼女がそう言ったとき、正座をして私の眼を正視していた。

私は思わず衿《えり》を正し、胡座《あぐら》をかいていた足を正座しなおしてしまったほどだ。

つばきが驚いて、「足を、おくずしくださいませ」と言ってくれたが、それでは私の気がすまない。

「つばきさん、私もずっとつばきさんのことを考えていましたよ」

そう言った。すると、いかにもおかしそうに両手で口をおさえ、声を出して彼女は笑ったのだ。

何がおかしいのかと思って尋ねると、

「だって、つばきは、四日間ずっと考えていたのですよ。こちらでは、まだ半日しか経っていないというではありませんか。半日だったら、誰でも奇妙なできごとを忘れるはずがないではありませんか」

そう言って、また笑う。そういうときのつばきは、心底、おかしそうだ。

それから、彼女は立ち上がって、

「お食事、まだだったのではございませんか」

「えっ？」

そういえば、朝から私は、何も口にしていなかったのだ。食事をとることさえ忘れるほど放心状態を続けていたということなのか。

「そういえば、お腹、すきましたね」

つばきは、くすっと笑った。

「ちょうど茄子を持っていたとき、こちらに参ったんですよ。一緒に厨房の使いかたを教えてくださるって仰《おっしゃ》ってましたよね」

そうだった。台所のカラクリを教えるという約束をして、その後、つばきは消えてしまったのだ。

「ああ、そうでした、そうでした」

私とつばきは、台所に入った。彼女の包丁さばきは確かなものだった。リズミカルに俎《まな》板《いた》から音が響く。ガスレンジの炎に、「まぁ」と、つばきは感嘆の声をあげ、炊飯器とお釜がどうしても結びつきません、と首をひねった。それでも使いかたを必死で学習しようとする姿勢は、今朝、消える前のつばきから、大きく前進しているような気がした。

食卓で向かいあって、彼女が作った茄子の味噌汁を食べた。その味は、幼い日に食べた懐かしい味噌汁の味のように思えてならなかった。

14

こんな穏やかな時間を過ごしていいのだろうかと思う。

私は玄関横の六畳間で執筆を続ける。

主人公が、小楠から天然痘《てんねんとう》の予防法を聞かせられるくだりだ。その予防法である〝種痘《しゅとう》〟について聞かされ、その時代の常識しか持ちあわせない主人公は目玉を剝《む》くほど驚く。

そのようなことをすれば、人間が動物化してしまうのではないかと指摘したばかりに、主人公は小楠に完膚《かんぷ》なきまでに罵倒《ばとう》され、怒り心頭に発して殴り合いになる。

けっこうナンセンスな笑いになる描写を心がけた。ここは読者がリラックスできるパートにしておこうと考えていた。

執筆が思いのほか進む。書かなくていい表現までキーを叩いてしまうほどだ。思考速度よりも指の方が早く反応してしまっているように思える。それがいいことなのか、そうでないのかはよくわからないが。

とにかく精神的に、執筆に集中できる状況にあることは事実のようだ。それまで、あれほど雑念に惑《まど》わされて、まったく執筆が進まなかったというのが嘘みたいに思える。

雑念……の元凶か……。

ふとキーボードの指を止めて、縁側に目をやる。

縁側で、つばきは何処《どこ》から道具を探し出してきたのか縫いものをしている。真剣な表情で。ときおり針を髪の毛で拭くような仕草を見せる。その仕草の意味は、私にはよくわからないが。

私のボタンがとれたシャツや切り裂き状態のズボンを見つけだして、側に置いてある。

他に、「着替えは、二階にあるから」と教えたためか、着物も何点か出してある。

私が、ぼうっとつばきを眺めていることに気がつくと、彼女は縫いものの手を止めて、私を見て、にっこり微笑《ほほえ》んだ。

「井納様、どうなさったんですか？」

「いや……。裁縫があまりに鮮《あざ》やかなので見とれていました。あの裁縫道具、どこで見つけたのですか？　私は、この家に、そんなものがあるのも知らなかった」

「二階で着物を見つくろっているときに、見つけました。いけなかったでしょうか」

「いいえ、全然、ノープロブレムです」

そう言って、しまったと私は思う。つばきは、きょとんとした大きな眼で私を見て黙っている。彼女に意味がわかるはずがない。

「かまいません。大丈夫です」

と言いなおした。つばきは、うなずき、満足そうに目を細める。それから思いなおしたように言った。

「ここに私がいると、井納様のお務めの邪魔になっているのではありませんか。もしも、そのようでしたら、私、場所を移りますが。座敷の方でも」

私を案じている。

「いえ、かまいません。仕事は、はかどっています。ここで、つばきさんを見ながらやっていると、すごくはかどるんですよ。いつもより随分と仕事が進んだ」

私も、つばきに話す言葉を選びながら話すようになった。

彼女は、ほっとしたようにうなずいて、言った。

「嬉しい。よかった」

そして、私は執筆、つばきは縫いものをしながら、刻《とき》が経過していった。

それから思い出し、彼女に訊ねた。

「つばきさんは、横井小楠という人を知っていますか……」

彼女は首をひねった。

「お名前はうかがったことがある気はしますが」

あまり知らないようだ。

「何か？」

「い……いえ」

これが穏やかな時間でなければ何と言えばいいのか。心の中が安らぎに包まれているのがわかる。

つばきの姿が目に入らぬほど、執筆に集中できた。いっきに千六百字分も進む。

キーボードの横に、お茶が置かれた。見ると、いつの間にか、お盆を持って私の横に彼女が立っている。

「あ、ありがとう」

私は少し驚いて言った。気配にまったく気がつかなかったのだ。

「すみません」とつばきは言った。「あまり根《こん》を詰めておられるので、お茶を淹《い》れました。お邪魔にならないようにと思いましたが」

「いや、そろそろ少し休もうと思っていたところです」

つばきの気遣いが嬉しかった。笑顔を見せたつもりだが、うまく笑顔が爽《さわ》やかにつくれたろうか。ひょっとしてだらしない顔になっていなかったろうか。

「あれっ、これは？」

彼女は何かに興味を引かれたようだった。

それは、私が中から金属の棒状のものを見つけた箱だ。あれから机の上に置きっぱなしにしてあった。それに、つばきは気がついたのだ。

「これって？」

「つばきさん、知っているのですか？」

私が尋ねると、彼女は大きくうなずいた。

「知っています。これ、りょじんさんの文箱です」

またしても〝りょじんさん〟だ。

「りょじんさんって誰ですか？　前にも一度、聞いたことがあるけれど」

つばきは、私の質問に戸惑ったようだった。答えたくないというのではなく、どう説明すればいいのか、彼女にもわからないでいるようだ。

「りょじんさんは……私が細川家の城代《じょうだい》家老《がろう》の長岡監物《ながおかけんもつ》様から命じられてお世話申しあげていた方です。でも、あるとき、突然、自分の国に帰ってしまわれました」

「百椿庵に住んでいたのですか？　その……りょじんさんって」

「そうです」

「りょじんさんの国に帰ったって……外国人だったのですか？」

「……いえ、私たちと同じように見えました。でも背が高かった。六尺ほども丈《たけ》がございました。でも、穏やかな方でした」

「若いんですか？」

「お年寄りだと思います。頭の毛は長いけれど真っ白でおられましたから」

「その人が、この文箱を持っていたのですか？」

「ええ」

つばきは答えた。

私はその〝りょじんさん〟こそが、人が時を超える百椿庵の装置の秘密を知っている張本人である、と確信していた。

「りょじんさんは外に出かけるとき、いつも風呂敷にこの文箱を包んで持ち歩いておられました。あんなに大事にしておられたのに、国に帰られるときは、お持ちにならなかったのでしょうね」

りょじんさんは、タイムトラベラーだったということなのだろうか。そして何故、この文箱を大事に持ち歩いていたのだろうか。

その瞬間、ある考えが浮かんだ。

どうしようかと、一瞬、迷った。だが、確かめずにはいられない。

「つばきさん、ちょっと試してみたいことがあります。一緒に来てもらえませんか？」

つばきは驚いたように「は、はい」と答えた。私は、文箱を持ち、彼女とともに縁側から庭に下りた。

それから裏木戸に向かって歩く。つばきは、何が何やら理解できないまま、言われたとおりに私についてくる。

裏木戸に着いて、彼女に言った。

「この文箱を、つばきさん、持ってください」

つばきは不安そうに眉を寄せて、私にうなずいた。私も実は迷っていた。今、そこまで試してみる必要はないのではないか。

「裏木戸から向こうへ抜けてみてください」

つばきの肩が、すぼめられるように縮むのがわかった。

「この裏木戸を抜けたら……また井納様は消えておしまいになる……」

「いや、大丈夫だと思います。この文箱を持っていれば」

「わかりました」彼女は、そう答えた。「また数日、井納様を念じていれば、ここへ戻って来ることができるのですよね」

私に浮かんだ考えというのは、こうだ。

りょじんさんがタイムトラベラーだったとして、この百椿庵そのものが時間軸を移動することができる装置なのではないかということだ。だから、百椿庵の中では、私たちが知らない〝場〟のようなものができあがっている。そして〝場〟を離れたとき、百椿庵の時間軸から、現実の時間軸に引き戻される。

この裏木戸が〝場〟の境界になるはずだ。だから、つばきが裏木戸を抜けたとき、彼女は、もとの元治の時代に引き戻されてしまったのである。

そしてタイムトラベラーである、りょじんさんが持ち歩いていたこの文箱こそ、「携帯用百椿庵」ではなかったのか？　ある種の固定装置。

だからこそ、りょじんさんは大事に持ち歩いていた……。

「ぼくを信じて」

私が言うと、つばきはうなずいて、裏木戸に向かってゆっくり歩きはじめた。一度、彼女は振り向いた。

裏木戸を抜けても、つばきは消えなかった。あたりを見回し、「ここは、どこですか？」

そう、私に向かって言ったのだ。

「茄子畑が消えています」

15

〝りょじんさんの文箱〟の正体は、今一つ、はっきりわからないが、機能の一つとして、時間軸を固定する働きを持つことがわかった。

つばきが文箱を携帯している限り、百椿庵を離れても、彼女は現在にとどまっていられるのだ。つまり、つばきは、望めば、この二十一世紀にとどまり、世の中を見てまわることができるということだ。

「やはり、この百椿庵は、遥かな先の時代にあるのですね」

そう、つばきはしみじみと言った。

「空も同じように青くて、お天道様も変わっていないのに、百椿庵のまわりはまったくちがいました」

つばきにとって、裏木戸の向こうはまったくの別世界であることが、ショックだったようだ。

「あの、テレビの中のような世の中が、外にあるのですね」

裏木戸の向こうからあわてて邸内に戻ってきた、あのときのつばきは、身体を小刻みに震わせていた。怖かったのかもしれない。しかし、もう落ち着きをとりもどしている。

〝りょじんさん〟の正体や、文箱、そして百椿庵のメカニズムなど、まだわからないことが多すぎるが、つばきにも詳しいことは知らされていない様子だ。

いくつもの文化の衝撃を体験しているつばきに、今、そのことを問うても、逆に混乱させるだけのような気がする。

なりゆきにまかせるべきか。いつか、彼女の方から、もっと詳しい話をしてくれるタイミングが訪れたはずだから、と考えていた。

ふと思ったのは、現代をつばきに自分の眼で見せてやりたいということだ。

問題は彼女がそれを望むかどうかだ。

「つばきさんは、この世の中を見てみたいですか?」

あっさり、そう尋ねてみた。

「ええ。よろしければ、見てみたいなと思っておりました。でも、一人では心細いので」

つばきは、充分に好奇心を備えているようだ。もちろん、彼女を一人で外に出すことはしない。私が案内するつもりだ。

だが……。

彼女を、このままの着物姿で連れまわすことはできない。あまりに目立ちすぎる。

「大丈夫です。私が案内してあげますよ。でも、人目をひかないように、その着物姿ではなく……髪型も……変えていかないと」

つばきは、この時代を見られるとわかって、顔を輝かせた。

「わかりました。井納様のおっしゃるとおりに致します。どのようにすれば、よろしいのでしょうか」


そういうことで、あくる日、私はつばきに留守を頼み、彼女の外出着を買うために、繁華街のデパートに出かけたのだ。巻尺ではかった彼女の身体のサイズを記したメモを握りしめて。

デパートに入り、エスカレーターで昇る。婦人服売り場へ向かった。

私の人生の中でも、初めての経験だ。婦人服売り場など、足を踏み入れたことはない。予想通り売り場には、客も店員も男性の姿はほとんどない。

恥ずかしさで顔が火照《ほて》った。店員たちから不思議そうな視線を浴びせられている気がした。何故、男が一人で婦人服売り場をうろついているのだろうか。変態じゃないの？　この人、女装趣味なのかしら？

そんな視線だ。私にはそう感じる。

売り場に着くまでも、うすうす予想はしていた。少し恥ずかしいかもしれないと。もちろん店員たちが、声に出してそう言っているわけではない。私がそう思われているにちがいないと勝手に考えているだけのことだ。自分の頭の中だけで、妙な想像を膨《ふく》らませているにちがいないと言い聞かせる。

つばきの年齢を考えて、〝ヤングカジュアル〟とある売り場に入った。

二十代後半くらいの品のよい女性が、「いらっしゃいませ」と笑顔で迎えてくれた。

「あ、あのー」と私はかすれた声で言う。喉《のど》がカラカラになっている。走ってこの場から逃げ去りたい衝動と必死に闘っていた。

私はメモを店員に差しだした。

「こ、このサイズで、服を揃《そろ》えていただきたいのですが」

店員は一瞬目をぱちぱちさせたようだった。

「あの、御贈答ということでございますか」

「は。ま。そうですが」

「年齢は、おいくつくらいの方でしょうか」

「は、は、二十歳くらい……」

私は脂汗が額から垂れてくるのを感じていた。

「ワンピースとか、フォーマルな場所でお使いですか。それともカジュアルな感じでよろしいのでしょうか」

ヤングカジュアルと書いてあったから入ったんだぞ、と叫びたくなる。彼女は、私をどう思っているのだろう。女性の気を引くためのプレゼントを買いに来た客？　それとも……ひょっとして自宅に女性を誘拐、監禁している変質者。まさか……そうは思われないはずだ。

「そう……。自宅で着られて、街にその恰好で出ても恥ずかしくないようにお願いします」

「はい、では、このサイズでお揃えしてみますので」

「お、お願いします」

彼女はメモを片手に売り場を歩きまわり、何パターンかの組み合わせを作っているようだった。早くしてくれと思う。いたたまれない。

「このように、すべてコーディネートされてプレゼントされたら、感激されると思いますわ。喜ばれると思いますよ」

店員は品を揃えながら、そう話す。

「はあ、そうでしょうか」と私は答えながら、頼むから無駄口を叩かずに、さっさと揃えてくれ、と祈っていた。

「活動的な方でしょうか」

「は、いや。そこいらは、よくわからないのですが」と言い放って、しまったと思う。

「は？」

それから、店員は口数が少なめになった。そうなると逆に私は不安になる。何か言わなければならないと思うのだが。

「このような感じでは、いかがでしょうか」

シャツとコットンパンツ。それからニットのセーター。シャツは赤とワインレッド、そして白い模様が組み合わせられている。なかなかにきれいだ。セーターはベージュ。

「上品な装いになると思うのですが」

「あ、これでいいです。これ頂きます」と私は言う。

「パンツの丈《たけ》は、いかがいたしましょう？」

そう言われてどぎまぎする。丈がわからないのだ。そうだ、つばきは自分でも裁縫をやっていた。

「あ、自分でなおすと思いますから、いいです」

「はあ」と店員の声色は疑問符つきに聞こえる。ふと想像する。この女性店員が、仕事を終えて帰宅して家族とかわしている会話である。

「今日、すごく変なお客さんが来たのよ。オヤジなんだけど、二十歳くらいの女子が着るものを上から下まで全部揃えてくれって。ちょっとアブナそうなのよ。おどおどしてて、目なんか泳いでいたの。いったい何だと思う?」

そんな感じだろうか。

「ベルトもお揃えしたほうが、よろしいんでしょうか」

声をかけられ、ビクンとする。

「は、はい。お願いします」

二万数千円を支払い、その売り場を出てから思った。店員が言っていた言葉から連想したのだ。

――パンツの丈は、いかがいたしましょう?

そうだ、服を着る前に、つばきの下着も必要なのだ。パンツから、パンティを思い出したからだ。女性の下着を買う。そう考えると、顔から炎がふき出すほど恥ずかしくなった。

同じフロアに、下着売り場が見える。

もうどうにでもなれ。どんなことも恥ずかしくない。こちらはお客様なのだ。卑屈になることなどないのだ。堂々と胸を張って「下着を揃えてくれ」と言えばいい。

開きなおって、下着売り場で店員に頼む。

「あの、このサイズですが、下着を揃えていただけませんか」

メモを渡す。

「はい。ショーツとブラジャーとキャミソールでよろしいでしょうか」

「は、はい。それで……一般的なもので」

中年の女性店員は落ち着きはらっている。

「承知しました。サイズはおわかりですか」

「あの、そのメモではわかりませんか」

「バストのサイズが、ありませんので」

私は呻《うめ》き声を漏らしそうになった。わからない。

「普通だと思います」

「では、Bカップということでよろしいでしょうか」

「は、はぁ。あとで交換できますか」

レシートを持参してくれと言われ、安心した。

その後、つばきのためのスニーカーを揃えた。彼女に聞いていた足袋のサイズが九文ということを告げて、笑われたりはしたのだが。

買い物が終わったとき、私は三年分くらい年をとったのではないかと思うほど、精神的に疲労しきってしまっていた。

そのまま、私はまっすぐに百椿庵へ戻った。似合ってくれればいいのだが。もし、サイズが合わなかったりしたら。

二度と、一生、私はあの売り場に足を踏み入れないと心に誓っていた。

16

私が両手に抱えた紙包みを見て、つばきは眼を丸くした。

「つばきさんが、外へ出かけることができるように、いろいろと買い揃えてきました」

まず若者向けの女性雑誌をつばきに手渡した。本屋で目についた、ファッションがたくさん載っているものを買ってきたのだ。

「つばきさんと同じくらいの年齢の人たちが、こちらで着ているものが、この本に載っています。予備知識として、どうぞ」

つばきは、手にした雑誌の表紙を物珍しそうに撫《な》ぜた。それからページをぱらぱらとめくる。

「まぁ」と言って私を見た。

「こんなに膝を出した着物になっているんですね。恥ずかしくないんですね。皆さん」

そのページをのぞく。超ミニスカートの女性というわけではない。普通の女の子が着ているようなスカートである。私は説明した。

「そう、スカートをはいている女性は、普通ですよ」

「そうですか。これ、スカートと言うのですか」

「テレビを見ていても、こういうスカートが多いでしょう」

「それほどテレビを見ているわけではありませんから。見ても、ほとんど顔しか見てませんから」

それから、彼女はページを繰《く》っていく。まあ……とか、きれい……とか漏らしながら喰い入るように眺めている。やはり、時代を超えて女性はファッションに興味を持つということだろうか。最後まで眺め終えると、また最初のページに戻った。

「ヤム・ヤムっていう本なのですね。これ」

それを聞いて驚いた。つばきは字が読めるのか。昔は、寺子屋で男子だけが勉学を重ねて、字が読めるようになるのだとばかり考えていたからだ。

「つばきさんは、字が読めるのですか?」

「少し。りょじんさんから習いました」

「アルファベットも？」

「え？」彼女は眉をひそめた。

雑誌を見ると、「YUM－YUM」とあるのだが、その下にふられているルビは、「やむ・やむ」と平仮名だ。

「読めるところと、読めないところがあります」

そう返してきた。平仮名の部分が読めるということらしい。本の中の記事も、それほど難しい漢字が多用されているわけではなく、けっこうルビもふられているから、つばきは、ぼんやりとは概念をとらえることができるようだった。

「それで、百椿庵からつばきさんが外に出ることができるように、こちらの服を揃えてきました」

私がデパートの紙包みを出すと、つばきは本から顔をあげた。

「気にいるかどうか、わかりませんが、開けてみてください」

「私の……私の着物を買ってきてくださったのですか？」

眼を輝かす。

「そうです」

私の生活費の半月分を注《つ》ぎこんだような気がする。

彼女は、恐る恐るという様子で、デパートの包装を丁寧に開いていく。

ワインレッドのシャツとベージュのセーターを見て、「まあ、きれい」と驚きの声をあげた。

「これを、私、着るんですか?」

「そうです。その前に、この下着をつけます」

下着の包みを開き、雑誌のページをめくった。あった。下着の広告だ。それを指で示す。

「こんな感じで、服の下に着ておきます。胸のところには、これ。下にこれをはきます」

そう説明しながら、私は少し顔が赤くなっていくのがわかる。彼女は、何のてらいもなく、うなずいている。

「この髪も、こちらではおかしく見えるということですね」

私はうなずいた。

「そのような膨らんだ髪ではなく……こちらでは、つばきさんみたいに長い髪だったら……洗い髪から乾かした状態……のほうが自然に見えると思いますよ」

「わかりました。そのようにしてみます。井納様が変だと思われたら、教えてください」

それから、つばきの現代風改造が始まった。彼女を浴室に連れて行き、シャワーの使いかたを教えた。私は、彼女が髪を洗う間、廊下でやきもきして待っていた。洗い髪の状態で現れたつばきを、ドレッサーの前に座らせ、ドライヤーで時間をかけて、ブラッシングしながら乾かした。少し不自然さが残る髪型だが、結髪よりは現代的だ。しかも、今では珍しい純粋な黒髪だ。逆に瞳の大きさが際立ち、この若さなのに妖艶ささえ加わったような気がした。

「こんな感じかなぁ。どうですか?」

私が鏡の中のつばきに言うと、つばきは目を細めて、「何だか、私、掛け軸に描かれた女の幽霊みたいですね」と答えたのが無性におかしかった。

「そんなことありません。とてもきれいですよ」

彼女は嬉しそうにうなずいた。

もう少し、プロの美容師が手をかければ、充分にモデルにも使えそうな顔立ちだと思う。化粧を施さなくても。

「雑誌を参考にして、これを身に着けてみてください。このパンツ。足の長さがわからなかったので、はいてみて長さを合わせるしかないと思います」

パンツにベルトを通して、すべてを、つばきに手渡す。

「着替えてみてください」

彼女はうなずいて、受けとった。

「あちらが、いいでしょう」

仏間を私が示すと、彼女は言われたとおりに、そちらに向かった。

私は、玄関横の六畳間で、つばきの着替えが終わるのを待った。似合ってくれればいいのだが、と願いながら。

しばらくの時間、私はぼんやりと待つ。

長い時間が経過しているような気がした。

「井納様。井納様」

仏間から、つばきの声がする。もう着替えが終わったのだろうと思う。

「すみましたか」

私が、そう呼びかけると意外な返事があった。

「助けてください」

思えば、私の名を呼んだときは、つばきの声は切羽詰まったものがあった。私はあわてて仏間へ急いだ。

仏間へ入ろうとして立ちすくむ。

下着姿のつばきが、ブラジャーを胸に当てて背中に両手をまわし、泣きべそをかいていた。

「どうしたんですか！」

「この胸あて、留めかたがわかりません。何度やっても、うまくいかないのです」

つばきは、ブラジャーの留め金がうまく留められずにいる。

「わかりました。背中を向けてください」

私にも、そのような経験はあまりない。手を震わせながら、ブラジャーを留めた。

「サイズはどうですか？」

「えっ、サイズ？」

「いや、胸あて。ブラジャーの大きさは、どうでしょうか？」

「ちょうど、いいみたいです」

ああ、Bカップで良かったのかと思う。一瞬見てしまった白い胸が、まだ目の奥にこびりついている。

「よかった」と答え、肩からワインレッドのシャツを着せてやった。両腕を袖に通して、前のボタンを一つだけ留めてみせる。

「あとは、自分でやってみてください」

つばきは、「はい」と答えて、すべてのボタンを留めた。それからパンツを身に着ける。

サイズがわからないままに裾丈はなおさないで買っていた。だが、何ということか、パンツは何の補正も必要ないほどに、ぴったりだった。つばきは、ベルトはうまく留めることができた。

「どうですか。おかしく見えませんか?」

つばきは、気になるようで何度か私に尋ねた。私は、そのまま彼女を鏡の前に連れていった。

鏡の前に立たせる。

「どうですか」

「まあ」と、両手を口許にあてて驚くつばきの姿は、私が買ってきた雑誌「YUM-YUM」に載っている、どんなモデルにも負けてはいなかった。それに、凄いことに、つばきはスッピンなのだ。

「わかりません。私、わかりません。これでいいのでしょうか?」

彼女は、不安気に鏡の中の自分を覗きこむ。

「きれいです。そして、とても似合っています」

そう私が言うと、つばきの表情から強張《こわば》りがとれた。

「そう……あとは、つばきさんが自分で似合っていると思う気持ちかな。自信を持つことだと思います」

彼女は、わかりました、とうなずいた。私は、彼女にベージュ色のセーターを着せてやった。すると、良家の上品な娘にしか見えなくなった。

この姿なら、現在の、どの場所に連れていっても、誰にも怪しまれることはないだろう。

つばきは、服が着馴れないのか、首を回してみたり、腕を動かして具合をみたりしていた。

「さあ、外に出てみましょうか」と私は彼女に言った。「どこに行きましょうか?」

「どこにでも参ります」とつばきは答えた。

17

そのとき、私の頭に浮かんでいたイメージは、子供の頃にテレビで観た映画だ。

「マイ・フェア・レディ」というタイトル。イライザという貧民街の粗野な女性を、淑女にすることができるか。言語学者が彼女に言葉遣いを教えていく。人は異文化を、どれだけ受け容れ、順応することができるのか。それが物語の面白さにつながっていた気がする。表面上は正しい言葉遣いを習得しても、彼女が競馬場に連れていかれ、興奮して応援を始めると、元の品のない喋《しゃべ》りかたに逆戻りしてしまうというギャップがおかしかった記憶がある。その言語学者、ヒギンズ教授になったような錯覚《さっかく》を持ったからだ。つばきは、慣習も言葉も異なるイライザか。このように服を替え、髪型まで変えて現代の姿に化けさせている。

「マイ・フェア・レディ」を連想したのは、それだけの理由ではない。イライザをそのとき演じていた往年の名女優オードリー・ヘップバーンが、私は子供心に大好きだった。つばきに洋服を着せ、髪型を変えさせて気がついたのだ。やや広めの額から、大きくくっきりとした瞳と長い睫毛《まつげ》の感じが、つばきはオードリーによく似ている。今は長い髪を後ろにまとめている。そうすると、「ローマの休日」のときのオードリーの感じに近いか。理智的な黒い眉も、そうだ。

今、つばきは、私の横を歩いている。

背中に小さめのリュックを背負って。

そのリュックの中には〝りょじんさんの文箱〟が入れられている。これがなければ、つばきは百椿庵を出た瞬間、現在から元治に跳《は》ね飛ばされてしまうはずだ。

私の目は、嬉しそうに隣を歩く彼女に、釘付けになってしまいそうになる。

百椿庵を出て、「どこへ行きましょうか」と私が言ったとき、つばきは西側の花岡山山頂に目を奪われていた。頂上に見える仏舎利塔《ぶっしゃりとう》が物珍しいようだ。

「いつの間にか、奇妙な形の塔が建っています」とつばきは言った。彼女の時代には仏舎利塔はなかったらしい。

「花岡山に登ったことありますか？」

「城下が見わたせますから。何度か、あります」

「登ってみますか？」

「井納様は、大丈夫ですか？」

「もちろんです」と答えながら、最近は運動不足だったので、やや不安になる。突然、つばきを街に連れ出すよりは、熊本市内を一望させてから連れていったほうが、心がまえができるかなという思いもはたらいた。

私たちは、山頂を目指して歩き始めた。百椿庵からなら、頂上まで三十分そこそこで着く。ちょっとしたピクニック気分を味わえるはずだ。

「道がきれいですね」

舗装された道さえも、つばきの目には珍しいものに映るようだ。「この畑も、この畑も……」と唄うようにつぶやいているのは、つばきが知っているすべての畑地が住宅になってしまっているということらしい。

「どうですか？　こちらの服と履《は》きものの具合は？」

私が尋ねると、彼女は、わざと両手を大きく振って足を広げて歩いてみせた。

「井納様が手配された服、とても着けてみて具合がいいんです。いつもの着物ならば、なかなか大きく足を動かしたりはできないのですが、これですと、心おきなく歩けます。走っても大丈夫なようです」

気に入ったようだ。満足気に歩いている。いかにも、歩くことが楽しいといった様子で。そして、言葉を覚えたての子供のように、質問を繰り返すのだ。

「井納様、これは何ですか?」

「これは、電信柱です。電気という、ものを動かす力が、あの電線を伝ってそれぞれの家に配られています。すべての家の中のカラクリは、これで動くのです」

「テレビもそうですか?」

「そうです」

「井納様。ずいぶん、どの道も広くなっています」

「そうですか? 今は、どこも自動車が走れるようになっているから、自動車が通りやすい道幅になっているのです」

そこに、軽トラックが通りかかった。私は説明した。

「ほら、あれが、馬のいらない馬車、自動車です」

つばきは、あわてて、私の右腕に摑まった。それからしきりにうなずく。自動車が近づいてきて恐怖を感じたのだろう。右腕を握りしめる手が少し震えている。

軽トラックの運転手に、我々はどのように見えただろうかと思う。デート中のカップル？　そう見えるだろうか。

花岡山は熊本市中心部から近い位置にある。〝熊本駅の裏山〟といったイメージだ。百椿庵は、海抜四十メートルくらいにあると思うから、山の中腹ということになるのだろうか。熊本市中心部から距離がないこともあって、百椿庵を出て山頂へたどり着くまでは、隠れ家的なラブホテルが軒《のき》を連ねている。

そんな場所を、つばきと二人でならんで歩いていくのは、けっこう恥ずかしい。それぞれの建物が、いっぷう変わった異国的なデザインであったりする。

「本当に、ここは花岡山の登山道なのでしょうか？」

そう、つばきが驚くのも無理はない。

「昔は、どうだったのですか？」

「ええ、もっと道がせまくて、つづら折りに山頂へ向かったような気がします」

そうなのかと思う。

「それに、道沿いに、このような唐人さんのおうちみたいなものはありませんでした」

唐人さんのおうちというのは、ラブホテルのことだ。

下ってくる老人は散歩客らしい。私たちに「こんにちは」と頭を下げる。私たちも、「こんにちは」と挨拶を返す。のどかな昼下がりだ。

登り坂が続くと、自分ではそんな年齢だとは思わないのに、息が切れてきた。はあはあと荒い息を吐く。たった十分ほどしか歩いていないのに。

つばきはというと、平然とにこにこしながら坂道を歩いていく。私の方がつばきよりも体力が劣るのだろうか。

「つばきさん、息が切れたりしませんか？　大丈夫ですか？」

「いいえ。井納様は、少しつらそうですけれど」

「だ、大丈夫です」

私は、そう強がってみせたのだが、額から流れる汗と喘《あえ》ぎは隠しようがなかった。

目の前に石段が見えた。そこで車道と石段に分かれる。いずれのルートを通っても、山頂にたどりつくことができる。

私は石段を選んだ。自動車が来たりして、つばきを驚かせることがないだろうし、何よりも石段の途中にベンチが見える。一刻も早くベンチにたどりつきたい。

やっとの思いでたどりついたベンチに腰を下ろし、息をととのえた。息が落ち着いてつばきを見ると、彼女は心配そうに私を見ている。私は、うんとうなずいてみせた。心配しないようにと。

「井納様……」

そう、つばきは心配そうに言葉をつまらせた。

「心配しないでください。それから……私……ぼくのこと、井納様、はやめましょう。ぼくは様づけされて呼ばれるのには馴れていませんから。なんか、身体がこそばゆい気がしてなりません」

つばきから井納様と呼ばれるのは、悪い気持ではない。でも、何となくよそよそしいのだ。だが、彼女は困ったような表情になった。

「では、何と井納様をお呼びすればいいのですか？」

つばきにとっては、大問題らしい。私も、はっと詰まってしまった。どう呼んでもらえば、つばきも呼びやすいし、私も違和感がないだろうか。惇ちゃん……？　惇？　女性からそう呼ばれた経験もないから、照れてしまうだろうか。

私は詰まったままだ。

「では、お名前でお呼びしてよろしいですか？　惇様と」

「様は、やめよう。さんにしよう」

思わず、そう言ってしまった。

「惇さん……ですか？　さんでよろしいのですか？　何だか畏《おそ》れ多い気がします」

「いや、ぼくとつばきさんは対等なのだから、おたがい、さんと言うことにしましょう」

「対等……」

彼女は、少し驚いたように口をすぼめた。

「惇さん……惇さんですね。うまく言えるように努めてみます」

つばきの、そんなひたむきさを感じるとき、私は衿《えり》を正さなくてはいけないような気持ちになる。

18

そのベンチから、正面に熊本城が見えた。

熊本城は、肥後半国の領主であった加藤清正によって築城された。築城は慶長六年（一六〇一年）に始まり、同十二年に完成している。足かけ七年の歳月がかかっているわけだ。

つばきがいた元治は、時代がずっと下《くだ》る。

「熊本城はどうですか？」

私はつばきに尋ねた。

「何だか、少しちがうような気がします」

彼女はそう答えた。やはりそうかと私は思う。熊本城は宇土櫓《うとやぐら》を除いて明治の西南戦争のときに、謎の火災で一度焼失してしまっている。現在の熊本城は昭和になって再建されたものだと聞いたことがある。そのときも、天守閣が復元されただけで完全復元にいたったわけではなく、現在も長期復元中ということなのだ。

「あの熊本城の石垣の石は、ここから運んだのだそうですよ」

つばきは、そう言った。

「花岡山からですか？」

「ええ、ここから切り出して運んだと聞きました」

それは私も知らなかった。

「今も、細川公がお殿様でおられるのですか？」

つばきは真顔で尋ねた。

「いや、あの城は、今は観光地です。そう、つばきさんが住んでいた時代とは、根本からちがうんです。つばきさんの頃は、身分のちがいというものがありましたが、ここは、すべての人が平等です。政治《まつりごと》をする人も、すべての人で選んで、決めるんです。そういう国になっています。だから、ぼくとつばきさんも、どちらが偉いということはありません。それで、先ほども対等と言ったのです」

その後、徳川幕府はどうなったかといった質問が、つばきから発せられるのだろうかと思ったら、それはなかった。案外つばきたちのように閉鎖された社会の中で生きていると、今ほどマスコミの情報がなければ、自分の住んでいる地域のできごとにしか興味がないものなのかもしれない。

「じゃ、お殿様とか、いないのですか？」

「そうです。皆で選んだ政治《まつりごと》をつかさどる人、つまり政治家しかいないのです」

「お殿様を、皆で選んで決めるようなことですか？」

「まあ……そんなには、ちがっていないと思います」

再び私たちは石段を登り始めた。梅雨も明けようとしている。石段の両脇の桜の青葉が風に揺れ、光を漏らす。これだけ歩けば、つばきも汗ばんでいるようだ。セーターまで着せてこなくても良かったなと思う。考えれば、デパートでセーターまでも買わせられることはなかったのだ。こちらが婦人服のことを何も知らないと思って……と、にわかに悔《くや》しくなる。

頂上前の、最後の車道に出た。この上の階段を登りきれば、頂上だ。つばきは小走りになった。私も、むきになって階段に向かって走った。

「つばきさん、頂上まで競走しますか」

「ええ」

二人で、階段を駆け上った。三十段ほど登ると、何だか足がもつれ始める。せっかくととのっていた息も、再び荒くなる。息が苦しい。苦しさにこらえきれず立ち止まって上を見上げると、つばきは階段を登りきっており、驚いた表情で下界を眺めまわしていた。階段途中で両手を膝について喘いでいる私は、つばきの眼の中には入っていないようだ。

私は、できるだけ疲労の色を悟られないように、頂上を目指した。すでに、つばきは頂上を極めている。その後を追って駆け足になるのは、子供じみたことだとでも見えるように。

山頂は広い。奥には、高さ二十メートルはあろうかという仏舎利塔が建てられており、その向こうには寺の本堂まである。

久しぶりに登った。昔、子供の頃に一度登った記憶はあるのだが、登ったということだけで、山頂がどのようになっていたかという記憶はまったくなかった。昔からこんなに広かったのだろうか。

つばきは、その山頂の縁に立って、下界を見下ろしていた。彼女にとっては、初めての未来世界の俯瞰《ふかん》だ。さっき見えたのは木蔭の間から浮かぶ熊本城の姿でしかなかった。今、見えるのは、ビルが林立する熊本市という地方都市の全容だ。つばきが目を奪われないわけがない。彼女は目を大きく見開き、立ちつくしている。ひたすら圧倒されて。口さえも、半ば開かれていた。

「熊本城は同じ場所です」とかすれそうな声で、つばきは言った。「でも、他の風景は、まったくちがいます。住まう家もちがいます。箱のような建物も、あんなに大きくて、あんなに沢山あるなんて」

そう言って、しばらく言葉を失ったようだった。そして、眼を下界に向けたまま、やっと言った。

「怖いほどです」

「つばきさんを、突然、町の中に連れていくよりも、前もって、花岡山の上から町を見ておけば、つばきさんが驚くことがないだろうと思って、まず、こちらに連れてきたのですよ」

彼女は、うなずいた。

「これだけでも、とても驚かされました。箱庭を見ているようですが、とても奇妙な光景の箱庭ですから。建物もちがうし、橋の形もちがいます。それから橋の上を、いろいろな色や形の自動車が走っているのが見えます」

「すべてが変わっているということは、わかりましたでしょう？」

「ここも、こうじゃありませんでした。この仏様《ほとけさま》の塔も建っていなかったし、こんなに山頂は広くなくって、もっと桜の木がたくさんあったのですが。時が移ると、すべてが変わってしまうものなのですねぇ」

それほどに、この山頂も変わってしまったということなのか。

「つばきさんのときは、こうじゃなかった……」

「ええ、石段もありませんでしたから、もっと細い山道を伝って行き来していました。でも、このような場所に私たちが行くことは、きつく止められていたんですよ」

「どうして？」

「危ないからって。人買いが、花岡山をうろついていて、女子供をさらっていくって言われていましたから」

そんなふうに、花岡山は考えられていたのかと思う。それに、昔はこれほど拓《ひら》けてはいなかったのだろう。

「じゃあ、子供の頃は、来なかったのですか？」

つばきは悪戯《いたずら》っ子《こ》っぽい表情で、首を横に振った。

「来ました。親に隠れて。子供たちばかりで。山鳥の罠を仕掛けたり、山栗の実や、あけびを取りに来たり」

山栗やあけびなど、今の花岡山では、まず目にすることはない。それに……。

「山鳥の罠って……網かなぁ」

「ちがいます。枝を鉈《なた》で切るんです。細い幹だけ残して。その先端に蔓《つる》を巻きつけ、地面近くで仕掛けを作ります。その仕掛けのまわりを細い枝で覆って、中に鳥の好きな木の実を入れておきます。山鳥が入ったら、仕掛けがはずれて、山鳥を挟《はさ》みこみます」

そんな話を聞いても、どのような罠なのか、私にはぴんと来ない。それが、昔の子供たちの里山《さとやま》遊びということらしい。

「そうだわ。惇……さん」

私の眼を見て、つばきが言った。言いづらそうだったが、彼女は、はっきりと、〝惇さん〟と言ってくれた。

「何ですか？」

「ここが、どんなに変わっても、花岡山だということが、どうすればわかるか、思い出しました。もう下りますか？」

「それはかまいませんが」

「じゃあ、私の後を尾《つ》いてきていただいていいですか？」

「ええ」

つばきは眼を輝かす。そしてそのまま歩き出す。南斜面の方へまわりこむ。その斜面は雑木が続いているだけだ。人の手が入った様子はない。

「ここからです」

そう言うと、つばきは斜面に足を踏み入れた。するすると細めの樹木の間を縫うように降りていく。

「あ、つばきさん、気をつけて」

私も及び腰で、つばきの後を追うが、私自身、こんな道もない斜面を滑り落ちないように進むのは、経験がない。蛇でも出てくるのではないかと思う。

「つばきさん。何があるのですか？」

「隠れ仏です。たぶん、こっちに」

隠れ仏……。花岡山に、そんなものがあるなぞ、聞いたことがない。

大きな岩があった。その岩をまわりこんだところに、つばきは立っていた。

私も岩をまわりこんだ。まわりは藪《やぶ》だ。その岩をまわりこんで、初めて岩の表面に何かが彫られているのがわかった。摩崖仏《まがいぶつ》と言えばいいのか。

「これって、昔からあるのですか？」

つばきは、ニッコリと笑い、うなずいた。

それから、彼女はしゃがみこみ、摩崖仏に手を合わせた。数秒間のことだが、つばきは何かを確かにつぶやいていた。何かを願っていたのだろうか？

それは、私は訊ねなかった。

19

坂道を下りながら、つばきは機嫌が良かった。横顔にも笑みが絶えないし、下りの歩調も何だかリズミカルだ。スキップを踏んでいるようにも見える。

「つばきさん、何だか嬉しそうですね」

私は、そう声をかけた。私の数メートル先をぴょんぴょん跳ねていた彼女の動きが止まり、くるりと振り返った。

「ええ」と彼女は言った。「私、世の中が百年経ったら、すべてのものが変わってしまうと思いこんでいました。でも、百年経っても変わらないものがあるとわかりましたから。ほとんどのものは変わってしまっていたけれど」

それは花岡山の、藪《やぶ》になった斜面にあった摩崖仏のことを言っているのだと、私にはわかった。

つばきは、花岡山の頂上から町を見下ろして、市内を「箱庭のようです」と評し、その変貌ぶりに驚いていた。時の変化で、すべては変わるということを体感した。「緑も、ほとんどない」と独り言のように呟くのも聞いている。

そう、山頂から見渡す町は建造物だらけだ。わずかに緑として残るのは熊本城の周囲ばかり。視界のほんの数パーセントを占めるだけだ。それだけに自分の知っている秘密の摩崖仏が、元治の時代から変わらずに残っているのは、どんなにか嬉しいことだったにちがいない。

「足は、大丈夫ですか？　歩きすぎて痛くはなりませんか？」

私が声をかけると、つばきは大きく首を横に振った。

「なんともありません。それに、この履きものは、とても歩きやすいんですよ」

彼女は人差し指で、自分のスニーカーを示した。

「それよりも、惇さんは大丈夫ですか？　頂上で、凄く息が荒くなっていましたけど」

それは、登り途中でも、つばきが案じていたことだ。いかに平素の私が運動不足かという証《あか》しだろう。ちょっとした登り坂が続いただけで、肺がうまく酸素を取り入れられずに、喘ぐようになってしまうという状態なのだから。

「ええ、ふだん、あまり歩かないからでしょう、仕事柄。でも、頂上まで登ったら、だいぶ身体が慣れてきましたよ」

「そうですか。よかった。私もまだまだ大丈夫です」

その言葉は、彼女がまだ、現代の世界を見たい、他にも連れていって欲しい、と望んでいるように聞こえる。

「では、これから町の方まで足をのばしてみますか？」

思わず、そう私は口にした。

「嬉しい」そう、つばきは言った。

坂を下りながら、私のふくらはぎがひくひくと笑っているような気がしてならない。だが、つばきにだけは、軟弱《なんじゃく》な男と思われたくない自分がいる。

坂を下りきると、新町までは一キロもない。そこから電車を使おうと考えていた。

「町の様子、想像もつきません。どう変わっているんでしょう。天明屋《てんめいや》さんとか久徳屋《きゅうとくや》さんとか、えべっさん堂とか」

つばきは、ひとり言のように言うが〝天明屋〟も、〝久徳屋〟も〝えべっさん堂〟も私の知識の中には存在しない。たぶん、彼女の時代に利用していた店の屋号なのだろう。

いつも利用するコンビニの前を通りかかる。

私に「百椿庵には幽霊が出るんでしょ?」と尋ねてきたあのコンビニの店主が、店の制服姿で駐車場の車留めの上に腰を下ろし、タバコを吸っていた。他に自動車は駐まっていないから、暇な時間帯ということだろうか。

私と目が合い、コンビニの店主はペコンと頭を下げた。私も頭を儀礼的に下げたのだが、一時はどうなることかと思った。話好きで好奇心の強そうな店主だ。かかわられると時間をとられそうな気がする。こちらに興味を示さないでくれることを祈った。

こういうとき、私の場合、事態は望まない方に望まない方に転がるように進行することが常だ。会合などに出席したとき、会いたくない奴と目が合ってしまう。近づいて来なければいいと考えると、近づいてくる。話しかけて来ないでくれと願うと、話しかけて来るのだ。

コンビニの店主は、私たちを見てどう思ったのだろうか。私が若い女性と歩いている姿を見て。私に頭を下げた後、いかにも驚いたふうに、「おや!」という表情になった。まさか、これが話題にのぼった幽霊の女だ! などとは連想しなかったとは思うが。

舌打ちしたかった。近づいて来ないでくれ! 私は叫びたかった。だが、コンビニの店主は車留めから立ち上がりかけていた。最悪だ。

そのとき、ささやかな奇蹟が起こったのだ。女子高生らしい二人連れが、店内に入っていった。店内は無人だったにちがいない。

コンビニの店主は、あわてて店内のレジに戻っていく。もう一度、興味津々《しんしん》で私たちの方を振り返ってから。

私は胸を撫《な》でおろした。つばきは、そんな私の心中を知ることもないはずだった。立ち止まって、物珍しそうにコンビニエンス・ストアを眺めていた。

「行きましょうか?」

私が声をかけるまで、彼女は眺め続けていた。よほどコンビニが奇妙に思えたらしく、返事も忘れて、こくんとうなずいた。

周囲は塀に囲まれた住宅が続いていたから、開放感のある店舗のコンビニは、つばきには珍しかったのだろう。その後、コンビニについての質問が続いたのだった。

「今の家は、お店ですか?」

「そう。ちょっとした買い物は、あそこで、ことたりますからね。コンビニというんです」

「不思議な形の家ですね。何だか四角くって。さっきの人は、お店の御主人ですか?」

「そう」

「私、こちらの世界では、変に見られるのでしょうか？」

「どうしてですか？」

「店の御主人が、私の姿をじっと見ていました。どこか変だという顔をして」

私は、思わず笑い声をあげてしまった。

「いや、変じゃありませんよ。いつも一人でいるぼくを見ているから、若い女性と一緒なのを見て、きっとびっくりしたのでしょう。どこの誰を連れているんだって」

「まあ、そういうことだったら、惇さんに申し訳ありません」

つばきは立ち止まって私に深々と頭を下げた。私は、そこまで考えを及ばせていなかったので、あわててしまった。

「つばきさん、やめてください。そんなことはぼくにとって、どうってことないことです。問題ないですよ」

彼女は、きょとんとした眼で私を見た。やはり、私たちとは微妙に感覚がずれているところがあると思う。

コンビニの店主があんな表情をしたのは、確かに私が女連れで歩いているという、かつてないことを目撃したこともあるのかもしれないが、それよりもこの二十一世紀で、つばきのような清楚《せいそ》で端整《たんせい》な少女を見てしまった驚きが強いと思うのだ。私でさえ、繁華街を歩いていても、つばきのような美少女を見かけたことはないのだから。

新町《しんまち》の手前にはＪＲ鹿児島本線の踏切がある。自動車がその手前で何台もつながってい た。そこまでの道のりで出会う自動車に、つばきもだいぶ慣れたらしい。花岡山の頂上か ら下界を眺めたときに、豆粒のように長六橋《ちょうろくばし》の上を走る自動車を見ていて免疫《めんえき》ができて いたようだった。やはり、最初に山頂から俯瞰で市内を見せておいたのは正解だったなぁ と思う。

だが、つばきに異変が起こった。身を強張らせて立ち尽くしたのだ。

真っ赤な警告灯が頭上で点滅を始めた。そして列車の接近を告げる警告音が鳴り始めた のだ。遮断機《しゃだんき》が降りた。

「惇さん……怖いです。何ですか？」

「心配ありません。列車というバカでかい……そうですね……大蛇のような長い車が、そ こをものすごい速さで通るんです。だから中に入ると危ないぞって、遮断機が鳴っている んです」

「まあ、大蛇のようなって……危ないんですか？」

説明の仕方がまずかったなと反省する。

「いえ、大丈夫です。列車が通り過ぎれば通れます」

彼女は「はい」と答えてうなずいた。だが、遮断機の警告音は連続して鳴り、初めて耳にする者は不安感をかきたてられるだろうことはわかる。

彼女の横顔を見た。

唇を嚙みしめ、じっと耐えている。額に汗を浮かばせていた。緊張しているのだ。ここを通る〝列車〟とは、どのような存在かと。

「惇様」

つばきが言った。「さん」ではなく「様」にもどってしまっている。

「はい。何ですか?」

「あの……。手を握っていて、よろしいですか?」

つばきは怖いのだ。

「ええ。かまいません」

私が答えると、つばきは手を私に伸ばしてきた。両手で私の左手をぎゅっと握りしめた。汗ばんでいる。

遠くから、線路にゴーッという音が近づいてくる。その音が頂点に達したとき、特急リレーつばめの濃いグレイの車体が、目の前を通過した。

それを目にした彼女は、私にすがりついてきた。

20

遮断機が上がり、私たちは踏切を渡る。すでにつばきは私の手を離していた。「ありがとうございました。もう大丈夫です」と言って。なんだか私は、もったいないような気がした。

彼女は踏切を渡るとき、特急列車の去った彼方を不思議そうに眺めていた。

「雷のようでした。すごかった……。あれ…列車というのは、乗り物…ですよね？」

「そうです。あれに乗れば、遠い場所にも行くことができる。そう……薩摩だろうが、筑前だろうが……。時間はかかるんだけれども、江戸だって……。今は、東京というんだけど、行くことができる」

私はわかりやすいように、昔の呼称で地名を言った。

「江戸まで……」

彼女は目を開いて驚いた。

「自由に行けるんですか？　国の境とかは、おとがめもないのですか？」

「ええ、自由に行けます。この時代は。ただ江戸まで行くとなると、時間がかかりますが。

一日がかりかな」

　私の答えはつばきをまた驚かせた。

「たった一日で、江戸まで……」

　そのとき、偶然にも頭上を飛ぶ飛行機が見えた。

「つばきさん、ほら」

　彼女は、私の指の先をあわてて見上げた。

「あれは……」

「あれは飛行機です。あれも、人が乗れるんです。飛行機だと、二時間、いや一刻もかからずに、江戸まで行けます」

「ヒコーキ……。あんな…龍じゃないんですか……」

「ちがいます。やはり人間が作ったんですよ」

　つばきは驚愕《きょうがく》の表情で空を見上げたままだった。飛行機は彼女にとって相当のショックだったようだ。立ち止まったまま飛行機が視界から消えるまで見送っていた。

　踏切を過ぎると、そこはもう新町の商店街だ。それほど人通りは多くないが、街並みは、つばきにとっては新しい天体に見えるはずだった。薬屋、酒屋、パーマ屋、魚屋、食料品店が軒を並べている。古いタイプの商店街に属すると思う。

彼女の感想はこうだ。

「よその国に来たみたいです」

「まるで市《いち》が立っているみたい」

そういうふうに続く。すれちがう人にも興味を示し、「皆、大きいんですね」、「顔つきなども、ちがうような気がします」と驚きを隠さなかった。

常にきょろきょろとあたりを見回す。すべてのものが、つばきにとって新鮮なのだ。

商店街でさえ、これだけの驚きようだ。繁華街に連れ出せば、彼女はどうなってしまうことか。まさかショック症状を引きおこすことはないだろうが。

ここまで来たのだからと、私はつばきと市電の停留所に立った。熊本市内は路面電車が走っているのだ。

線路を前にして、つばきが言った。

「ここも、列車が走るんですか?」

少し不安気だった。

「いや、まあ、似たようなものですが、市電という名前の車です。それに乗って繁華街へ行ってみましょう」

待つ間、彼女は通り過ぎる自動車を何度も首を振りながら見とれていた。もう自動車に対する恐怖心は、まったくないようだ。

ほどなく市電が停留所に入ってくる。そのゆったりとしたスピードは、つばきを安心させたようだ。

「これに乗るんですね」

彼女の声は、はしゃいでいた。

「馬も牛も一頭もいないんですね。馬が引かなくても走ってくれるからですね。今は、馬や牛はいなくなったんですか？」

さすがに電車の中では、つばきは小声になり、私にそう尋ねた。

「いや、いますよ。ずっと田舎の方に行けば」

「そうですか。安心しました」

彼女を座席に座らせ、私はその前に吊り革に摑まって立つ。電車が動きだすと、喰い入るように彼女は外の風景を眺めていた。

どんな気持ちなのだろう。私に聞きたいことがヤマほどできたにちがいない。だが、尋ねてこない。我慢しているのかもしれない。

ただ、坪井川のせんば橋を渡るときは、「ここって、せんばですよね」と私に不思議そうに確認してきた。

その後しばらくして、つばきの顔色が蒼白になってきた。

「大丈夫ですか？　顔色が悪い」

彼女はうなずいた。窓の外に向けた顔を戻し、両拳を握りしめていた。風景に見とれて、つばきは車酔いを起こしたらしい。まさか、市電に乗って車酔いを起こすなんて予想もしなかった。

あわてて次の停留所で降りた。そこは新市街。熊本市の繁華街の一つだ。蒼ざめたままのつばきの腕をとり、停留所前にある辛島《からしま》公園に連れていった。人工流水のオブジェめいたものがあり、その横の石段に、二人ならんで座った。

か細い声で、何度もつばきは「ごめんなさい」と繰り返した。私に心配をかけていることを、申し訳なく思っているのだろう。

私は、こうした介抱《かいほう》には慣れていない。

「大きく深呼吸したほうがいい」とか、「吐き気は？」とか、何の役にもたたない言葉をかけることしかできなかった。

辛島公園内は、すべて舗装《ほそう》されている。若者たちがスケートボードの練習に励んでいた。そのガラガラとたてる騒音に、静かにしろと怒鳴りたいほどだった。

座っていた時間は、十分ほどだったろうか。彼女の肌に赤みが徐々に戻ってきた。

つばきは、すっくと立ち上がった。

「もう大丈夫です。治りました」

そう言って、胸を張ってみせた。本当に大丈夫なのだろうかと、やや不安になる。私をこれ以上、心配させないようにと虚勢を張っているのではないだろうか。

私たちは新市街のアーケードに入った。そこはもう、新町の商店街とはちがう。人が溢れている。そして、さまざまな音が交錯《こうさく》する。アーケード内では音楽が流れる。最近ヒットしているポップスだろうか。ゲームセンターの前では、マイクを口許につけた呼びこみが、でっかいぬいぐるみを片手に抱《かか》えて、来店をあおっている。パチンコ屋からは、ジャラジャラという金属音が漏れている。

「うるさくありませんか？」

「大丈夫です。でも、何だかお祭りみたいで……音が大きいですね」

「ええ」

「でも、〝あっち〟でも、飴売りとか外郎《ういろう》売りとか、道で口上《こうじょう》を言っていたから同じです」

基本的には、売りかたは変化していないということか。

私は、ゆっくりと歩いた。つばきが、どのようなものに興味を示すのか、観察したかったからだ。若さ故《ゆえ》に彼女は、このような賑《にぎ》やかな場所は嫌いではないらしい。ショーウインドウの前では立ち止まり、じっと陳列された品を見入る。

開放された入口の店舗は、日用雑貨や薬品がヤマと積まれ、ハッピを着た若者が当日の特売品を連呼していた。その商品の山にも興味を示した。ティッシュや、ドリンク剤、紙おむつ。私は、できるだけ気がすむまで彼女を自由にさせてやろうと考えていた。

ポスターが店頭にならんでいる。

「芝居小屋ですか？」とつばきがDENKIKANの前に立って言った。

「映画館です」

ポスターは外国映画のものだ。ラブストーリーらしく、美しい女性の顔がアップで写っていた。

「映画……」

「そうですね。テレビの大きいものと思えばいい」

つばきがはっきり理解できたかどうかはわからないが、映画はテレビの大きいものだという概念《がいねん》は植えつけられたはずだ。

さまざまな人々が、アーケードの中を往き来する。

私たちと同様なカップルも、何組かすれ違った。中には腕を絡ませたり、肩を抱くようにして歩いているカップルもいたりする。そんなカップルと出会うと、つばきは恥ずかしそうに顔を伏せた。人前で男女がいちゃつくというのは、彼女にとって考えられないことのようだ。

あるカップルは手をつなぎながらコーンアイスを手に持ち、舐めながら歩いてきた。つばきは、そのコーンに入ったアイスクリームを不思議そうに見ていた。

「今の人たちが食べていたのは何ですか?」

私は、近くのアイスクリーム屋へ彼女を連れて入り、二つ注文した。

店内のカウンターで食べた。

「冷たいです。とても、甘くておいしい」

「歩きながら食べても食べられる」

「そんな行儀の悪いことは、私、無理のようです」

それから、一言も発せず、つばきはアイスクリームを食べた。最初は私が食べるのを見て学習していたようだが、あとは夢中になって食べている。

私は、今までに感じたことのない気持ちにつつまれていた。このおだやかで、あたたかな気持は、何だろう。

21

幸福とは何かと、あまり真剣に考えたことはない。とりあえずの不足がなければ、それが幸福なのかと思っていた。そんな軽い気持だ。

だが、無心においしそうにアイスクリームを食べるつばきの横にいると、私は体の内部から満たされた気持ちになっているのを感じていた。

これが幸福というものだろう。

そう思う。

正体がわからないが、この状態が永遠に続いたらいいと望む心。それが幸福だと思う。

だから、以前よりも幸福の概念が贅沢《ぜいたく》になってしまったのだろうなと思う。

一度、質の高い幸福を知ってしまうと、これまで幸福と感じていたレベルでは、幸福を感じられなくなるのではないか。そんな思いが、突如、アイスクリームを食べるつばきの横顔を見ながら湧《わ》きあがった。

それは、予感のようなものだったかもしれない。

空になったコーンカップを置いたつばきが、眉をひそめて私を見た。

「あのときの感じが、します」

私は咄嗟《とっさ》に、彼女の言った意味が掴めずにいた。

「あのときの感じって……何？」

私の中でも、急速に不安感が膨れあがっていた。ひょっとして……。

「百椿庵から外に出たときに帰ってしまったでしょう。あのときの感じです。まだ、そんなに強くない。かすかですけど、そんな感じがするんです。喉が少しからからになってきて。身体全部が少し痺《しび》れて、そして引っ張られる感じ」

そんなはずはない。彼女が背負った可愛い小さめのリュックの中には、〝りょじんさんの文箱〟が入っている。それは、つばきを現在の時空に固定する装置のはずだ。

装置の不具合。

そんな連想がすぐに浮かんだ。

「つばきさん、そのまま、背中を向けて」

彼女は、カウンターの椅子に座ったまま、うなずいて私に背を向けた。

私は、あわてて彼女のリュックを開く。文箱はちゃんとそこにあった。

どうすればいいのだろう。とりあえず、この〝りょじんさんの文箱〟は、まだ彼女をこの時代にとどめる力は残しているようだ。だが、文箱はあるにしても、正常に機能しているかどうかはわからない。わからないが、私はなんとか調べずにはいられなかった。

リュックから文箱を取り出せば、文箱が影響を及ぼしている場からはずれることで、つばきは過去へ跳ね飛ばされることになる。つまり背中にリュックを背負わせたまま、かなり大きな文箱の中を覗いてみなければならない。

「この背負った袋をはずしましょうか？　そのほうが惇さんも見やすいのではありませんか？」

つばきはそう言うが、過去に飛ばされる危険をおかすわけにはいかない。

「いや、その必要はありません」

私は立ち上がって、リュックの中で文箱の蓋《ふた》を動かせないか工夫してみるが、文箱はいっぱいいっぱいの大きさで、蓋は少ししか上がらない。一度、リュックから出さなくては内部は見ようがない。

ちらと横を向くと、アイスクリームを買っている女子高生たちが、何やら不審気に私を見ている。

怪しいおじさんに私は見えるのだろう。女性の背中のリュックを開いて、両手を入れて、まさぐっている様子というのは。

いろいろとやってみたが、結局あきらめた。私に集中する視線も耐えられない。

揺すってみると、カラカラと乾いた音が響いた。何だか、いやな予感がした。

リュックの口を元通りに閉じる。

「あの……家を出たときと今では、何かちがうところありませんか?」

彼女に尋ねてみる。すると、しばらく考えてから、こう答えた。

「少し、軽くなりました」

「何が、軽くなったって?」

「背中が……。百椿庵を出て花岡山に登ったときよりも、背中が軽くなったような気がします」

それは、文箱が軽くなったということだろうか?

一刻も早く百椿庵に帰るべきだと感じた。

「まだ……感じは変わりませんか?」

「ええ、まだ、引っ張られる感じが続いています」

私は立ち上がった。

「つばきさん、帰りましょう」

私の顔が強張っていたのかもしれない。彼女は明らかに不安そうな表情になっていた。

大きくうなずいてカウンターの椅子から立ち上がった。

私は、彼女の手を引いてアイスクリーム屋を出る。まだ、さっきの女子高生たちはそこにいた。全員が私たちを注視している。何ごとだろうという表情で。そしてアイスクリーム屋の店員も。

アーケード街に出ると、私たちは早足で歩いた。歩きながら、突然、天から頭に降ってきたように思いあたったことがある。

文箱の中の金属棒だ。

百椿庵を出るときは、重さを感じていたものが、今はそれよりも軽くなっているという。それはやはり、謎の金属棒が消えつつあるということなのではないか。

化学で、そんなことを習った。液体が気体に変わるのは蒸発で、固体が気体化するのは……昇華……。

文箱の中の金属棒は、梁に四本使って、三本残り、二本は重すぎないかと、私は出がけに細めの一本を入れただけだった気がする。

その一本が、百椿庵を離れることによって、昇華の速度が格段に早くなっていたとしたら。

さっきのカラカラと乾いたような転がる音は、縮小化しつつある金属棒のたてる音。

もし、この想像が当たっているとしたら……。

完全に金属棒が昇華し終えたとき、文箱は固定機能を失い、つばきは過去へ引き戻されることになる。

そう考え始めると、胸の鼓動《こどう》が激しくなるのを感じた。

方法は一つ。一刻も早く百椿庵の〝時場《フィールド》〟に戻らなければならない。

電車を使ってゆるゆると帰宅するのは、リスクが大きすぎる。タクシーを使おうと判断した。

アーケードを出なければ、タクシーは拾えない。三十メートルほどの距離だ。

その距離を、なんと長く感じることか。

市電で、車酔い症状を起こしたつばきだ。タクシーでスピードを出させたら、どうなるのかという不安が脳裏をかすめるが、その結果よりも百椿庵にたどりつくことが優先する。

私は小走りに急いだ。つばきの左腕を握って。彼女も足は速い。私にならんで走る。

アーケードの通行人に何人かぶつかりそうになる。ぶつかるのを避けても、私たちは通行人の注目を充分に集めているらしい。

電車通りまで戻った。

タクシーを探す。

通りには、停車中のタクシーはいない。

あたりを見回すと、左手のホテルの前がタクシー乗り場になっていた。そこに数台のタクシーが溜まっている。

「まだ、大丈夫？」

私は何度目かの確認をする。

「まだ、……いいと思いますが、だんだん……さっきよりも引っ張られる感じは強くなってきています」

ごくりと唾を呑みこむ。あと、どれだけ時間の余裕があるというのか。

一番後部に停められていたタクシーに走り寄り、後部窓を指で叩いた。運転手がスポーツ新聞を開げたまま、顔だけをのぞかせた。私たちを、胡散臭《うさんくさ》そうに眺めまわしてから、人差し指で前方に停まっているタクシーを指で示した。

ここは並んでいるのだから、前のタクシーから乗ってくれ。口の動きで、そんなことを言っているのだろうなということがわかる。一瞬、頭に血が昇った。何と融通《ゆうずう》がきかないのだろう。こちらが、こんなに焦《あせ》っているというのに。

だが、この運転手の方に理はあるのかもしれない。それがタクシー乗車のマナーなのだから。それは分かっているのだが。ここで押し問答するよりは、前に停まったタクシーを選択した方が早い。

私はそのタクシーを離れ、先頭の車を目指した。

そのとき。

ホテルの中から、十数人の黒っぽいスーツを着た男たちが出てきた。全員がタクシー乗り場へ。今、会議でも終わったところなのか。私たちの前に男たちが並んだ。

一人、あるいは二人ずつ、タクシーに乗りこんで発車していく。

待ちながら、私は足踏みしたくなる。

前の男たちに、「さっさと、てきぱきと、乗りこんでくれ！」そう叫びたくなった。

何度も、私はつばきの顔色をうかがい続けた。

22

やっと順番がまわってきたタクシーは、なんとさっき私がガラス窓を叩いたタクシーだった。個人営業のタクシーらしい。

「私も、……自動車に乗るんですか？」

つばきが少々不安気に言った。そう、彼女は走る自動車を見ることには慣れたものの、乗るのは初体験だし、まずいことにさっき市電で乗り物酔いをしたばかりなのだ。

「ええ。仕方がないんです」

私はそう答えた。

自動ドアが開いた。私は、飛びこむように車内に乗りこんだ。振り向くと、つばきが乗ってこない。彼女は、まだ外にいた。両手で拳《こぶし》を作って私を見たまま、固まったように立っているのだ。

「つばきさん！」

私は思わず声をあげる。

つばきは、何度もうなずくが、乗ってこようとはしない。迷っているのではない。怖いのだ。

ちょうど断崖の上で、次の足場に移れと言われているように見える。足を震わせて。

「どうされますか。早くしないと、後のお客さんが――」

初老の運転手が抑揚のない声をかけてきた。

「ちょっと待ってください」

私は、手を伸ばして、つばきの左手を摑んだ。

「ぼくを信じて」

彼女は小さくうなずいた。だが、まだ乗れない。心ではわかっているが、身体が反応できていないということだろう。

仕方なく言った。「目を閉じて」

腕を引っ張った。「頭を下げて」

やっとつばきをタクシーに乗せることができた。

タクシーのドアが閉じられ、発進する。

「どちらへ？」

「花岡山の方ですが」

そう言ってから、つばきの様子をうかがった。彼女は、まだ目をしっかり閉じたまま、顔を伏せていた。

バックミラーの運転手の目と視線が合った。運転手も私たちのことを「普通じゃない」と思っているのだろう。あわてて目をそらした。挙動不審《きょどうふしん》なカップルと思っているのではないだろうか。

「さっきから、えらくあわてておられるようですが、お連れさんの具合でも悪いんですか？」

運転手は、そう尋ねてきた。

答えたくもなかった。一刻も早く帰りついて欲しい。面倒くさかったので、「ちょっとわかりませんが、どうもそうみたいで」とだけ答えた。

するとと、「じゃあ、どこか、病院を探しましょうか」ときた。さっきはスポーツ新聞を読んでいて私たちを追い払ったくせに、このお節介な運転手、と罵《ののし》りたくなる。

「いや、いいです。家に帰って休ませれば、大丈夫と思いますから」

「そうですか、よろしいですか？」

親切も、ときとして大きなお世話であると実感した。

目を閉じて顔を伏せたつばきのリュックを、そっと振ってみた。コロコロンと音がした。さっきより、かなり音が小さくなっているが、まだ金属棒の残りはあるようだった。彼女に「もう、目を開いてもかまいませんよ」と言いかけてやめた。

走る車の中で、彼女がどんな反応をするのかわからない。とすれば、このまま目を閉じさせたまま百椿庵に着くのが、一番いいのではないかと思ったのだ。

車が進まない。

渋滞している。

「道路工事ですよ。この路地。信号待ちになっている」

舌打ちしたくなった。

「こっちの道に来れば、早く着けるとわざわざ入ったのに、工事があるとは予想もしなかった。朝早く通ったときは、工事なんかやってなかったのになぁ」

弁解がましく運転手が、ひとり言のように言った。

ひょっとして、この運転手は、私に悪意を抱いて意地悪したがっているのではないだろうかとさえ考え始めていた。私は、一言もコメントをはさまなかった。タクシーは停止したまま、メーターだけが上がる。

数分が経過して、やっと進み始めた。私の不機嫌さが伝わったのか、運転手はそれ以上、話しかけてこなかった。

「もう……いいですか?」

つばきが、そう言った。まだ目を閉じて顔を伏せていた。

彼女は、私が乗るときに言った「目を閉じて」という言葉を頑《かたくな》に守っていたのだった。

「あ、いいですよ」

私は、つばきの耳許で運転手に聞こえないように、小声で言った。

顔を伏せたまま、ゆっくりと彼女は目を開いた。

「ごめんなさい。我慢できなくて」

彼女が何をあやまっているのかと思ってしまった。そして気がついた。つばきは、私に言われて目を閉じ続けていられなかったことを詫びているのだ。

「身体が揺れて、今、どうなっているんだろうと思って」

私が小声で言ったのを受けて、彼女も小声で言った。それから、ゆっくりと顔を窓の外に向けた。タクシーはそれほどのスピードを出して走っているわけではなかった。

それでも、彼女が緊張するには充分な速度だったのだろう。今度は、彼女が私の腕をとってぎゅっと握った。

「これで、身体が揺れたのですねぇ」

納得できたというように首を振った。私の腕を握ったまま。

「こちらの方から登っていいですか?」

鹿児島本線の踏切を渡ったあたりで、運転手が訊《き》いてきた。

「そうです。まっすぐ」

私が答えると、運転手が言った。

「ああ、横手の五郎の方ですね」

不意に、そう返されて、私はどう答えていいかわからなかった。横手の五郎とは、いったいどのような意味なのか。確かに地名表記は横手町となっている。関係があるのだろうか。

「そうです。横手の五郎が住んでいた方向です」

つばきが、突然、そう運転手に伝えた。私の方がびっくりした。

「それ、何？」

私が小声でつばきに尋ねる。

「昔、百椿庵の近くに、横手の五郎という、とっても力持ちが住んでいたと聞いたことがあります。清正公を仇《かたき》とつけ狙っていたそうですが、熊本城築城の折、人夫として紛《まぎ》れこんでいたときに、発覚したんだそうです。どのくらい力持ちだったかというと、井戸の中にいた五郎に石を投げこんだら、皆、放り返してきたというくらい。それで、その横手の五郎の住まいは、百椿庵の近所だそうです」

つばきの生きていた時代よりも、ずいぶん前の話のようだ。だが、そのような口承伝説はちゃんと伝わったらしい。

「へぇー」と感心するしかなかった。

「ずっと先の、この世界でも、横手の五郎の話が残っているなんて、とても嬉しい気がします」

つばきは、そう言った。おかげで、少し緊張感はとれたのだが。

あと数分で百椿庵だ。間に合えばいい。

「その石塀から右折してください」

私は運転手に伝えた。

それからの細い道を五十メートルも走れば百椿庵に着く。

「つばきさん、どうですか？　持ちそうですか？」

小声で確認する。もう何度も、私はくどいくらいに訊いている。

そのとき、彼女は顔を伏せていた。答えはなかった。耐えていることで精一杯のようだ。

あと数十メートル。

タクシーは百椿庵前で停止した。

「九百八十円になります」

タクシーの運転手が言った。

「ドアを開けてください。彼女を先に降ろしますから」

私は、千円札を運転手に渡して叫んだ。

「おつりはいいから」

ドアが開けられた。私は身体を丸めるようにしているつばきを、タクシーの外に押し出すように降ろした。

「急いで中に入って」

彼女が私を見た。

「あ、何か、とても変な感じがします」

私は「走って！」と叫ぶことしかできなかった。

彼女の左腕をとった。

百椿庵の門を目指し、がむしゃらに入った。

「あ」

つばきが、はっきりとそう言うのを聞いた。

百椿庵の門が目の前だった。

ふっと彼女の手応えが消え、私は前のめりに倒れかけ、あわてて体勢を立てなおした。

最悪の予感が、私の身体を走っていった。

つばきは、再び消えていた。

ばさっと音がするのを同時に聞いた。地面に、彼女が背負っていた文箱の入ったリュックが残されていた。私は放心して、両膝を地面についた。

間に合わなかった。

つばきは、過去に引き戻されてしまったのだ。

23

つばきが消失したことで、さまざまな後悔が押し寄せてきた。

何故、あんなに遠出をしてしまったんだ。いや、彼女を外出させたこと自体がまちがいだったのではないか。

そんな思いが渦を巻き、文箱の入ったリュックを握りしめたまま、立ち上がれずにいた。

リュックを開き、文箱を取り出す。

すでに、カラカラという音さえたてない。金属棒は、昇華してしまったようだった。

つばきは消えてしまった。今度も現れてくれるだろうか。

彼女は二度現れてくれた。三度目もあるのだろうか?

それは、あてにすべきではないという気がする。つばきが現れた法則性さえ、はっきりと摑んでいないのだから。

しくじった。自分で自分を罵《ののし》ることしかできなかった。

仕方なく、百椿庵に入った。虚脱感《きょだつかん》しかなかった。

屋敷の中が、季節らしくなく寒々と感じたのは、そのためだったかもしれない。

「つばきさん、いますか?」

返事がないことは承知していた。しかし、彼女を呼ばずにはいられなかった。

座敷から仏間にまわり、それから一応、念のためにと二階に上がってみた。

結果は、望みが消えたことを確定させただけだった。

それから私は放心状態に陥った。着替えることもせず、居間で横たわった。

前回は、つばきが消失してから数時間後に彼女は再び現れた。今回も、その法則が働けば、ひょっこり還ってきてくれるのではないか。それが遺された一縷《いちる》の希望だった。

できることは、待つことしかないと考えた。そうすれば、「数日経って、やっと来れました」と何ごともなかったように、つばきと再会できるのではないかと自分に言いきかせて。

そのまま身を起こすこともなく、私は眠りに落ちてしまった。何をする意欲も湧かず、漠然と時を過ごす間に。

遠くで規則的な音が続いた。それが電話の音だと気がついたときに目が醒めた。のろのろと立ち上がったとき、電話の音が切れた。

誰からの電話だったかは、わからない。出版社からだろうか? 担当編集者が、進捗状況の確認のため連絡してきたのだろうかとも思う。だが、最近、仕事のことも頭から離れている。電話をかけて私を叱咤激励《しったげきれい》するほど、私のことを気にかけてはくれないだろうなとも思う。

一番可能性があるのは、岡山の母か。

あたりは暗かった。

ずいぶん眠っていたらしい。

明かりをつけたが、やはりつばきはいなかった。他に人の気配は、何もない。

前回と同じなら、すでにつばきは現れているはずだ。これだけの時間が経過しても、彼女の気配さえも感じられない。ということは、完全に再会できる望みは絶たれたということだろうか。

頭をはっきりさせるために顔を洗った。タオルで顔を拭きながら、何度も溜息をついている自分に気がついた。

何か方法がないものか？

もう一度、彼女と会いたい。

そんな行き止まりの思考が、ぐるぐると頭の中で螺旋《らせん》を描き続けた。

食事もとる気にはなれない。何十回目かの溜息の後、私はライトを持って天井裏へ上がってみた。埃臭い中で、身体を折り曲げ、奇妙な梁の場所を目指す。とりあえず、残った二本の金属棒を持って。

奇妙な装置を思わせる梁の位置は、迷うことはなかった。

梁に着くと、ライトで、差しこんだ金属棒の状態を一本ずつチェックした。抜き出して、ポケットからタオルを取り出し、丁寧に拭く。穴の中にもタオルを差しこみ、丁寧に拭きあげた。

金属棒は油紙に包まれていたときよりも、やや細くなったような気がしたが、本当にそうなのかは、わからない。

作業に没頭《ぼっとう》できてよかったと心の隅で思っている自分がいる。少なくとも、この時間だけは、溜息が出ていないことに気付いたのだ。

持って上がった二本の金属棒は、使わなくてすみそうだった。金属棒のすべてを穴に差しこんだときに、自分にやれることは、すべて終わったと実感した。

私は、またがっていた梁から身を浮かせ、その場を離れるために梁につながった柱のでっぱりに手をやった。

角材のでっぱりの上部に、「おやっ」という感触があった。

前回、来たときは気がつかなかった。梁の位置からでっぱりは見えても、何の変哲《へんてつ》もないでっぱりでしかなかった。死角になったその上部に手をあててみるという発想が湧かなかったのだ。

見えない位置に、梁にあるのと同様の穴が一つあるようなのだ。あわててライトを持って背を伸ばしてみた。

確かに、そこに穴がある。指を差しこむと、穴は柱に向かって斜めに続いているようだった。

ここにも、金属棒が入る！

そこに金属棒を入れて具体的にどんな効果があるのかは、まったくわからない。だが、金属棒が入れられそうであれば入れてみるべきではないか。幸いに持ってきた金属棒は使っていない。

だが、でっぱりの上部の隙間は十数センチしかない。

なんとかなるかと、私はタオルで、でっぱり上部の埃を拭い、金属棒を横から斜めに差しこんだ。

ぴったりと、はまった。金属棒を再びその穴から出すことが不可能なほど、ちょうどのサイズに納まったのだ。

何故か、背筋に身震いが走るのがわかった。正体はわからないが、何故か真実に近付いているという手応《てごた》えのようなものを感じたからかもしれない。

光も放たなかったし、異音もしなかった。だが、これほどまでに、金属棒がぴったりと納まるということそのものが、そんな物理現象を期待する以上に、確かなことのように思えたのだった。

とにかく、この天井裏から一刻も早く降りたかった。もし、何か変化が起こっているとしたら、この埃臭い天井裏にいても何もわかりはしない。

そのとき、下方から何か音が聞こえたような気がした。

まさか。

人の気配だ。

誰かいる。

胸が、どきどきする。気のせいではないことをひたすら祈った。ひょっとして、つばきが還ってきてくれたのでは。

思わず叫びたかったが、ぐっとこらえた。天井裏から叫んでも、彼女を戸惑わせるだけにすぎないではないか。

それよりも、すぐにでも降りていって、つばきを安心させてやるべきではないのか。

私は後ずさりして、ゆっくりと天井裏を移動した。階下には確かに誰かいる。その気配が、ふっと消えた。私が天井裏にいることに気がついたのかと思う。鼠《ねずみ》にしては大きなきしみ音が耳に入ったのかもしれない。

再び慣れない場所に飛ばされてきて、異様な気配を感じれば、つばきでなくとも、立ちすくんでしまうにちがいない。仕方のないことだ。

私は、つばきを驚かさないようにと、音をたてぬよう細心の注意をはらいながら、廊下へと降りた。

廊下は暗いままだった。台所の方で、ぎしっと足音を感じた。

そこで、私は不安を感じた。床板のきしみ音でわかる。つばきではないのではないか。

彼女は、あんなに重みを感じさせる音はたてないのではないか。

「誰？」

声をかけたが、返事はない。

「誰かいるの？」

声は返ってこなかった。足音も聞こえない。

思いきって私は名前を呼んだ。

「つばきさんなのか？」

意を決して、私は台所へ行った。

人の気配が蘇った。

少し怖くなった。いったい誰が……。

玄関に鍵はかけていなかったから、誰でも自由に出入りができたはずだ。

一番間抜けだが、恐怖の発想が湧いた。

泥棒？

台所には電気がついていた。

「惇ちゃん？」

どきっとした。その声には聞き覚えがあった。だが、ここにいるはずのない人物。

「昼間も電話したけど、いなかったし、さっき、熊本駅からも電話を入れたんだよ。どこに行っていたの？」

母が両手を腰にあて、眉をひそめて立っていた。

私が夕闇の眠りの中で聞いた電話の正体は、岡山にいるはずの母だったのだ。

24

私は、あんぐりと口を開いていたはずだ。岡山にいると思っていた母が、突然現れたのだから。

「母さん。何で、ここに」

最後に見たときの母から、また一回り肥《ふと》っていた。とにかく、母は出不精《でぶしょう》のはずだった。運動が嫌いで、間食が多い。若い頃は中肉中背という印象が強かったのだが、私が大学を卒業する頃には、すでに肥満の道を歩み始めていた。そして、一回り大きくなった。

まさか、ここに姿を現すなど、予想もしていなかった。岡山の家でさえ一歩も出るはずがないと信じていたのに。

「惇ちゃんのことが気になったんだよ。お父さんが、五日間、研修でね。カンヅメなんだよ。だから、急に熊本へ行ってみようと思いたってね」

「…………いつまでいるの？」

「あさって帰ろうと思ってる。まだ晩御飯は食べてないんだろう？」

「ああ」

「今、用意しようとしていたから。途中で材料は揃えてきたよ」

それで、母は台所にいたのだ。

「今まで、どこにいたんだい。屋敷の中、ぐるっと探したけど、惇ちゃんの姿は見あたらなかったけど」

「天井裏」

思わず正直に答えてしまった。

「なんで天井裏に?」

「いや……。数日前の雨で、雨漏りしていたから気になって……調べていたんだ」

母は、ふうーんと答えたが、心底納得したというわけではなさそうだった。

それより気になったのは、今、つばきが現れたらどうなるかということだった。つばきの存在など、母は夢にも考えていないはずだ。〝百椿庵の幽霊〟については目撃したことがあると言っていたが、生身の彼女を見たら仰天するだろうなと思う。

「じゃ、夕食ができるまで待ってなさい」

「あまり、腹は空《す》いてないよ」

母は気にしないふうでいた。

「食べないなら食べないでいいよ。私はお腹ぺこぺこなんだから」

複雑な気分だった。さっきまでは、一刻も早くつばきが戻ってくれることを祈っていた。ところが、今は、母が帰るまで、彼女に現れないでほしいと願っている自分がいる。つばきが現れれば、どちらに如何に対応すればいいのかわからない。

食卓についた母は、「冷蔵庫にビールがあった」と喜び、勝手にコップに注いで飲みはじめた。私も、仕方なく食卓につき、母の相手をした。母は私が「腹は空いていない」というのを額面通りに受けとって私の分の食事は準備をしてくれなかったので、私は母が持ってきたママカリを肴《さかな》にビールを飲んだ。

「心配したよ。ちっとも電話してこないし、電話しても出ないし。ちゃんと食事してたの？　私は、惇ちゃんが栄養失調で倒れて身動きできなくなってるとこまで想像しちまったんだよ」

私は、そんなはずはなかったよ、とか、何か困ったことがあれば連絡するはずじゃないか、と弁明するしかなかった。と同時に、屋敷内で何か物音がしたりしないかと神経を集中させていた。

「何か、変だよ。惇ちゃん」

母が箸を止め、急に話題を変えた。

「えっ、何が変だって？」

「何か、私の話を全然、聞いていないというか、耳に入ってないみたいだね」

ぎょっとした。

「そんなことは、ないよ。母さんが予想外の形で現れたから、まだ、ショックから立ち直ってないのかもしれない」

そう、冗談めかして答えた。

「そう……。それならいいけど」

「父さんは、どうしてる？」

他に話す話題が思いつかない。

「ちょうど、今のおまえみたいだよ。家にいるときは落ち着かなさそうで、そわそわして、仕事に行くときは、喜んで飛び出していく」

「そう」

父も母に圧迫感を感じているのかもしれないと思う。

「惇ちゃん」

「何？」

「さっき、台所に来る前に、名前を呼んだでしょう」

私は驚いた。たしかに、つばきの名を呼んだ。もしかしたら、つばきかもしれないと思ったから。

母は聞きもらしたものとばかり考えて、安堵していた。ちゃっかり聞いていたのだ。

「たしか、〝つばき〟って〝つばきさんなのか？〟って。ちがった？」

どう答えたらいいものか？　事の経過を母に正直に話せば、かえって事態が面倒なことになっていきそうな気がした。

時間を超えて人が現れるなぞ、母がすぐに理解してくれるほど柔軟《じゅうなん》な思考力を持っているとは思えない。それは、私の勘違いで、自分が目撃した百椿庵の幽霊に私が取り憑《つ》かれたと思うにちがいないことはわかっている。最悪の場合、私にお祓《はら》いを受けさせようとするかもしれない。

「誰なの？　〝つばき〟って。女の人の名前？」

「猫だよ。猫」

「猫？」

咄嗟《とっさ》に出た嘘だった。ここで本物のつばきが出現しないことを祈った。

「そう。近所の牝猫。椿の木の下にいたから、つばきって名を付けたんだ。わりとしょっちゅう家の中まで遊びに来たりするから」

母は拍子抜けしたような顔をした。

「へぇー。てっきり、私、惇ちゃんのガールフレンドの名前かと思ったよ」

それで、その話題は打ち切りとなった。

「小説のほうは、どうなの？　ちゃんとお金になってるの？」

母は、今度はなまなましい話題に変えた。これも、あまり触れてはもらいたくない話題だった。そういえば、つばきがいたときに、数千字分を進めたきりだ。編集者の方にも、しばらく原稿は送っていない。

「ぼち…ぼち……かな」

そう答えた。自分でも根が正直なためか、歯切れがよくないことがわかる。

「嘘だね」

母は、私を睨《にら》んでいた。即座に見抜いたようだった。私も反駁できない。

「父さんが〝専業作家になるなんて〟と一番反対したけど、それを取りなしたのは母さんなんだよ。〝作家ってのは、自己管理がちゃんとできてこそ食っていけるものだ。惇はそのあたりの性格がまだ弱い〟って、父さん言ってた。でも、最終的に許しをもらったのは母さんが頼んだからだよ。私も不安だったよ。でも、惇ちゃんがどうしても進みたい道って言ってたからね。だから、父さんが反対するなら、私がかばうしかなかったんだ。そのあたり、考えといてもらわないといけないよ。わかってるかい」

「原稿の執筆ってのは、波があるんだ。いつも絶好調というわけじゃない。メンタル的なものも影響するし、そんなときは、原稿を離れて気分転換するしかないんだ。だから、今、ちょうど谷底で、これから乗れそうだなって気分になってきてるとこ。あまり、心配しないでよ」

「そこらへんは、母さんは物書きじゃないからわからない。でも、親だからね。親は子供のことが心配で、いつも頭から離れないものなんだ」

私としては、ぐうの音も出ない。

場の雰囲気に耐えかねて、私はテレビのスイッチをつけた。テレビに視線をやることで、母とのしらじらとした雰囲気から少しでも逃れることができるのではないかと考えたからだ。

一刻も早く母が岡山へ帰ってくれることを願い、同時に、つばきと過ごした時間とのあまりの違いに驚いている私がいた。

テレビは、バラエティともクイズともつかない番組をやっていた。目はそちらに向いているものの、頭の中はつばきのことが離れない。母が幽霊の話題を出さないことだけを願っていた。

明後日まで、母がいる。気が滅入った。一刻も早く明後日になればいい。

「母さん、明日はどうするの？」

「とりあえず、掃除をして、それから友だちに連絡しておいたから、会うつもり」

一日中、百椿庵にいるわけではないとわかって、少しだけ気が楽になった。

「母さん、どの部屋で休む？」

「私は座敷でいいわ」

そういうことになった。私は、居間で休む。

母が座敷に引き上げ、一人になったとき、どっと疲れが襲ってきた。

布団にもぐりこむと、とりとめもない思考が漂う。

天井裏のでっぱりの未知の穴は、いったい何のためのものだったのだろうか？

つばきはどうしているのか？　そして元治の世界で、何を考えているのだろうか。もう、この二十一世紀に現れることはできないのだろうか。

ときおり母の咳ばらいが座敷から聞こえ、そのたびに覚醒してしまう。しかし、いつの間にか、疲労のほうが勝ってしまい、ゆっくりと睡魔《すいま》に身をまかせてしまった。

夢とはちがう光を見たのは、目を醒ます寸前だったはずだ。

それは確かに異変だった。

私は布団から放り出されたのだ。

25

数秒間、その感覚が続いた。布団の重みが消え、浮遊感が一瞬だけあった。そして、これは夢だという思いと、これから墜落《ついらく》するんだという覚悟がほぼ同時に生まれ、はっきりと覚醒したとき、再び布団の中にいることに気がついた。

起きあがり、あたりを見回した。

見慣れた部屋にいる。

やはり、夢だったのかと思う。つばきを失い、突然の母の来訪があり、精神的に整理のつかない状態にあったために、レム睡眠時の変調を体験したということなのだろうかと、自分に言い聞かせた。

時計を見ると、朝の六時だ。

すでに座敷では、母が起きている気配があった。眠っている私に気兼ねしているのか、母は押し殺したような咳ばらいを繰り返していた。

私がトイレから戻ろうとすると、待ちかねたように母が私を呼んだ。

私が座敷に行くと、母は布団の上に正座していた。

「どうしたの？」

私が問いかけると、すぐには答えず、どう言っていいものかと、口の中で言葉を反芻《はんすう》しているふうだった。それから、やっと言った。

「惇ちゃんは、何か、変なこと、起きなかったかい？」

私は、別に何も起こらなかったと伝えた。嘘になったかもしれないが、その方がいいと直観で思ったのだ。

「本当に？」

母は、そう何度も念を押した。母は何かを感じたにちがいないのだ。

「私、寝ぼけたのかもしれない。夢遊病みたいに」そう、独り言のように言った。

「どうしたの？　何かあったの？」

私は母に尋ねた。母は、〝幽霊〟であるつばきに会ったのではないかという素朴な疑問が湧いたが、口にはしなかった。

「夜明け前くらいに、変なことに遭った」

やっと母は口を開いた。つばきに会ったのではないらしい。そうであれば、まず幽霊を見たと言うはずだ。

「変なこと……」

「布団から飛び出したら、昼間だった。夢かと思ったけれど、とても夢じゃない。寝ていたはずの布団もない。この座敷なんだけれど、何か雰囲気がちがう。

いろいろ……ないはずのものがあったり、あるはずのものがなかったり。そう……あの茶箪笥《ちゃだんす》も消えていたし、戸のところ、サッシがみんななくなって、簾《すだれ》が垂らしてあった。

昼間なのに、何もまわりで音がしない。鳥の声だけ響いてて。

庭を見たら、塀がブロックじゃなくて、竹なんだよ。でっかい槙の樹があった。この百椿庵と似ているけれど、微妙にちがう」

「で、どうしたの？」

「惇が、こっちにいると思っていたから、惇の名を呼んだ。だけど、何も返事がない。仕方なくって、玄関まで来た。玄関も変わっていた。土間になっていて、くぐり戸だった。もう、そのときは怖くなって怖くなって」

母は心底、怖そうだった。

「なんだ、幽霊でも見たのかと思った。よく電話で話してたから」

そうカマをかけてみた。母は何度も首を振った。

「幽霊なら、もう私はここでは慣れているよ。別に悪さされることはないし、しばらくすれば消えちゃうし。私が怖かったのはね、この屋敷が別ものになったみたいで怖かったんだ」

「じゃ、幽霊にも遭ってない？」

母は黙って何度もうなずいた。

「ここはどう？　元通りだろう」

私が確認すると、母は再びうなずき、そして言った。

「私、惇が、どこかに出かけたのかとも思ったんだよ。それで惇の名を呼びながら、玄関から裸足で外に出たんだ」

「裸足で？」

「土間には何も履き物がなかったから、仕方ないでしょ。おまけに着替えようにも、何もかも消えちまってるからパジャマ姿なんだよ。もう、私の年齢になったら恥ずかしいことは何もないしね。だから、そのまま」

私は、やや呆《あき》れながら母の話を聞いていた。

「ほんと、昼間なのに、あたりは鳥の声だけで、シーンとしていてね。玄関から出てみて思ったんだけれどね、私、眠っているあいだに死んじゃったんじゃないかって。それで、自分がいるのは、あの世なんだって。椿の花が咲いていて、で、砂利道《じゃりみち》を歩いて門のところまで来たの。そしたら、近所の家が、全然ないのよ。畑があって、その向こうに林があって。

もう、私、どうしたらいいかわかんなくなってね。おろおろしていたら、向こうから、年とったお爺さんが細い道を歩いてくるのよ。それで、その人に聞いたら何かわかるんじゃないかと思って、門から外に出たの。

そこで……目が醒めたっていうか……。あたりは、まだ薄暗い夜だってわかった。きっと何か、夢を見て、無意識に外に出たんだって、そう思ったの。で、庭からまわって座敷に戻って……」

母は、つばきと同じように、ちがう時間、ちがう時代の百椿庵に飛んだのだと、私は確信した。

「ねぇ、惇。どう思う？　私、頭がおかしくなったのかしら。夢だったら、こんなに足の裏が汚れているはずないわよねぇ。何かあったとしか思えないんだよねぇ」

母は、私に足の裏を見せた。確かに、少し泥の痕《あと》がわかる。母は、自分の異常な体験は、ひょっとしたら夢ではないかもしれないと感じてはいるものの、それに自分に納得できる説明ができないでいる。とすれば、自分のできごとは夢だったということにするのが、自分の精神状態を正常に保つ、最善の方法ということになるのか。

どう答えるべきか。

「うん、この屋敷で、ときどき変なことは起こるみたいだよ。母さんの頭がおかしくなっているんじゃないと思う」

「たとえば？」

「昼と思ったら夜だったり。夜と思ったら朝だったり」

それは、私が昼寝をしたりしたときに感じる種類のもので、不思議現象でも何でもない。

おかしいと言われれば、そう言える種類のものだが、動転している母にすれば、充分に自分の奇妙な体験を正当化してくれる発言に聞こえたはずだ。

「それで、惇は何ともないのかい？」

「ああ、何ともない」

母は、それで押し黙った。

前夜に宣言したとおり、母は午前中かかって各部屋の隅々まで掃除した。

それから友人と会うと言って、百椿庵を出た。朝のできごとが気になるらしく、話題は何度も繰り返されたが。

それで出ようとする母に、私は言ったのだ。

「もし、ここが気持ちが悪いようだったら、友だちのところで泊めてもらったら？　こっちは全然かまわないし」

母は、そう言われて、しばらく考えこんだ後に結論を出した。

「じゃあ、そういうことにしようかねぇ」

そして、来たときに持ってきた荷物をまとめて出ていった。

「ちゃんと、仕事はやるんだよ」

そう言い残して。

一人、百椿庵に残って、またしても、どどっと疲労感が襲ってきた。

母から解放された……。

それから私は、母が引き上げた座敷から庭を見ながら、ぼんやりと前日からのできごとを回想した。

つばきの消失。屋根裏での新しい金属棒のための穴の発見。そして突然の母の来訪。母と私の超常体験。

つばきは、現れてはくれなかった。ということは、屋根裏の装置は、何か新しい法則で機能して、母を逆につばきの時代に送りこんでしまったのではないか。

屋敷内に人はいなかったという。何故、つばきはいなかったのだろうか？　その時間軸は、つばきが存在しない時代だったということなのか？

やはり、その異なる時代に固定する力は、百椿庵内に限られるのだろう。だから、母は力の及ぶエリアを離れることによって、現代に戻されてしまった。

座敷にいた母だけにその力が及んで、私が過去へ飛ばされなかったのは何故なのだろうか？　座敷が、その力の及ぶポイントということなのだろうか？

そこまで考えて、私は畳の上に大の字になった。考えているだけでは、答えが導き出されることはないと気付き、虚《むな》しくなったからだ。

そのとき、朝方のあの感覚が蘇った。

あのときは夢の中だったが、今度はちがう。座敷全体が奇妙に歪《ゆが》んで見え、しかも身体から重みが消え去ったかのようだった。

来た！　これだ！

朝よりも強い。

そして自分の身体に重力が戻った。

「惇様！」

心地よい声がした。私の身体を起こしてくれたのは、笑顔で涙を浮かべているつばきだった。

26

つばきは、何度も私にうなずいた。私の手を握り、溢れこぼれる涙を拭おうともせずに。

「つばきさん……戻ってきてくれたのか？」

私は、そう言った。彼女は、また古の髪型に戻していた。もちろん衣服も、私が買い揃えた洋服ではなく、紺色の地味な柄の木綿の着物を身につけていた。

つばきは、じっと私を見て、大きく首を横に振り、かすれた声を、やっと出した。

「惇様が来てくださったのではありませんか」

とっさに私は、その意味がわからなかった。

周囲を見回した。

蛍光灯が天井にない。

廊下には籐椅子がない。茶箪笥も消えている。床の間に中国の山水画らしい掛け軸がある。見たことのないものだ。

私は、あわてて立ち上がった。

庭が見えた。庭の雰囲気がちがう。

誘蛾灯が消えている。観音像が見あたらない。芝生ではない。そして庭の周囲の竹塀。

母もここへ来たのだ。

ここは、つばきが生きていた過去……幕末なのだ。つばきが二十一世紀に来たわけではない。

私が、つばきの時代に跳んできてしまっている。

「惇様、大丈夫ですか？」

つばきが心配そうに私を見上げていた。私は戸惑いから脱け出たわけではないが、何よりもつばきと再会できたことが嬉しかった。

「ああ、大丈夫です。ちょっと……驚いてしまった」

母の話を思い出していた。この百椿庵の門から外に出れば、二十一世紀へ戻れる。そんな予備知識があったから、それほど切羽詰まった気にならなかったのかもしれない。

私が座ると、嬉しそうにつばきが言った。

「惇…さん。お茶を淹れましょうか？」

「あ…あとでお願いします。で、つばきさん、今は何年の何月なのですか？」

立ち上がりかけていた彼女は座りなおして、首を傾げた。

「元治元年の十月です。私が、惇さんのいる時代へ行ったのが七月ですから、あれから三ヵ月経ちました」

私は耳を疑った。つばきが消えたのは、昨日の午後のことだ。こちらでは、三ヵ月も経っているなんて。

「つばきさんが去ってしまったのは、昨日だったのに」

「昨日……ですか？」

彼女は、信じられないという顔をした。しかし、それが事実なのだろう。天井裏で発見した穴の機能は、また新たな法則にもとづいて、私を過去に送りこんだにちがいないのだ。

とすれば、時間軸のずれが生じていても不思議ではない。数ヵ月しか誤差がなかったことを喜ぶべきかもしれない。もっと誤差が大きかった可能性もありえるのだ。つばきがこの屋敷にいてくれる時間軸にたどりつけただけで幸運と思うべきだろう。

「そう……つばきさんが引き戻されたのは昨日だった。だから、自分なりに家の中をいろいろと調べてみました。どうすれば、もう一度、つばきさんに会うことができるかと思って」

つばきは、まだ興奮がとけないという様子で、流れる涙を何度も拭き、目頭を押さえていた。

「今日までずっと、惇さんが頭から離れたことはありません。だから、惇さんが倒れているのを見つけたときは、信じられなくて、幻を見ているんだとばかり思ってしまいました。だって私が向こうの世界へ行くことがあっても、惇さんが来てくれるなんて、思いもよりませんでしたから」

「ぼくは、つばきさんに会いたくてたまらなかった。ぼくはつばきさんと一緒にいたい。だから来たんだ」

「もう、惇さんはどこにも行かないでください。私……どんなに、ここに戻ってきて悲しかったか、御存じないでしょう」

突然、つばきはキリッと私を睨んで、強い口調で言った。予想外の口調に驚いてしまった。とっさに返す言葉もない。

「悲しかったんですか?」

そう聞くと、彼女は唇を噛んで、うなずいた。

「ずっと考えていました。どうやれば、惇さんに会えるかと思って、あちらに行ったときの時間やら、部屋の場所を思い出して、同じようにやってみたりしたんです。何度となくやってみました。でも、行くことはできませんでした」

それは、つばきが私に好意を抱《いだ》いているということを意味している言葉だ。それは、とても嬉しい。

だが、この時代のつつましやかで感情を表に出さないことを美徳と考える環境の中で、私に対してそこまで言いきれるつばきに、私は驚いてしまった。どこにも行かないでください、とまで言いきられてしまうとは予想もしなかった。

だが、それだからこそ、彼女の嘘いつわりのない本音だということなのだ。

「いつまでいられるんですか? ずっといていただきたいのです、つばきは」

彼女も本能的に、私が永遠にこの時代に留まることがかなわないことを知ってはいるようだった。だが、それを認めたくないからこそ、さっきのような発言になってしまったのだろう。

「わからない。元の時代にいつ呼び戻されるのか、何とも言えないけれど、でも、できるかぎり、つばきさんと一緒にいたいと思う」

私がそう告げると、泣き笑いのような表情を彼女は浮かべた。

「約束ですよ。約束！」

つばきは、私に小指を差し出した。指切りげんまんということらしかった。私も小指を出し、おたがいに絡ませて振った。

「惇さん、約束げんまん。いてください」

「ああ。でも、いつまでもぼくがいて、つばきさんに迷惑がかかることはないのかなぁ」

「大丈夫です。私が何とかします。でも……」

私をしげしげと見た。

「惇さんの着物は替えておく必要があると思います。惇さんのことを知らない人が見たら、奇妙に見えるにちがいありませんから。あちらで私に着物を揃えたみたいに。りょじんさんが使っていたものがありますから、それを使ってください」

そうだなと納得した。そのときの私は、シャツにジーンズというラフなスタイルだった。この時代の人々に目撃されたら、きっと得体の知れない無国籍人に見えるはずなのだから。

しかし、この百椿庵から外出しないかぎり、そんな服装にこだわる必要はないのではないか?

「つばきさん。この屋敷に、誰か訪ねてくることがあるんですか?」

そう質問した。

つばきは、うなずいた。

「数日に一度くらい、笹七《ささしち》さんが庭の手入れをしに、やってきます。今日も見えたんですよ。そういえば……」

笹七というのは何者だろうかと思ったが、つばきは突然、思い出したように両手を口許《くちもと》に持っていった。

「私、さっきまで新町に出ていたのですが、帰ってくるなり、笹七さんが驚いた様子で私に言ったんですよ。さっき、ここで幽霊に会ったって。

私、そのときも、てっきり惇さんが現れたのかと思ってしまいました。でも、よく話を聞くと、ちがうようなんです。笹七さんが、ここへ来たとき、門のところで肥った奇妙なかっこうをした女の人が中から現れたんだそうです。いったい私でなくて、誰なのだろうって、立ち止まって、じっと見たら、次の瞬間に、ぱっと消えてしまったんだそうです。あれは絶対に幽霊だ、今日は早く帰らせてもらうって、早々に引き揚げてしまったのですが」

それは、私の母を目撃したのだと思う。この時代に突然に出現して消失したのだとしたら、それは、この時代の人の目には幽霊としか映らないだろう。あれだけ母が、この屋敷で幽霊を見たと言っておきながら、自分が幽霊あつかいをこの時代でされたと知ったら、どんな顔をするだろうかと思ってしまった。

「それは私の母です。朝、そんなことを言ってましたから」

私がそう言うと、つばきは「まあ」と驚きの声を上げた。

27

笹七という人は、今日やってきたということだから、数日は顔を合わせる心配はなさそうだった。だが、予期しない訪問者が、いつ何どき百椿庵を訪れるかわからない。

それで、私が目撃されたら、やはり異人扱いされるだろうなと思う。ましてや、つばきは百椿庵にひとりで住んでいるのだ。悪いムシが彼女についたと思われて、つばきに迷惑をかけてしまうのではないかとも考えた。

「ぼくがこちらに来てしまって、つばきさん、大丈夫なんですか？」

そう尋ねた。

そのとき、つばきは、てきぱきと男ものの着物を揃えていた。たぶん、それが〝りょじんさん〟が愛用していた着物なのだろう。

その手を止めて、彼女は私の方を向いて、きっぱり言った。

「大丈夫です。惇さんは、ここでは何の心配もなさらないでください」

それから、私の眼をじっと見て微笑んだ。それは、彼女の覚悟を示したものだと思った。

この時代、普通に考えれば、情報網にはどのようなものがあるだろうか？　ほとんどないに等しいはずだ。人から人の口伝てに伝わるようなもの。それも狭い地域社会の中だけで。

とすれば、私が出現したことで、この時代の慣習や倫理観の中で、つばきが周りからどのような言われかたをされるか、わかったものではない。

それでも、彼女は「大丈夫です」と言いきってくれたのだ。時の彼方の見知らぬ世界では、どんなにか心強い言葉だったたか。

つばきは強い。

そう実感した。

「さあ、これを着けていただけますか？」

つばきは着物一式を私の前に差し出した。着物は粋《いき》な色彩だった。萌葱《もえぎ》色に細い紺の縞《しま》が入ったものだ。こんな着物はイメージになかった。粋というより派手なのではないか。役者が、ふだん着で着るくらいではないのか。

「これ……ぼくに似合うだろうか。着こなせるかなぁ」

「大丈夫。りょじんさんも着ていたんです。惇さんに似合うと思います」

私はうなずいて覚悟を決めた。

着替えようと、シャツのボタンに手をかけて、気がついた。

つばきが席をはずしてくれるものと思っていたら、笑みを浮かべて私を見上げていた。

自分が着替えを手伝うのは当然だというように。

「あ、あの。服を脱ぐんですが」

「は？」

つばきは、首を小さく傾《かし》げた。それから続けた。

「はい」

やはり、当然だと思っているようである。

私は、百数十年後の私の世界で、つばきが下着をつけるときも請《こ》われて手伝ったことを思いだした。あのときも、つばきには自分の肌を見せたことに恥ずかしさを感じている様子はなかった。

私は、仕方なくシャツを脱ぎ、ズボンを下ろした。すると、つばきは手馴れた様子で着物を持ち、私の背後にまわった。

「どうぞ」と言う。

背中に着物があてられている。袖を通せということらしい。つばきに言われるとおりに袖を通す。それから自分で両衿を揃えてみた。

りょじんさんが着ていたものだと、つばきは言った。

りょじんさんは、大きな人だったのだろうか。肩幅も私の方が狭いような気がするし、裾あたりも、ずいぶん余っている気がする。

「ぼくには、ちょっと大きいんじゃないかなぁ」

そう言うと、つばきは、大きく首を振った。

「そんなことはありません。とても似合うと思いますよ。裾も帯の締めかたで、どうにでもなりますから」

そうなのだろうか？

よくわからない。着物を着たという記憶を探ってみるが、思いあたらない。浴衣《ゆかた》さえも着ないし。温泉宿に泊まったときに着たくらいだが、帯というより紐《ひも》のようなものを我《が》流《りゅう》で締めたくらいだ。

つばきは、帯を黙って差し出した。それを受けとって、私は腹に二重に巻く。そこで手が止まる。

帯をどのように結べばいいのか、とんとわからないのだ。

「つばきさん、結べますか？」

下手に意地を張って自分で結んでみようと試みるのはあきらめた。「どうも結べないみたいだから」と素直に認めた。

つばきは笑わなかった。あたかも当然だというように「はい」と答えて、帯をもう一重、私の腹の下でまわし、それからキュッと締めた。その、つばきの意外なほどの力の強さに、思わず呻《うめ》いてしまったほどだ。

「大丈夫ですか？」

つばきが気遣うように言ったが、帯を緩《ゆる》めてくれるわけではなく、そのままの位置で結《ゆ》わえてしまった。そのまま結び目をぽんと叩いた。

「できました」

「少し苦しい」と思わず本音が出た。

彼女は、嬉しそうに私を上から下まで眺める。

「とても似合います。誰の前に行っても恥ずかしくありません」と得意気だ。「しばらくすれば、馴れると思います。女の力で結んでありますから、それほどでもないと思いますが、どうしても苦しいようでしたら、また考えます」

つばきの言うとおり、何度か深呼吸を繰りかえすと、身体の方で着物に馴染《なじ》んできたような気もする。

「だいぶ、いいようです」

そう言うと、つばきは両手を合わせて「よかった！」と目を細めた。

あとは、頭かと思う。時代劇では、侍も町人も農民も皆、髷《まげ》を結《ゆ》っているのではなかったか？

「髷をしていた方がいいかなあ」

私が、そう言いながら頭をさすると、つばきは驚いたような顔をした。

「月代《さかやき》を剃られますか？」

咄嗟につばきの言葉が聞き取りにくかった。

「さか…やき…？」

私が確認すると、つばきは自分の前頭部あたりを掌で円を描くような仕草をしながら言った。

「こちらを剃るのですか？　そこまで、なさらなくても……。惇さんは、そのままで充分と思いますが」

「でも、こちらでは皆、髷を結っているのではありませんか?」

つばきは、うなずいた。

「細川家に奉公にあがっている方は皆、髷をきれいに結っておられます。でも、町人は八割方ですか、髷を結っているのは。惇さんの髪の長さですと、月代を剃りあげても、残りの髪で髷を結うには少々足りないようです。そうであれば、あわてて髷にこだわられる必要もないと思いますが」

なるほどと思う。

「でも、人前に出れば、やはり目立ってしまうのではありませんか。この時代の人間ではないと、すぐにわかってしまいませんか?」

「髷を結われても、惇さんは、すぐに目立ってしまうと思います。元治の時代では、惇さんのような人は、あまり見かけませんから」

「どういうことですか?」

「こちらでは、惇さんのように、ほっそりとしていて背が高くという人はあまりいませんから。それに色も白いし。こちらの人たちとは全然ちがいますから」

そんな言われかたをしたことがないから驚いてしまう。自分では平凡な体型だと思っていたのに。

「ちがうんですか?」

「ちがいます。りょじんさんもそうでした。もう少し、背は高かったのですが。りょじんさんも外へ行かれるときは髷は結われませんでしたよ」

そうなのかと思う。この時代の世の中をまだ自分の目で見てはいないが、つばきの話しぶりでは、この百年の間に、暮らす人々の体型というものも、どんどん変化をとげていったものらしい。とすれば、どのような姿をしていても、この時代では目立ってしまうということか。

「ちょっと待ってくださいね」

つばきが悪戯《いたずら》っぽい笑みを浮かべて部屋を去った。そして、すぐに戻ってくる。手には丸いものを持って。

その柄を持って、私に見せた。それは手鏡だった。

この時代にも鏡はあったのだ。だが、金属を磨《みが》いたものかどうかはわからないが、微妙な歪《ゆが》みがあって、明度も低い。

「惇さんの世界の鏡ほど大きくもないいし、はっきりとはわからないかもしれませんが、ご自身の着物姿、ご覧になりたいと思って」

ぼんやりした私の半身像が、彼女の手鏡の中にあった。似合う似合わないよりも、なんだか、これから縁日にでも出かけていく子供のような姿があった。

「どうですか?」

つばきが感想を聞きたがる。無意識に自分の頭を掻いた。照れ臭かったのだ。

「よく、わからないけれど」そう断って、「でも、つばきさんが変と思わなければ、いいのではありませんか?」

彼女は、納得してくれた。

「でも、ぼくのことを誰だと尋ねられたら、何と答えれば、つばきさんに迷惑がかからないのだろう?」

「それは考えました。りょじんさんのお手伝いということにしておきますから。そうすれば、何も不思議ではないと思います」

つばきは、そう言ったのだった。

28

こちらの時代に来て、自分の中で何かが変わったような気がしていた。それが何かは、はっきりわからないが、心の中で執着《しゅうじゃく》していたことが、ポンと抜け落ちてしまったような気がするのだ。こちらに来て、まだ数時間しか経たないというのに。

二十一世紀でないことに、何の焦《あせ》りも感じていない。原稿を書いていたことが、もう、どうでもいい出来事だったような気がしている。家族をはじめ、元の時代に残してきたものにさえ、何も惜《お》しいと感じないのだ。それは、傍につばきがいるということだけで帳消しになる性質のものだったということか。

着替えを終えて、つばきは日常の仕事に戻っている。私は六畳間の縁側にいた。

私には「ゆっくりなさってください」とか「何も気になさることはありませんから」と言って、私の近くで裁縫の仕事を始めた。

そういえば、つばきが最初に現代に現れたときは、頼まれものの裁縫をしていたと言っていた。彼女には、そんな特技があり、その収入を生活費の足しにしているようだった。

だが、彼女ひとりとはいえ、それだけで生活ができるものだろうかと不思議に思った。

私は縁側で、つばきに言われるままに、ぼんやりと過ごした。庭を眺めながら、小鳥の啼《な》き声を耳にして。

椿の花の時季ではないが、庭は芝生ではなく、方々に名も知らない野生の花が咲いている。あまりにのどかすぎて、だんだんと居たたまれない気持ちになってくる。

執着は消えているのかもしれない。だが、自分では自覚していなかった二十一世紀のリズムが、身体の中に残っているようだ。そのリズムの正体というのは、一言でいうと、「貧乏性」なのかなと思ってしまう。何か生産性のあることをしていないと、得体《えたい》の知れない罪の意識のようなものが、もやもやと心の底でたなびき始めるのだ。

何か、つばきのためにしなくてはいけない。何か身体を動かすことはないのか……。二十一世紀のせわしない時代に生まれついた悲しい性《さが》というものかなとも思うのだが。縁側で膝《ひざ》を抱《かか》えたり胡座をかいたり、横になってみたり。それも長時間は続かない。

「惇さん、退屈ですか？」

彼女の目にも、そう見えたらしい。心配そうに、つばきが声をかけてきた。反物を広げ、裁断していた手を休めて。

私は、自分の心中がそんなに簡単に見透かされたのが恥ずかしくなった。

「あ、いや、そんなわけでは」

あわてて、そう答えた。

「しばらく待ってください。いま、裁断をすべて終えましたから。すぐにお相手ができますから」

まるで母親が子供をあやしているようだ。つばきは私よりかなり年下だが、こう言われると、つばきが年長のように感じてしまう。

「いや、仕事にさしつかえては申し訳ないから」

聞こえたのか、聞こえなかったのかわからないが、彼女はさっさと私の横に来て座った。

「いや、じっとしていると、何となく納まりが悪いんです。まだ勝手がわからないから何だけれど、つばきさんが言いつけてくれたら、何でもやりますよ」

私は少しおどけて、着物の両袖を引き上げてみせた。生白い両の細腕を見せたところで、何の頼りにもならないのではないかと思ってしまった。

つばきは、そんな様子を見て、首を大きく横に振って微笑んだだけだった。

「惇さんには、何もやっていただかなくていいんです。やりたいことを好きにおやりになっていて、かまわないんですよ。

外には……出るのはやめてくださいね。惇さんが消えてしまったら、今度は私……」

最後まで、つばきは続けなかった。

それは、私もうすうすと感じていたことだ。だから、じっとしていて縁側で身のおきようがないほど退屈したときも、外に出ようという発想が湧かなかった。

だが、好奇心はある。

二十一世紀では住宅街になってしまっているこの百椿庵の周囲が、どのような風景なの

そして幕末の、横井小楠が生きていた時代の熊本城下の町並みという

ものが、どう眼に映るのか、ぜひ見てみたい。

だが、このまま外出しては駄目だ。母と同じように二十一世紀へ振り戻されることにな

るのだろうし。

「部屋の片付けものとかでもかまいませんよ」そう言ってみた。

そのとき気がついた。つばきの言う〝りょじんさん〟の正体に関するものが、この時代

の百椿庵にはひょっとして残されているのではないかということだ。

百椿庵も江戸時代末期から明治、大正、昭和、平成と時代を経てきている。いかに保存

状態が良かったとはいえ、持ち主も移り変わってきている。平成では失われてしまってい

るものでも、この時代ではまだ残っている可能性があるのではないか。

「りょじんさんの部屋って何処だったの？」

「えっ」

少しつばきは驚いたようだった。何故そんなことを尋ねるのだろうという表情だった。

「普通、お座敷の方でした。寛《くつろ》がれるときとか、考えごとされるときとか。で、時々、お

二階の方に上がっておられて」

「つばきさんは？」

「私は、りょじんさんがおられるときは、六畳間の方でした。考えごとされたり、いろいろとお仕事をされるときは、あまり、お邪魔にならないように引っこんでおりましたので。何故ですか?」

「りょじんさんは出歩いていたのでしょう?　この……時代を」

「ええ」

「りょじんさんが、どんなことをここで研究していたのか具体的にわかれば、ぼくも自由に出歩けるのではないかと思ったんです」

「はい」

つばきの返事は、何となく歯切れの悪さがあった。少し不安なことがある、そんなことが返事の裏に隠れているように思えた。

「暇《ひま》なときに、座敷とか二階とかを見てまわって、かまいませんか?」

「それは、自由になさってかまいません。それより、お茶でも淹《い》れましょうか。二、三日前に釜で煎ったばかりの新茶がありますから」

「あ……え?」

つばきは庭先の低木のいくつかを指でさした。その樹はたしか、平成の百椿庵にも存在していた気がする。もう少し丈が高くなっていたが。それがお茶の樹であるとは知らなかったただけのことだ。

「つばきさんが作ったのですか？」

「そうです。新芽ばかりを摘んで、釜で煎って干して。量はそれほどとれませんが、味はいいと思いますよ」

私は、流されやすい性質だと思う。つばきのおすすめを、つい賞味したくなってしまう。

「じゃ、いただいてみよう」

そう私が言うと、つばきは跳びはねるように立ち上がり、「待っててくださいね」と台所の方へ立ち去った。

十分ほどぼんやりした後、私が座敷へ行ってみようかと立ち上がりかけたとき、つばきが筒を持って戻ってきた。

「今、湯を沸かしていますから、待ってくださいね」

そう言うと、筒の蓋をはずし、私に差し出した。

「私が作った新茶ですよ。これだけしかできなかったんです」

新茶は茶筒の四分の三ほども入っていた。筒を差し出して、彼女は私の反応を待っている。匂いを嗅《か》いでみろということなのか。

私は思いっきり茶筒に鼻を近付け、吸いこんでみた。懐かしい青い匂いが鼻腔《びくう》に広がった。完全に乾燥しきったお茶ではないようだ。このまま発酵《はっこう》させれば、別もののお茶になるのではないかという、あやうい分岐にあるような香り。それはそのまま、つばき自身であるかのような錯覚さえ持った。

「いい匂いだなぁ」

「私もそう思います。だから惇さんにも、この匂いを知っておいていただきたくって」

茶筒に蓋をすると、つばきは台所の方へ消えた。

台所の方からカタカタという音がする。しばらく経つと、湯呑みと小皿を盆にのせ、つばきが現れた。

「これは？」

私が尋ねると、つばきは「お茶うけです。芋飴《いもあめ》をつくり置いてますから」と笑った。

29

つばきが作った緑茶は濃厚だった。

どのようにして湯をさしたものかはわからない。大ぶりの小岱《しょうだい》焼の茶碗に入れられたお茶は、抹茶かと見まがうような黄緑色をたたえていた。

これが本来の茶の味なのだろうか、と感心した。それだけ濃厚なのに、渋味はまったくない。茶の旨味が口のなかに拡がる。

つばきは、私のすぐ横にいた。お茶についての私の感想を聞きたがっているのだ。

半分ほどを、いっきに飲み、言った。

「うまい！」

つばきの顔がほころんだ。

「そうでしょう？」

その得意気な笑い顔が、あどけない。

「こんなおいしいお茶は初めて飲んだ」

それは私の本心だった。それから小皿に入れられた芋飴を竹の匙《さじ》ですくい、口に入れた。見た目は茶色の水飴だ。

甕《かめ》の中にでも入れられて保存してあったのだろうか。さつま芋の風味が、かすかに匂った。口の中で、ねっとりとした上品な甘味が生まれるような感触だ。

「おいしい。お茶がすすむ」

つばきは嬉しそうに、お茶のお代わりをすすめる。だが、うまいとか、おいしいとか、他に表現の仕方はないのだろうか。我ながら文筆を生業《なりわい》としているわりには、ボキャブラリーが乏《とぼ》しいとうんざりしてしまう。しかし、うまいものをうまいとか、おいしいとか素直に表現することが、いちばん当を得ている気も一方ではする。

「この芋飴も、つばきさんが……?」

つばきは、うなずいた。

「たくさん唐芋をいただいて、もったいないから作りました。時間と手間はかかるんですが、日持ちするので。あと干し芋とか、餅にしたりとか」

話を聞いていると、つばきは食べものを買ってくるという習慣は、あまりないように思える。誰それが持ってきてくれた。誰が分けてくれた。自分が葱《ねぎ》と南瓜《かぼちゃ》をあげたら、お返しに……といった具合で、食料に関しては米を除いて、ほぼそのような状態らしかった。

「もうよろしいのですか?」

つばきが尋ねる。私がうなずくと、つばきは、「では、夕のお食事の用意を致します」と盆を持って立った。台所から戻ってくると、そのまま草履《ぞうり》をはいて庭先に下りた。

「どこへ行くの?」

「裏の畑に。野菜をとってきます」

「ぼくも……行こうか?」

そう言うと、つばきは首を横に振った。

「だめです。惇さんが消えてしまいます」

そうだったと思い起こした。平成の百椿庵で、最初に現れたつばきが消えてしまったのも、彼女が裏木戸の向こうにあるはずの畑に行こうとしてのことだったと思い出した。

「わかった。ここで待っている」

「すぐに戻りますから」

「ぼくは、座敷か……あるいは二階にいるかもしれない」

少しの間、つばきは立ち止まり、私の顔をじっと見た。私が、何処へも行くはずはないと見極めがついたのか、「ええ、わかりました」と言い残して、裏木戸の方へ去った。

私はとりあえず座敷へと向かった。

障子を開けて敷居の上に立った。今はあまり使わないのかもしれない。りょじんさんがいたという気配さえも、ほとんどない。

床の間には、白い香炉が一つ置かれていた。そして小さめの壺状の花器に、一輪だけ黄色い花が活けられていた。そして掛け軸は、雉が一羽大きく墨一色で描かれていた。地面に立ち、尾をこちらに向け、首をひねるようにして正面を見ている。

床の間の中央に黒光りのする床柱があり、その柱で床の間が二つに分けられていた。左に掛け軸。そして右側が上部に左右に開くタイプの遣《や》り戸で、下部に茶器でも納めるような開き戸が備えられていた。

他には、部屋の隅にそれほど大きくはない文机が置かれており、あとは八畳の畳が敷かれている。それだけの部屋だった。

文机には、何も載っておらず、引き出しのようなものもない。この文机で、りょじんさんは、何やらを研究していたということなのだろうか。

部屋の中に入って、天井から襖までをじっくりと眺めた。何の変哲もない部屋だ。ここに蛍光灯が吊るされ、テレビが置かれ、エアコンが据えつけられて、障子の一部にガラスが使われると、平成の百椿庵の座敷になるはずだ。

床の間の遣り戸を開いた。

期待するようなものは、何も入っていなかった。

そこは、掛け軸の収納場所になっていた。何本もの掛け軸が積まれていただけだ。引き出せそうな二本ほどを取り出して広げると、一本は無数の漢字がびっしりと書かれており、もう一本は、山水画のようなものだった。値打ちがあるものかどうかも私にはわからない。少なくともりょじんさんにゆかりのあるものは、何も納められていないようだった。

元のように掛け軸を戻し、次に下の開き戸に移った。

開き戸の中は空《から》だった。何も入っていない。

座敷にはりょじんさんに関する手懸《てが》かりは、きれいさっぱりない。

次は二階に上がってみるしかない。そして、もしも二階にも何も得るものがなかったら……。

あとは、天井裏がある。

時を超えるシステムのオリジナルが存在しているはずだ。それを、ここでも確認しておく必要があるだろう。それを調べる。

だが、何となく、つばきのいるところで、天井裏までを検分することは申し訳ないような気もする。つばきは、りょじんさんの研究について聞いただけで、不安気な様子を見せたではないか。

しばらく時間を置いてからの方がいいか。つばきが、いずれ外出をするときがあるだろう。そのとき、ゆっくりと天井裏をチェックしてみようと考えた。

次は、二階だ。

座敷から廊下を通る。その先に風呂場があった。風呂場は二十一世紀と同じ位置だが、もっと狭い。釜《かま》のような風呂で、すぐ横に薪《まき》が積まれている。釜の下は焚《た》き口になっているようだった。

廊下の奥に進み、二階へ続く階段を上る。木戸を開くと、そこは竹行李《たけごうり》や葛籠《つづら》がいくつも置かれていた。

葛籠の一つが他のものから離されて置かれていた。魅入られたように、その葛籠を選んだ。

これに、まとめられているはずだと思った。りょじんさんに関するものが。すぐにわかるように離されて保管されているのは、そうにちがいない。

私は生唾をのみこみ、その葛籠に手を伸ばした。ゆっくりと上蓋を上げる。

まず最初に目に入ったのは、あの記憶にある文箱だった。

まちがいない。

他にも何やら詰めこまれている様子だった。

その文箱の下には、私が平成につばきに買い与えた服と下着、それにスニーカーがセットになって、大切に保管されているのを見た。こんなところに……。

そのとき、遠くで声がした。

男の声だ。階下から聞こえる。

私は驚いて、葛籠の上蓋を取り落としてしまった。

いったい誰だろう？　何を言っているのかはわからない。まだ、つばきは裏の畑から帰ってきていないのかもしれない。

どうしよう。

私が、このまま出ていっていいものだろうか？

本来どちらかといえば小心者《しょうしんもの》の私だ。どう行動をとればいいものか、こういうときはパニックを起こしかける。

開きかけた葛籠から、とりあえず文箱を取り出し、右手に抱えて、忍び足で階段を下りた。誰もいないと諦めて帰ってくれることを願いながら。

だが、諦めていないというように、男の声が聞こえる。

「つばきさん！　つばきさん！　お留守ですか？」

風呂場の前まで来て、そこに文箱を置いた。

そのとき私が発した気配を察《さっ》したようだ。玄関口で、男が再び言ったのだ。

「あっ、つばきさん、おられるんですね」

もう隠れているわけにはいかないと覚悟を決めた。風呂場にあった和手拭《わてぬぐ》いをとった。それで頭を覆《おお》い、後ろで縛《しば》った。これで、この時代の人たちに髪型のちがいを奇異《きい》に思われずに済むかと思ったのだ。

喉《のど》がからからに渇いてしまっていた。思わず咳ばらいをした。玄関口で、つばきを呼ぶ声がぴたりと止まった。

私は胸の動悸《どうき》を感じながら、「はい、ただ今」と言って玄関口へ向かった。

来客は二人の男だった。二人は、ぎょっと目を剥《む》いて、私を見ていた。

「何か……？」

私も、どう切り出していいものかわからない。来客も、私にどう接したものか、戸惑っている。若い方は、腰に刀を差している。武士だ。もう一人は武士ではない。年輩の商人らしい。

「貴殿《きでん》は……？」とその武士は私に問うた。

30

「私は……私は…」

私は、そこまで言って二の句が継げなくなってしまう。言葉が出ないだけではなく、緊張のため身体まで固まってしまった。

武士は、私より五つほど年上か。背丈は私より低いが、浅黒くがっちりした身体つきをしていた。下がり眉だが目玉が大きく、その眼がじっと私を睨《にら》んでいた。

名を名乗ろうとしたとき、玄関先から、つばきが現れた。

「あら、福薗《ふくぞの》様。突然に」

武士は、反射的に表の方を振り返った。

私は大きく安堵《あんど》の溜息《ためいき》をつきたかった。まだ膝ががくがく震えていた。

つばきは、この武士とは顔見知りらしい。

前掛けをつけたつばきは、両手に笊《ざる》を持っていた。笊の中は葱、大根、空豆といった野菜であふれていた。

「やあ、つばきさん、おられた。突然に参上して申し訳ない」

そう、福薗という武士は頭を下げた。

「こちらこそ申し訳ありません。今、ちょうど裏の畑の方に回っておりましたので」

つばきは、福薗に深々とお辞儀をした。だが福薗は目を細め、その必要はないというように手を振る。武士というには気さくな人柄のようにも見える。

だが、またしても大きな眼でこちらをギロリと見て、つばきに尋ねた。

「で、こちらの御仁《ごじん》は……？」

やはり、私のことを何者かと思っているのだ。一人住まいのつばきのところで、正体のわからない男が何をしているのだという視線だ。

「こちらは井納惇様です。りょじんさんのゆかりの方で、りょじんさんのお手伝いをなさっておられたそうです。案ぜられるような方ではありませんので」

「ほう、りょじんさんの……。入れ替わりに来られたと」

「さようです」

つばきが咄嗟《とっさ》にそう答えたが、福薗は言葉通りに受け取ったわけではなさそうだった。やはり、福薗の眼に私は奇妙に映るのだろうか。何度も頭から足の先まで舐めるように眺めまわした。

それから、私の左腕を見て感心したように、「なるほど」と言った。

自分の左腕を見て驚いた。私は腕にスウォッチを着けたままにしていたのだ。それを見て、福薗はなるほどと言ったらしい。

りょじんさんも未来からこの時代へやってきたときに、彼等が見たこともなかった奇妙な装置や道具を持っていたということかもしれない。りょじんさんゆかりの人間であれば、そのようなものの一つや二つ持っていてあたりまえということか。

「井納惇です。初めまして」

私の精一杯の挨拶《あいさつ》だった。座って挨拶すべきなのか迷ったが、立ったままの挨拶になった。

武士も私に頭を下げて、言った。

「福薗玄馬亮《げんばのすけ》です。つばきさんの亡くなられた父上は、私の父と同職です。細川家先代、斉護《なりもり》公のとき、浦賀にメリケンの使節船渡来の折、父もつばきさんの父上と共に本牧《ほんもく》まで詰めに出掛けました」

福薗の言っていることが、私の頭の中によく入ってこない。そんなものだろうかという感じでしかない。ただ、つばきの父親も武士であったらしいことはわかる。

私はうなずくばかりだったが、つばきが二人に「立ち話もなんですから」と屋敷にあがることを勧める。

それでは、と福薗と町人が草履を脱いだ。つばきは客を座敷へと案内する。

「ぼくは、席をはずしておこうか」

私はそう言った。

「いえ、茶を淹れますので、その間、お相手をお願いできませんか?」

つばきにそう頼まれ、胃が痛くなる。

床の間の方に二人を座らせ、二人を相手にするように私が座る。一刻も早く、つばきに来てもらいたいと願うだけだ。

話題なぞ何も見あたらない。それは福薗も同じようだ。眉の太い町人だけが、屋敷を見回し、江戸に持っていっても恥ずかしくない立派な構えですね、と感心している。町人は、ここを訪れるのは初めてらしい。

私だけが何度も咳ばらいを繰り返す。

「りょじんさんは、去られてから数年経ちますが……お変わりありませんか」

福蘭が、そう尋ねた。

「ええ……おかげさまで」

答える途中で、どっと汗が噴き出した。

「世が世なら、どのような扱いを受けてもおかしくなかった。しかし南蛮《なんばん》からの船も訪れて、世の中の仕組みも根っ子から変わろうとする時期でしたから、りょじんさんにとっては幸いでしたなぁ。長岡様の独断でしたが、南蛮の知識を広げておきたいということで」

私は、どのような反応も返すことができない。福蘭は、りょじんさんとは面識があったということか。私は自信なさげな相槌《あいづち》をうつのが精一杯だった。このままでは、私の存在は不審に思われてしまう。

そのとき、つばきが茶を持って現れた。そのため、りょじんさんの話題から離れた。福蘭とつばきは、しばらく他愛ない世間話をしていたが、それを打ち切るように、つばきが尋ねた。

「それで玄馬亮さまは、本日はどのような御用向きなのですか?」

福蘭は、いや、まだ紹介をしていなかったと頭を掻いた。

町人風の男が頭を下げた。その横で、福蘭が紹介する。

「こちらは、人形師の松本《まつもと》喜三郎《きさぶろう》さんです。名前は、つばきさんも耳にしておられるでしょう」

「あ……」

つばきは少し驚いたようだった。

「井手ノ口町《いでのくちまち》の地蔵祭のときに、造りものを拝見したような気がします。喜三郎さんの仕事と聞きましたので」

つばきの言葉に、男は少し口許を緩めた。福蘭は話を続けた。

「今、大坂、江戸に仕事の舞台を移して活躍しておられる。で、喜三郎さんは次の仕事までの間、こちらに里帰りしておられる」

よく見ると、喜三郎の着物も羽織も品のいい紬《つむぎ》だった。それからすると、福蘭の着物は黒っぽい綿で浅葱《あさぎ》の裏地の質素なものだ。喜三郎の方が断然、羽振りはよさそうに見える。

「井戸ノ口町の世話役の藤衛門《とうえもん》から話をもらってな。花岡山の垢抜《あかぬ》けた婦人をぜひに見たがっている者がいると。で、頼まれたんだ。この喜三郎さんに。それで参上した」

そこで福蘭は喜三郎に話をふった。

喜三郎は再び深く礼をして、つばきに言った。低い、よく通る声で。

「突然のことで、大変、不躾《ぶしつけ》だったかもしれません。ただ、やむにやまれず福薗様にお願いした次第です。これまで、浪花《なにわ》で生人形《いきにんぎょう》一座を興行させていただいておったのですが、今の考えでは江戸で新たなお話をいただいたのです。それで構想を練っておる途中なのですが、そこでは、一ヵ所ごとに観音像を生人形として配置しようと考えているのですが、その人形の素材として使える方を探していたのです。江戸の方でもいろいろな方にお会いして、これはという方にお願いしてあります。

で、まだまだ不足しておりまして、せっかく里帰りしましたので、こちらでも、美しい方はいないかと聞いてまわっておりましたところ、紹介されましたわけで」

つまり、生人形の模写に使えそうな女性を探しまわっていたとき、つばきの噂を耳にしたということらしい。

「いかがでしたか?」

福薗が、やや目を細めて、喜三郎に訊いた。

「いや。噂通り、いやそれ以上でございました。江戸の方たちとは、またちがう。観音様として描くにふさわしい。皆の眼を吸い寄せるにちがいありません。これほどの美形とは」

「では、つばきさんが観音像になるというお話は実現するということか」

福薗は大声で嬉しそうに叫んだ。

「いや、こちらのつばきさまのお気持ちをうかがってからでございます。私としてはぜひ、お願いしたい。ただ、私の仕事の前でお座りいただいているだけでございますので」

つばきは口を固く結んでいた。一言も発しない。それからやっと言った。

「私はモデルにはなりません」

私は、ぎょっとした。〝モデル〟という言葉を、つばきが使ったことに。彼女が、私の時代に雑誌を見たとき、ひょっとして私は、そんな言葉を発したのかもしれない。

言葉はわからなくても、福薗も喜三郎も、その意味は充分に悟ったようだ。

つばきは続けた。

「私に、そのようなお話をいただけるのは、大変光栄なことと思います。でも、私の生人形が江戸で会ったこともない世の中の人々に眺められることになるかと考えると、何だか気持ちが悪くなります。申し訳ありませんが、なかったことにしていただけませんか？」

そう彼女は、きっぱりと言いきった。

31

福蘭玄馬亮と松本喜三郎が引き上げたのは、それから約三十分後くらいだったろう。喜三郎は生人形のモデルになってもらった場合の、労働条件や期間、謝礼について、つばきに告げた。その間、つばきは黙《もく》したままで、喜三郎に色よい返事をすることはなかった。

二人を送り出した後、つばきは別人のように笑顔に戻った。何ごともなかったかのように。

「惇さんは、気疲れなさったでしょう。見も知らぬ方たちと話をされて」

そう気遣ってくれた。

「あの福蘭という人は、りょじんさんを知っていたの？」

「ええ、りょじんさんは城代《じょうだい》家老《がろう》の長岡様が、知識を得るために、この屋敷に住まわせたのですから。玄馬亮様のお父上の福蘭玄徹《げんてつ》様と、私の父の柳井《やない》頼元《よりもと》が長岡様のもとで働いておりましたので」

「お父さんは？」

「父は、メリケン使節船が来たとき、本牧詰めだったのですが、その後、江戸詰めを数年してそこで果てました。痘瘡《とうそう》……流行《はや》り病《やまい》だったそうですが、うちは母と兄が亡くなって、父一人、娘一人でしたから、私だけ残されたんです」

痘瘡は天然痘のことだとわかった。と同時に横井小楠の種痘のエピソードを思いだしていた。

「ということは、身寄りがなくなったってことですか？」

「そうです。父が亡くなってから、私に婿養子をとって柳井家を存続させてはどうかと、すすめられる方もおられたのですが」

「断わったのですか？」

「いえ、そういうわけではありません。父もいずれは、私に婿養子を迎えたいと考えていましたのですが、ただ、縁がなかったのです」

不思議だった。つばきのように女性としての完璧な魅力を備えた人に、そのような話が来ないというのは。昔の人の眼は節穴《ふしあな》ということなのだろうか。

「縁がなかったって……」

「理由はわかっています。私、生まれが丙午《ひのえうま》ですから」

「ひのえうま……」

そう聞いても、咄嗟にはぴんとイメージが湧かなかった。

「そう。その年に生まれた女というのは、強すぎて、男を取り殺してしまうんですって。六十年に一度、まわってくるらしいんですが、私はたまたまその年に生まれて。玄馬亮さまも、私のことを考えているという話を、人伝てに聞いたことがあるのですが、結局、話は進まなかったようです。他にも、二、三、お話をいただきましたが、うやむやになったのは、私が丙午だからということらしいのです。

惇さんは、そんな話、聞いたことありますか?」

私の中では、そんな発想はまったく存在しなかった。だが、この時代では……。

「聞いたことがある気がしますが、でも……。迷信だと思いますよ。あちらの時代では、ほとんどそんな話題、出ませんから」

「じゃ、惇さんは、そんな話は気になさらないんですね」

「もちろんですよ」

「嬉しい」

つばきは両手を胸許に寄せて、心底嬉しそうに、そう言った。

「では、私、夕飯の仕度をしてきますから」

それほど、つばきは私の答えが嬉しかったということか、跳ねるようにして、台所の方へ去っていった。

丙午とは、十干の丙と十二支の午が組み合わさった年で、六十年周期でめぐってくる。六十年のうちの一年間に、女として生まれてきただけで、それほど忌み嫌われるものなのだろうか。私は西洋の魔女裁判にも共通するようなものを感じていた。

馬鹿馬鹿しい。つばきが可哀想だ。

だが……。私が生活していた時間が、あまり丙午の生まれの人たちと縁のない頃だったからなのだろうか。いずれ、六十年に一回の丙午がめぐってきたときは、忘れ去られていた迷信が掘り起こされ、マスコミなどで丙午の由来などが報道されて寝た子を起こすように、騒がれることになるのかもしれないな、ともぼんやり考える。

ふっと、二階の調査がやりかけだったことを思い出した。福薗玄馬亮の声で、あわてて階下へ下りてしまったのだった。頭に手をやった。巻いていた和手拭いが、びっしょり濡れていた。自分では気がつかなかったが、それほど緊張していて脂汗《あぶらあせ》をかいてしまったということか。

そうだ、この和手拭いをとったときに、風呂場に文箱を置いてきたはずだ。

私は立ち上がって、風呂場へと向かった。薄暗がりに、ぽつねんと文箱は置き去りにされたまま、そこにあった。そのまま六畳間に持っていく。

縁側に文箱を置いた。現代で私が見たのと同じ文箱であることを、あらためて確認した。

紐を解き、中を確かめる。重量のわりに音がしないなと感じていた。その理由がわかった。

中は、空っぽだった。文箱の大きさからすると、底が意外なほど浅い。そこに未知の金属棒を入れることによって、百椿庵以外の場所へ行っても、この時間軸に固定される機能を持っているはずだ。

文箱の底の浅さからいっても、底の下は、固定装置として機能させるブラックボックスになっているのだろうなと思うが、それを無理に開けてしまう気にはなれない。

このままでは使えない。

あの未知の金属棒も必ずどこかにあるはずだ。現代まで残っていたのだから。油紙に包まれていなければ、昇華を続けるかもしれないが、私のカンでは、平成よりもこの時代の方が未使用の金属棒はたくさん存在しているはずだ。

二階の、文箱が入っていた同じ葛籠の中だろうか。

もう一度、二階に上ってみようか。そう考えたときだった。

つばきがお膳《ぜん》を持って現れた。

「お待たせしました。準備ができました。こちらでお召しあがりですか？　それとも座敷になさいますか？」

お膳の上には、幾皿もの料理が並んでいるようだ。立ち上がりかけていた私は、あわてて座りなおした。

「いや、座敷でなくて、ここでいいです」

「わかりました」

部屋に入る手前に膳を置き、彼女は部屋の押入れから座布団を出し、庭の方が見渡せる位置に敷いた。

「ここで、よろしいでしょうか？」

「ええ、かまいません」

私がそう答えると、つばきは座布団の前に膳を置いた。それから言った。

「惇さん、どうぞ」

「ぼく、一人で食べるんですか？」

お膳は一つ置かれたままだ。彼女がうなずいた。

「ええ。惇さんがすまれましてから、私は台所で食べますから」

「そんな。つばきさんは、ぼくの時代にいたときは一緒に食べていたじゃないか。一人で食べる食事ほどまずいものはない。一緒に食べましょう」

つばきは小首を傾《かし》げた。

「りょじんさんは座敷で一人でお召しあがりでしたよ」

「ぼくはりょじんさんじゃない。つばきさん、この前みたいに一緒に食べてください」

しばらく、彼女は考えていた。それから、わかりました、と答えた。そのあまりの素直さに驚いた。数日間でも、私の時代に滞在したことで、柔軟性のある考えかたを身につけたのだろうか。

つばきは、私のものより一段低い粗末な膳を持ってきて、私の前に置いた。それが、日頃、彼女が愛用している膳のようだった。それから、おひつと鍋を持ってきた。

私が腰を下ろすと、彼女も私の正面に座った。ただし、自分には座布団を敷かない。

「こちらでは、ビールというものを揃えることができませんので、すみません」

つばきは、そう言って頭を下《さ》げた。あちらの時代で飲んだビールが、それほど印象的だったのか。

「ビールは、好きだったんだなぁ」

「ええ、冷たくって。それからアイスクリームも」

私とつばきは、うなずき合って笑った。この時代に、そんなものを望むことなぞ、はなから無理だとわかっている。

「つばきさんが、ぼくの時代にいれば、いつでも飲めたのに」

「いえ、かまいません。こうして、惇さんに私の料理を食べていただけるということだけで、満足しております。これ以上、何も望むことはありません」

それは、彼女の本心のようだ。

「本当に久しぶり」

そう、つばきは言った。それほどに私との再会を彼女は願っていたということか。私も何故か、心が弾んでしまう。

「どうぞ」

つばきがすすめる。私に、先に箸をつけろということらしい。私はうなずき、箸に手を伸ばした。

32

私が料理をどのように評するかが、つばきにとって興味津々だったらしい。

一汁一菜という言葉がある。

簡単な食事を表すのだと思う。昔の人は皆、そのような質素さに慣れていたのだと思った。

私は、目の前にならんだ膳の上の料理を眺めた。見た目になかなか豪華に映った。御飯の他に、一汁四菜がならんでいた。

お椀の中は味噌汁だった。味噌汁の実は芋の芽だった。大きい皿に盛られているのは、辛子蓮根《からしれんこん》と油揚げ。いずれも揚げたてで、まだ湯気をたてているのがわかる。油揚げには、生姜《しょうが》のすったものが添えられていた。

辛子蓮根は熊本の名物だが、ほとんど口にしたことはなかった。一度口にしたが、うまいという印象がなかったので、それからはあえて食べてはいない。

茹《ゆ》でた蓮根の中に辛子味噌を詰める。それに衣をつけて油で揚げる。それだけのシンプルなものだが、味噌を調合し、蓮根の中に手作業でその味噌を詰める工程が、やたらと手間のかかるものらしい。

細川家の子息が病弱だったため、精気をつけさせる食をと、細川家にゆかりのある僧侶が考えだしたと聞いている。輪切りにすると、蓮根の穴に詰められた味噌の状態が、細川家の紋である九曜の紋に似ていると喜ばれたということだ。

それが目の前にある。この時代だから、辛子蓮根が創作されてから、私の時代より期間はまだ経っていないはずだ。よりオリジナルな味に近いのかと思う。

つばきが両手を合わせて、私を見た。あわてて私も両手を合わせた。礼儀を失したりしないぞと心に決めていたから、スムーズにできた。

箸を持つと、つばきは、まだ両手を合わせて目を閉じて祈っていた。それから私に言った。

「ごめんなさい。お待たせしてしまって」

「いや、大丈夫だけれど。何を祈ってたの？」

彼女は照れたようにフッと笑った。

「お百姓さんに感謝したんです。それから……こうやって惇さんとまた会えて、一緒に晩の御飯を食べられることを、神様にお礼言ったんです。いつも、お願いしていましたから」

「そうかあ」

そんな、つばきの言葉を聞いて、嬉しくないはずがない。だが、それにどんな言葉で答えても、軽くなりそうな気がしたので、「うん」とうなずいて、彼女に笑顔を返すだけにとどめた。

まず、芋の芽の味噌汁を飲んだ。

うまい！……

それが口に含んだ最初の感想だ。何故こうも味がちがうのか。

「どうしたのですか？　惇さん。お椀を手に持ったまま」

不思議そうに、つばきが尋ねる。

「いや、この味噌汁がおいしいから……」

「そうですか。よかった」

彼女は目を細めた。

「どうして、こんなに味がちがうんだろう」

それは私の本音だった。元の世界で味噌汁を食したくなると、コンビニでインスタントのカップ味噌汁を買ってきて作ったものだった。

「煮干しで出汁《だし》はとりました。味噌は……四種類くらい……合わせ味噌にしていますが」

「四種類……？」

「ええ。私が作った普通のお味噌と麦味噌。それから、近くの二軒のお家と交換した味噌。それを合わせているんです」

つまり、スペシャル・ブレンドということなのか。だから、味噌の味に深みがあるような気がするのだろう。そのブレンド具合は絶妙である。手前味噌と言ったりするが、つばきは充分に自慢できるのではないか。

次に手を伸ばしたのは辛子蓮根だ。口に入れると揚げたての熱さと同時に辛子がつんと鼻腔をついた。けっこう刺激が強く、口の中を一瞬にして辛さが駆けめぐった。目から涙が溢れ出し、あわてて箸を置き、指で涙を拭いた。

辛いのだが、おいしい。揚げたてが、こんなにも味がちがうとは思いもよらなかった。ただ、私の知っている辛子蓮根は黄色い衣だ。これは……緑っぽい。

「大丈夫ですか？」

つばきは、私が一口ずつ食べる様子をずっと観察しているようだ。

「いや……効いた……あっ、辛子が」あわてて付け加える。「でも、おいしい」

本当はここで、冷えたビールでもくいっと流しこみたいところだった。ビールのつまみとしては最高なのではないかと思えた。

「これは禅寺の玄宅《げんたく》という人が発案した料理だそうですよ。細川忠利《ただとし》公のとき、忠利公の強精に作ったらしいんですよ。蓮根って、血を増やす力があるらしいんです。身体にいいということなんですね」

そう、つばきが言った。私の記憶にまちがいないことが確認できた。

「ぼくの知っている辛子蓮根って、もっと黄色っぽいと思ったんだけど」

「えっ？」と彼女は首を傾げた。「あの、小麦粉と空豆の粉を混ぜるので、その色になるんです」

そうか、と思う。本来の辛子蓮根というのは、このような色だったのかと改めて知った。現代で見る辛子蓮根はウコンを衣に混ぜてある、と聞いたことがある。それは、後世になってからの知恵だったということなのだろうか。

辛さに慣れるというのが自分でも驚きだった。辛子蓮根を頰張《ほおば》り、御飯をかきこむと、これが絶妙に合い、辛さも気にならない。

御飯を見ると、米だけではなく、他にもいろいろと混じっているようだった。麦はわかる。黄色い粒は粟《あわ》だろうか。雑穀米《ざっこくまい》というやつらしい。よく嚙むと、味が出てくるのだ。次に油揚げを食した。油揚げというより、厚揚げの薄いものと言った方が早いか。豆腐をスライスして、そのまま揚げたらしい。

感想は……うまかった。

陳腐だが、まず頭に浮かんだことが、そうだ。油揚げなど、味噌汁の実として入っているものだという観念しかなかった。

それが、揚げたてを、いちばんシンプルな形で食したのである。その食べものの、最高の状態で口にすることが、なんと幸福なことであるのか。歯ごたえがあり、パリパリ感と、中の豆腐のジューシー感が調和する。しかも油臭さは、まったく感じない。これだけでも、御飯三杯いけそうだという気がしてくる。

　私は、つばきが用意してくれた食事に夢中になり、会話を忘れてしまっていた。

「おかわり……よそいましょうか」

　つばきが、そう言ってお盆を持った。

　すでに茶碗が空《から》になっていた。

「あ、すみません。夢中になって食べていたみたいだ」

　飯茶碗を差し出すと、彼女はうなずいてからニッコリ笑いながら、それを受け取る。

　御飯をおひつから盛りながら「よかった。惇さんに気に入っていただけたみたいで。あちらのお食事と、こちらでは随分《ずいぶん》と様子がちがっていたから、惇さんに気に入っていただけるかどうか、すごく心配したんですよ」と告げた。

「いや、ぼく……つばきさんが作るのは……どれもおいしいと思う」

　手を止めて、彼女はじっと私を見た。かえってどぎまぎして、言わなくてもいいことを言ってしまう。

「あっ、本当です。嘘じゃないですよ」

　すると、彼女は声をあげて笑いだしてしまった。

　次に箸を伸ばしたのは、小皿に入った白和《しらあ》えだった。菜っ葉を豆腐で和えて、薄く味がつけられていた。上品な味だ。

「それ、私の好物なんです。簡単だし、おいしいので、献立を思いつかないときは、すぐに作ってしまうんですよ」

それから、もう一品、きんぴらごぼうが添えられていた。

見た目は質素だが、それぞれどの品も、素晴らしい味ぞろいだということがわかった。

つばきは天性の料理人の腕を持っているのではないだろうか、と感心した。

「つばきさんは、……まだ若いのに、どうやって料理を覚えたのですか?」

彼女は、少し羞じらうように唇を噛んだ。料理を誉《ほ》められて、照れくさかったのだろう。

「私、立って歩くようになってから、すぐに母に躾《しつ》けられて、家事の手伝いすべてをやらされたんです。料理も段取りから下ごしらえまで、子供の頃からできるように教えられました。だから、母が早くに亡くなってからも、なんとか父の面倒を見ることができるようになっていました」

大したものだと、私はうなずくばかりだった。

「でも今日は、すごく嬉しいんです。惇さんが、こうして目の前にいてくれるだけで。明日の夜も、そのつぎの夜も、ずっと今夜みたいだったらいいなって、ずっと考えていたんです」

それは、私も同感だった。

33

「風呂を使われませんか？」

ぼんやりとしてしまっていた。お腹が満たされてしまい、何やら億劫《おっくう》になってしまっていたのだ。つばきのすすめに、今、応じておかないと、このままだと瞼《まぶた》があけられなくなってしまいそうだ。

「あっ、お願いします」

「じゃ、湯加減を見てきますね」

つばきは立ち上がり、廊下へ去ると、すぐに戻ってきた。

「ちょうどよい湯加減になっています。どうぞ。ぬるいようでしたら追い焚きしますから」

私は驚いた。ということは、つばきは食事の準備をすると同時に、風呂も沸かしていたということか。そして、入浴の時間を想定して湯加減も調節していたということだ。ハウスキーパーとしての才覚は、途方もないものかもしれないと思う。

風呂場へ行く。

風呂の水は、どうやって入れるのだろう。水道設備はないはずだが、と思った。

納得した。湯舟の上に竹筒が出ている。どうも、そこから水が出て溜まるようになっているらしい。その竹筒の先を見ると、長く向こうへ続いている。幾本もの竹筒が組み合わされて。

連想したのは、〝パイプライン！〟だ。

どこからか、その竹のパイプラインの先から水を流し、湯舟に溜める構造になっているのだろう。

素っ裸になって風呂に入った。

同じ百椿庵の風呂でも、現代の風呂とここでは、入り勝手も随分とちがう。

目の前には土壁があり、低い木窓の向こうは、竹林なのだ。円状の湯舟は、鉄でできているようだ。まるで巨大な釜である。湯の上にぷかぷかと丸い木板が浮かんでいた。これが五右衛門風呂というやつだ。

狭い洗い場で身体を流した後、浮かんだ木板の上に足を乗せ、ゆっくりと沈める。それから、おもむろに湯に浸かった。

ざわざわと、竹林が闇の中で揺れる。そのたびに、つばきが用意してくれた手持ち行灯の光で、風呂場全体の影も揺れた。

聞こえるのは、風で竹が揺れる音だけだ。あとは、何も聞こえない。

湯舟の中は、狭いが充分にリラックスできる。遠くで、つばきの咳ばらいをする可愛い声を耳にして、幸福を感じる自分に気づく。

木箱がある。中には粉末状のものが入っていた。手にとって見ると、糠《ぬか》だった。それから、袋。袋には何か詰められている。開けてみると、やはり糠だ。

その袋で、身体を擦《こす》るようだ。石鹼の代わりに……というか、この時代はまだ、石鹼が存在しない。まず、抱《いだ》いた感想は、こんなもので身体の垢を落とせるのだろうかということ。

私は自分でも、好奇心が強い方だという自信はある。湯舟でしっかり身体を温めてから、洗い場で、その糠袋を使ってみた。未使用のためだろうか、糠の匂いがかすかにする。なんだか懐かしさを感じる。身体を擦ると、ぬるぬるしていた肌が、すべすべに変化した。効果があるのだ。

平成の垢が落ちているという実感があった。

再び湯に浸かり、遠くの闇をぼんやりと見る。

竹藪が不規則に風になびく音を聞くと、まるで自分が海の近くで波の音を聞いているような錯覚さえ覚える。

これから、どうなるのだろうか。そんなことを、薄い、仄《ほの》かな明かりのなかで、ぼんやりと考える。

この百椿庵から一歩も出ないで、いつまでも過ごせるとは考えられない。つばきの迷惑になってしまうだけだ。

もし、文箱を使って、外に出られるようになったら。

外の世界に出て、この時代に同化できるだろうか。

今は嬉しい。今は楽しい。だが、それが、いつまでも持続するだろうか?

だが……つばきの側にいたい。つばきと、いつも笑い合っていたい。そんな最優先の願いが、もろもろの思考と並行して、常に存在しているのがわかる。

いろいろと考えても仕方のないことだ。そう思う。自分でやれることで、つばきを守っていくことを考える……いや、つばきに迷惑がかからないようにしていく。今は、それしかないか……と思う。

そのとき頭の中では、同時にさまざまなことが駆けめぐっていたはずだ。その証拠に、過去を訪ねる物語のことを、いろいろと思いだしていたからだ。

その時代では、まだ知られていない知識や技術を使って事態を切り抜ける。そんな物語のこと。

たとえば、マーク・トウェーンの『アーサー王宮廷のコネチカット・ヤンキー』では、アーサー王の時代に迷いこんだ主人公が、魔法使いマーリンと対決させられ、皆既日食を利用して信頼を集める。

石川英輔の『大江戸神仙伝』では、かっけの治療に、ビタミンB_1が多く含まれる食べものを与える。

そんなことが自分にできるだろうかと考えると、はなはだ心もとない。次の日食がいつ来るのかなぞ、わかりやしない。平成の世の中では、便利な器具があふれていたが、いずれも、私にとってはブラックボックスでしかなかったということがよくわかる。この時代で役立てられる知識のストックなど、ほとんど持ち合わせていないことを実感する。詳《しょう》細《さい》な郷土史を知っていれば、予言者的に立ちまわったり、先を見越した商《あきな》いも思いつけるだろうに。

歴史を変化させると、タイム・パラドックスが生《しょう》じるというが、その変化させうる歴史の詳細さえ、よく知らないのだ。情けない。

つばきが窓の外から、突然、首だけを見せた。それから呼びかけた。

「惇さん」

「わぁ、びっくりした」

「お湯の具合はどうかと思って、見に来ました」

　あまりぬるいとは感じなかった。

「大丈夫だけど」

「そうですか？　薪を二本ほど足しておきましょうか？」

「あとで、つばきさんも使うんだよね」

「ええ」

「じゃあ、そうしたらいい。もうすぐ、ぼくはあがるから」

「わかりました」

「いい風呂だ」

「ええ、ここは近くに湯屋がありませんから」

「どういうこと？」

　つばきの言う意味が理解できなかった。

「だって、ほとんどの家に風呂はないんですよ。ここは、街中まで、山道を四半刻歩かなくてはならないので、父が作らせたのですから」

「じゃ、風呂がある家が、特殊ってことですか？」

「ええ、皆、湯屋を使います。街中で、自宅に風呂を持っているところは少ないですよ。

大きな商家でも、ありませんから」

私は、大きな誤解をしていたようだ。どの家にも風呂は当たり前にあるものだと考えていた。ところが、この時代は、風呂がない家が普通らしい。

「ということは、この時代では、すごい贅沢《ぜいたく》なことなんだ。わが家で風呂に入るということは」

「ええ。普段は、私も毎日入るということはありません。一日おきか、二日おき。夏は、行水《ぎょうずい》しますけど」

そういえば、初めてつばきを見たのも、彼女が風呂あがりのところだったなと思いだした。

つばきは、窓から顔をひっこめた。

焚き口の方で、彼女が薪をくべる音がする。

ふと、昼間に薪割りでもしてみるか……そんなことを思いつく。昔から、時代劇では、居候の剣の達人は薪割りをやっていたなぁと思いだしたからだ。

そのくらいの労働でも提供しなければ、つばきに対して申し訳なさすぎる。でも、自分に薪が割れるだろうか……そう考えると不安になる。

丸太を置き、手斧《ておの》でザクッ。そんな光景を頭に描《えが》いてみる。簡単そうだが、思いもよらない技術が実は必要かもしれないし。だから剣の達人が薪を割っていたのかもしれないし。

つばきの足音が遠ざかる。

私は、詮《せん》ない考えを振り払い、風呂をあがった。座敷へ行くと、床が用意されていた。

「私は、あちらの部屋で休みますので、必要なときは、お呼びください」

つばきは、そう言って、私を座敷に置き去りにして下がってしまった。

34

疲れが溜まっていたらしい。まったく夢の記憶のない眠りだった。

空白の時間から、現実に呼び戻された。

呼び戻したのは、鶏の鳴き声だった。そう気付くのに、しばらくかかった。遠くで何やらが甲高い声で叫んでいる。怪鳥《けちょう》かと思った。

目を醒まし、雨戸を開けると、庭の椿の木の間を数羽の鶏が闊歩している。

「あら、惇さん。もう目を醒まされて」

つばきが、裏木戸の方から姿を現した。もうすでに彼女は動きまわっていたらしい。両手で持った竹籠の中には、〝裏の畑〟で摘《つ》んできたらしい野菜が入っているようだった。

「この鶏は、つばきさんが飼っているの？」

「ええ」

つばきはうなずく。一羽だけが雄鶏で、あとは雌のようだ。

「気がつかなかったなぁ」

「ふだんは、小屋に入れてますけど、朝は、こうやって自由に放し飼いにしています。夜は野犬とか野良猫に襲われますから」

そう言いながら、一本の椿の木の向こうにまわって、ひょいと何かを拾いあげて、私に見せた。

「ほら」

それは、濃いベージュ色の卵だった。私が知っている卵より、ひと回りも小さく、しかも泥で汚れていたが、まちがいなく〝朝採り卵〟というやつだ。

「一羽だけ、何故か、いつもここに産み落とすのがいるんですよ。ここは、産み心地がいいんでしょうかねぇ」

鶏たちは、そんなことはおかまいなしに、庭を突っつきまわっている。中には自分で捕まえたばかりの青い大きな山ミミズを口にだらりと咥《くわ》えているやつもいる。

「鶏も食べるんですか？　つぶしたりして」

「私、殺生《せっしょう》は苦手ですから、卵だけいただくんですよ。でも、父が存命のときは、お客様があれば、父がつぶしていましたから、やりかたは心得ています。でも、そこまでやらなくても、猪や山鳥の肉をときどきいただきますから」

それを聞いて、少しほっとした。

自分で布団は片付けた。

つばきは、そのことが申し訳なさそうだった。廊下をあわてて走ってきて、残念そうに口を尖《とが》らせ、「すみません」と蚊の鳴くような声で言った。

それが、やはりこの時代の価値観なのだろうと改めて思う。男女の役割り分担が、皆に幼い頃から刷りこまれているのだ。

「いや、心配しなくていいです」と私は答えた。それから、自分のことで、できることはやりますから、気にしないでください、と付け加えた。

一瞬、つばきは、きょとんとした眼をした。それから、完全に納得できたわけではないにしても、「わかりました」と答えた。

それから私の傍《かたわ》らに目を移し、やっと表情を輝かせた。

「これで、惇さんも、お外に行ける！」

まだ中を見ていない例の〝りょじんさんの文箱〟を、彼女は目ざとく見つけたようだった。

つばきは、私と外出できることが、そんなに嬉しいのだろうか。

「これに、まちがいないのですか？」

私が尋ねると、彼女はこくんとうなずく。

「りょじんさん、いつも外出するときは風呂敷に包んで持っていました。私も、惇さんの時代では、持っていきましたよね。でも、途中で間に合わなくなったけど。こちらで使えば、そんなことはないのでしょう？」

「そういうことでしょうか。でも、中はからっぽなんですよ。あちらの時代では、不思議な金属棒が入れてあったのですが……それがない」

つばきは首を傾げ、黙って立ち上がり、部屋を出た。しばらくすると、小さな木箱を持って戻っていた。

「惇さんが言っておられるのは、これでしょう？」

つばきが開いた木箱の中に、大ぶりの羊羹《ようかん》サイズの、虹色の光沢を放つ未知の金属棒が入っていた。

「これは……」

「二階で見つけました。これを持っていると、もう一度、惇さんに会えるような気がして」

私たちは微笑み合い、その一本を文箱に収めた。

「うん、大丈夫のようです」

私は文箱の蓋を閉じると、つばきにそう伝えた。

つばきは、パチパチと手を叩く。そんな様子は、まさに彼女が子供の純粋な気持ちを残したままでいるようで、私の顔もほころんでしまう。

どうも、それで今日の予定は「お出かけ」ということに決定したようだった。

つばきは、「では」と言い置いて、炊事場の方へ消えた。それから、凄いスピードで朝食の準備が整えられた。

雑穀米で炊きあげられた御飯と、先ほど裏から摘んできた葉を実にした味噌汁、大根と胡瓜《きゅうり》の浅漬け、それに、つばきが私に見せてくれた産み立ての生玉子が添えられていた。玉子は小ぶりだが、割ってみると、黄身は赤みを帯びており、白身の中で勢いよく丸く盛りあがっていた。それに醤油を足して飯にかけ、食べた玉子御飯は、まさに絶品としか言いようがなかった。

私の時代では、こんなに規則的な食事はしていなかったような気がする。肥ってしまうのではないだろうか。そんな予感が頭をかすめるほどだ。

「御飯、お代わりはいかがですか？」

つばきが、そうすすめてくれたが、丁寧に断った。彼女に、朝食は、と尋ねると、私が眠っている間に、もう済ませましたと言う。炊きあげたばかりの御飯だったから、その答えを疑ったが、昨夜の残りを片付けてしまったとのこと。それでいいと言う。

こちらには、冷蔵庫もないから、食べものは日持ちさせることができない。こしらえたものは、無駄のないように食べてしまう。それも早いうちに。それは、こちらでの当然の習慣なのだ。

「では、準備をいたしますから、しばらく待っておいてください」

「何の準備？」

「お出かけしましょう」

つばきは、すっかりそのつもりのようだった。私には、正直、不安だ。

「ああ、どのくらいで出かけるの？」

「ええ、とりあえず、こちらを片付けます。それから、掃除を終わらせますから、それからということになります」

しばらく、かかりそうだと思った。

「あのう、薪でも割っておこうか？」

「えっ？　何故ですか？」

私が言いだしたことに、つばきは驚いたようだった。

「いや、こちらで、世話になるばかりで申し訳ないから……。他に何か役に立てるか考えたんだけど、そんなことしか思い浮かばなかった。薪割りくらいなら、できるだろうと思ったから」

「薪は……笹七さんが、よく割っていってくれてますから。大丈夫なんですけれど」

つばきは戸惑った様子だった。申し出は迷惑だったろうかなどと思う。

「うん。そうかもしれないけど……。何か役に立てないかと、いろいろ考えてみたんだ。薪……割ってみるよ」

つばきは、まるで言いだしたら聞かない子供を見るような眼で、うなずいた。

「風呂場の裏の横に、割っていない丸太が積んであります。そこに斧もありますが」

そう、仕方なさそうに言った。私は、うなずいて外に出る。百椿庵の敷地内であれば、この時代から弾き出されることもないはずだ。

私の後ろから、つばきが声をかけた。

「できるだけ早く、こちらをすませますから。無理をしないでください」

彼女にとっては、この世界で私が慣れないことに手を出すということが心配でならないらしい。

「ああ、無理はしません。できないとわかれば、すぐにやめるつもりでいます」

そう答えた。

風呂場の裏に行くと、軒がのびていて、その下に丸太が積まれていた。薪のサイズに割られたものも、風呂の焚き口近くに積んであった。そして切り株状の台と斧がある。丸太を数本持って来て、台の上に一本を置く。斧というより鉈《なた》だ。手にしたら、けっこうな重さがある。中腰でかまえた。

鉈を両手で握り、振りおろす。

手応えがあった。刃が、丸太にめりこんでいる。鉈を抜こうとするが、挟まった状態のままだ。しばらく押したり引いたりしたが、何ともならない。仕方なく鉈が丸太に挟まれた状態のまま振り上げて、また振りおろす。それを数回続けると、自分の息が荒くなるのがわかった。

やはりそうだ。薪割りにもコツが要るのだ。

数度、台に振りおろすと、やっと丸太が二つに割れた。それから肩で大きく息をした。

「こちら、準備できましたが」

つばきが、やってきた。仕事が捗《はかど》ってないのは、一目瞭然である。

「ああ、すぐ行きます」

私は、救われた気分で、その場をあとにする。

35

文箱は、風呂敷に包まれていた。それを、つばきに渡される。

「私が持っていてもいいのですが」

そう、つばきは言った。りょじんさんは、いつも文箱を自分で持っていたらしい。

「いや、自分で持ちます。大丈夫」と答える。

りょじんさんが、いつも自分で持っていたというのは、この時代に固定しておく力の場が、それほど広くはなかったということではないのか。彼女に文箱を持たせた場合、その力の場の範囲から、まちがってはずれてしまえば、この時代から私ははじき飛ばされてしまう。私が文箱を手にした瞬間、つばきが私の目を見て、心配そうに言った。

「あまり、無理をしないでください」

「これのこと？」

私が文箱の包みを示すと、彼女は下唇を噛んで大きく首を横に振った。はて、何のことかなと考え、薪割りのことかと思いあたった。

「薪割りのこと？」

つばきは、こくんとうなずく。

「もしも怪我したら……。私、どうしたらいいか、わかりません」

よほど薪を割る私の様子が、危なっかしく頼りなく見えたらしい。しかも量的にもまったくはかがいったわけでもないし。

自分の顔が赤くなるのがわかった。この時代での自分の生活力のなさを、つばきに見透かされたような気がしたからだ。

彼女が何の邪気もなく、心配して言っていることはわかる。だからこそ、かえって恥ずかしい。

「わかりました」

私がそう答えると、つばきは目を細め、私の手の甲を押さえた。

「よかった。気分……悪くしないでください」

少しびっくりした。彼女は、私の気持ちまで、いつも深く思いやってくれているのだ。

私が手を握り返すと、つばきは顔を赤く染めて、あわてて私から離れた。

これから二人で、百椿庵を後にする。

私は、例の萌葱色の、細い紺の縞が入った着物。りょじんさんが着ていたものだ。それに白足袋を揃えてくれた。

そういえば、室内で過去へ転移してしまっているから、履き物がないか……と思ったら、草鞋《わらじ》も用意してくれていた。

「山道だから、これくらいがいいかと思いました」

そう、つばきが言う。彼女は、背中に小さめの葛籠《つづら》を背負っていた。

「えっ、そんなに荷物があるの？」

「ええ、縫い物をお届けしなくてはならないところがありますから」

葛籠の上部は布製で、紐で入れ口が絞れるようになっていた。その中に、彼女が仕上げた品が汚れないように納められているようだった。

草鞋は、つばきの足を見て、見様見真似で自分で履くことができた。

私とつばきは、連れ立って百椿庵の外に出た。空は抜けるような青さだった。

まず感じたのは、「平成の百椿庵と、同じ場所なのか？」という疑問だ。それほどに、あたりの様子は、まったく違っていた。

周囲は、まるで、森だ。

民家があたりにないことは、うすうすわかってはいた。そして、百椿庵の裏、それから門前あたりが畑になっているだろうことは予測できた。事実、門を出ると、千平米ほどの畑が、フラットな土地に広がり、さまざまな野菜類が育てられていることがわかる。

だが、畑の向こう側の斜面は、見渡すかぎり雑木林になっている。平成では、住宅が建ち並んでいたはずなのに。

「ね。惇さんのいた世界と全然ちがうでしょう」

立ちつくして、ぽかんとしていた私に、つばきが、そう声をかけた。彼女が私の時代で驚いたのと同じ体験を今、味わっているということだろう。

雑木林も深そうだ。樹々の間隔が狭く、また蔓類もはびこり、林の向こうは暗く、闇しか存在しないようだ。

「もう、ここから花岡山の山頂までは、稲荷神社の周辺以外は、誰も住んでいませんから」

そう言って、つばきは歩きだした。

坂を下る。

細い山道だから、正面から人が来たら、道の端にへばりついて避けなければならない。傾斜がきつい場所では、地面に丸太が埋め込まれていた。歩きやすさと、道路の崩壊を防ぐ知恵なのだろうなと思う。

つばきは歩き慣れているから、スピードが速い。ときどき立ち止まって、私の歩速を測《はか》っている。

「大丈夫ですか?」

「大丈夫」と答えるが、下り坂なのに呼吸はあがってしまっていた。こんなにうわずった声では、とても信じてもらえないだろうなと思う。

「いつも、こんな山道を、町へ行くときは使うんですね」

「ええ、この道しかありませんから。でも、大雨のときは、外には出ません。この道は、滝のようになりますから」

山からの水が噴き出して、この道を伝うことになるのだろう。通れるかどうかより、鉄砲水に流される心配がある。そうなれば生命にかかわるだろう。

それと、もう一つ。帰りのことを考えると気が重い。私の時代では、コンビニまで買物に行くときは、だらだらとした坂を下っていた。こちらでは、それが曲がりくねった崖沿いの道だ。帰りは、這いずるように登らねばならない気がする。おまけに、着物の裾が足に引っかかって大股になれず、自由が奪われたような気がする。加えて、草鞋も履き慣れていない。

途中で、「ちょっと待ってください、歩きにくくて」と、つばきに声をかけると、彼女は立ち止まり、私に「後ろを向いてください」と言う。坂の途中で右手の細木に摑まり、言われた通りに、つばきに背を向けると、彼女は腰を落とし、私の着物の裾を握り一気に持ち上げて帯に押しこんだ。

「これで、どうでしょう？　少しはちがいませんか？」

確かにちがう。足に自由が戻ったような気がする。少々、風通しはよすぎるほどなのだが。

「下に降りたら、元のようにされたらいいと思います。片手に包みを持っていると、不便ですものね」

そう、つばきはさり気なくフォローしてくれることを忘れない。

私は、うんそうだね、とうなずくことだけで精一杯で、あとは両手で文箱の包みを抱えこんでいるだけだ。

やっと傾斜が消えた。

小川の流れる土手に飛び出して、思わず大きな息を吐き出す。

山道が終わったのだ。あわてて着物の裾を元に戻す。下にはブリーフを着けていることを思いだしたからだ。この時代に、このようなものを着けている男はいないはずだ。

ひょっとして……褌《ふんどし》じゃないのか。

つばきが近付いてきて、着物の前をととのえてくれた。よほど締まりのない着物姿になっていたのだろう。

土手に沿って歩くと、木橋に出た。右手は私の時代にも残っている安国寺《あんこくじ》だ。その前は数メートル幅の道路になって、両脇には木立ちが続く。

「やっと、道らしい道に出た」

そう私が漏らすと、つばきは笑った。

「ええ、ここまで来ると寺領ですから」

「寺領？」

「ええ、お寺がいっぱい。まっすぐ行けば、その先は細川様の御廟《ごびょう》だし、六角堂も清正公様のお母様が眠られる妙永寺もあるし」

彼女が言うとおり、樹々の彼方にいくつかの寺の本堂のような造りの建物が見えた。道に沿って、石灯籠も据えられている。

「細川様の御廟から右に行けば、横手の五郎さんの集落になります」

「ああ」

そう答えて、思いだした。つばきがタクシーを降りて消える寸前に、そんな話をしていたことを。横手に住んでいたという怪力男の伝説だったはずだ。

人通りは少なかった。年の若い数人の坊主とすれちがっただけだ。その一人ずつに、つばきは「こんにちは」と頭を下げ、「いいお日和《ひより》ですね」と声をかける。向こうも「ご苦労さまでございます」と挨拶をかえす。すべての人々が彼女の顔見知りのようだ。私も、つばきにつられて、一緒に頭を下げた。

二人ほどから、「りょじんさんの身内の方ですか?」と声をかけられた。

「ええ、まあ」と曖昧な答えをすると、相手はきょとんとする。

「さようです」と、つばきが答えると納得したようにうなずいていた。「ええ、まあ」という言いかたでは伝わらないようだ。

位置関係がわかった。もうすぐ、鹿児島本線の踏切あたりになる。

「ここいらでしたよね。惇さんのところで、雷のようなものが走ったのは、あのことを、こちらで、ここを通るたびに思いだすんです。考えると、少し、足がすくんでしまったり」

特急列車との出会いは、つばきにとって驚くべき出来事だったのだと、あらためて思う。

36

その角に神社がある。

人の気配はなく、神社の横に粗末な小屋があり、その前に三頭の馬がつながれていた。いずれも足も首も短い馬で、外来種の馬とはあきらかに違う。

「ここは?」

私が尋ねると、つばきが「下馬天神《げばてんじん》です」と答えた。

「寺領へは、馬の乗り入れが禁じられていますから、御廟やお寺に用事のある方は、こちらで馬を預けておかなくてはなりません。お城から見える方ばかりですよ、馬を使われるのは」

彼女が言うとおり、向こうでは、荷車を引く馬車が見えた。薦《こも》をかぶせた荷物が何かはわからないが。

平地だが、まだ畑が続く。このあたりは、平成の世だと、もうすでにビルが並んでいるはずだった。こちらでは、畑の隅に肥溜《こえだ》めがしつらえてある。それほどちがう。異臭が、ぷんと鼻をついた。

畑の向こうに林が見え、林が切れたところに橋が架かっていた。

「あの橋を渡ると、町になりますから」

それは坪井川だった。木橋は思ったより幅が広く作られ、頑丈《がんじょう》な構造になっていた。平成でも、同じ位置に橋はある。たしか、明八橋《めいはちばし》といったはずだった。

「細工町《さいくまち》と鍛冶屋町《かじやまち》に届けものがありますから、細工町の方から参りましょう」

あちらにいるときには気にせず使っていたが、やはり町名はその通りの由来を示していることがわかった。

「ぼくのいる時代と町名が同じですね。その町には、そんな職業の人たちが集まっているのですか?」

「そうです。鍛冶屋町は、鍛冶職人が多いですね。米屋町《こめやまち》は、米屋ばかりで。細工町は、細工師」

「この橋は、明八橋ですよね」

「単に赤橋と呼んでますが」

そうか、と納得する。明治八年に完成したから明八橋になったのだから、今はまだ〝赤橋〟か。

「とすると、左に行けば、唐人町《とうじんまち》でしょう。外国人を住まわせていたということかなぁ」

「さぁ、今は、見ないようですね。それよりも、唐人町は船着き場と蔵が多いようですから」

驚いた。そのとき、積荷《つみに》を積んだ船が、坪井川を下ってきたからだ。

大きな船ではない。船頭が竹竿をあやつりながら、進めることができるサイズだ。その向こうに石垣に横付けされた船から荷をおろしているのも見えた。

私が知っている坪井川に、船が行き来したりする発想はない。私が知っているのは、川の両岸がコンクリートで固められた、川底の浅い坪井川だ。風情《ふぜい》など求めるほうが無理な景観になってしまっている。生活圏を走る川の一つにすぎない。

ところがこの時代では、坪井川は活用されている。人々の生活の一部だ。輸送に利用され、遠くで洗濯する女が見えることでもわかるとおり、暮らしに密着している。

釣り人の姿もある。

年に数回は、この坪井川も猛《たけ》り、生活を破壊することもあるのだろう。だからこそ、河川改修を繰り返し、私の知っている坪井川に変化したということだろうが、そんな事情を考慮しなければ、やはり船が行き来する、この時代の坪井川が好きだ。

「どうしたんですか?」

橋の上に立ち止まった私に、つばきが声をかけた。

「ああ、のどかな風景だなと思って」

両岸の、数本の柳の木が、風に揺れていた。

「そう思われますか？」

つばきは、そう問い返した。

「ええ。……どうして？」

つばきは笑った。

「よかった……。惇さんの世界は、驚くようなことがいっぱいありましたけど、なんとなく落ち着かないような気持ちがいつもありました。私がおかしいのかなと思いました。だから、惇さんにそう言っていただくと、とても嬉しい気持ちになりました。こちらでは、お見せして、驚かれるようなものは何もありませんけれど」

「いやぁ、充分に驚きの連続でいるよ。同じ場所でも、時代がちがうことによって、これほどちがった印象になっていることを確認することが驚きだから」

つばきは、目を細めて笑みを浮かべ、うなずいた。私を、この時代に連れまわして驚かすことができたという、満足の笑みのようだった。

明八橋を渡ると、急に通行人の数が増える。老若男女さまざまだ。

平均して、男女とも身長が低い。皆よりも私が、首一つ高いような気がする。この時代の独特の顔付きのようなものも感じる。皆一様に、表情がのぺっとしているように思えるのだ。

着ているものも質素だ。着物の着かたも、粋だなと思える人はまったくいない。なんとなく、着くずれしたように感じてしまう。

それに、共通しているのは、皆、足が速いということだ。そそくさと通りを行き来している。

店が並ぶ。唐人町だが、あるのは綱や叺《かます》などが店頭に積まれた荒物屋や、蠟燭《ろうそく》を店先で売っている「油」と書かれた旗を吊るした店などだ。

そこから、つばきは右に曲がる。細工町の方からまわるわけだ。

「酢」と竹竿の先に吊るした店の前で、つばきが私に説明した。

「この細い道の奥は、お寺です。このあたりは、すべての町内の奥は、お寺になっているんですよ。墓所がいっぱい」

「どうして?」

「清正公《セイショコ》さんのときに、そうなったみたいです。火災のとき、火が移って大火にならないように、町内の中央は空き地にしたということです。それから、外敵が入って来たとき、町内の空き地に潜《ひそ》んで戦うと聞きましたが」

「へぇ」

私は、そのような話は初めて知った。加藤清正の戦術家としての一面を垣間見た気がした。熊本城の築城だけでなく、城の防衛のため、町造りから考えてあるというのは、凄いことだと思う。

「それから…」と、つばきは続けた。「大きな道は、必ず曲がりくねって作られているんですよ。外からやって来たら、必ず迷うようになっているんです」

「敵が城下に攻めて来ても、混乱してしまうということ？」

「そうです。兵を隠しておく勢屯《せいだまり》も多いですよ」

何気ない町並みにも、清正公の見えない防衛システムが生きているのだろう。つばきは、そんな町をさも当然というように歩いていく。しかも、通行人とも店頭の人々とも誰彼となく、彼女は挨拶を交わすのだ。

皆、私のことを不思議に思わないというのは、りょじんさんと関わりを持つ人間だという先入観を持って、私を見ているのかもしれないなと思う。

しばらく歩き、一軒の店につばきは入っていく。「ここです」と私に言って。

あまり間口の広い店ではない。土間があって、表に面した四畳ほどの畳間がある。中年の品のいい女性が帳簿をつけている。その奥で、中年の男と十代の若者が、台に向かって作業をしている。彫りものだろうか。

「象嵌《ぞうがん》／天明屋《てんめいや》」と金箔《きんぱく》の看板が出ていたことに気付き、肥後象嵌の店だとわかった。金属に模様を刻んで金をはめこむ細工で、現代まで伝わっている熊本特有の細工ものだ。

「あら、つばきさん」

顔を上げた女を見てギョッとする。歯が真っ黒なのだ。お歯黒……これがそうか。

「こんにちは。やっと仕上がりました」

つばきは背負い籠をおろし、中から包みを取りだして渡す。女は、つばきと私に座布団をすすめ、その包みを開き、中の着物を取りだして検《あらた》めた。

「やはり、つばきさんの仕事だねぇ。ちゃんとしっかりしている」

満足そうだった。それから奥の方から、甘酒を用意してくれた。作ったばかりだからという。

「おさきさん、いつもですから」と、つばきは辞退したが、結局、甘えることになった。

女は、おさきという名のようだ。

おさきは、箪笥に代金をすでに用意していたらしく、「ありがとうございました」と、つばきに渡した。「それから、今回の受けもの」

奥から包みを持ってきた。つまり、天明屋は象嵌の他に、つばきの代理店もやっているようなのだ。その品を、つばきは一つずつ検める。

その間、おさきは、私に声をかけた。

「やっぱり、りょじんさんの知り合いは、身の丈があるねぇ。異人さんみたいだ」

そう見えるのだろうか。

私は、頭を下げるだけのリアクションにした。

「そういえば……」おさきは振り返って「サク」と呼んだ。

若者が奥から「何だい、母ちゃん」と答える。

「ちょっと手ぇ、放せるかい？」

それに続けて、おさきは私たちに言った。

「サクが一昨日、りょじんさんに会ったって」

37

サクと呼ばれた若者は、うなずいて立ち上がった。

奥の部屋からやってきて、私たちに頭を下げた。私たちも深く礼をした。よく見ると、背丈のわりに童顔だ。十三歳くらいだろうか。

「今、いいんだ。少し肩こったから」

そんな年寄りくさいことを言った。

「この方、りょじんさんの知り合いだって」

私は緊張した。耳にしたことしかない、りょじんさんの存在が、おさきの一言で、ぐっと身近になったのだから。

サクは、私の顔をしげしげと見た。両手を前掛けで拭いながら、なるほどというように何度もうなずいた。

りょじんさんに会ってみたい！

そんな気持ちが、私の中で渦巻《うずま》いていた。

私やつばきが、時間を超えることの謎を握っている唯一《ゆいいつ》の人物は、りょじんさんなのだ。彼に会うことができれば、タイムトラベルの法則性や、自在に時間軸を移動できる方法を知ることができるはずだ。

そして、どんな時代のどんな人物かも知ることができる。

「りょじんさんは、今、帰っとられるんだよねぇ」

おさきは確認するように、つばきに尋ねた。

「ええ」

つばきは、それだけしか答えなかった。

おさきはうなずいて、サクを指差した。

「こいつがね、一昨日、りょじんさんに会ったって言い張るんだよ。『そんなはずないよ。りょじんさんは帰っとられるんだから。遠いところだから、おいそれと顔は出せないだろうや。他人の空似じゃないかね』って言ったんだけれど、サクは、間違いないって」

サクという若者は、「間違いない」と、ひとりごとのように呟く。

「じゃ、話してごらんな」

おさきが、そうサクをうながした。

サクはうなずいて、胡座《あぐら》をかいた。

「母ちゃん、俺も甘酒」

「まっ、お客様の前で、何て行儀だい」

そう毒づきながらも、おさきはサクに甘酒を用意する。それを啜《すす》りながら、サクは話しはじめた。

「一昨日の夕方です。川の向こうの黒髪村《くろかみむら》の泰勝寺《たいしょうじ》さんまでと、父ちゃんから根付け細工の届けものを言いつかったんです。昼飯を食べてから出かけました。で、浄行寺《じょうぎょうじ》の横を抜けて、もうすぐ着くかなぁというときでした。小川の土手沿いを、歩いてました。そのとき、突然、近くでドンッて音がして、それに草がバサッと踏み潰される音が同時にしたんで。そっちの方に目をやったら、土手の下の、畑になっているところに、変なかっこうをした男の人が、大の字になって横たわっていたんですよ」

「変なかっこう？」

「ああ、坊さんの作務衣《さむえ》みたいな、筒みたいなのを足にはいていて、上は白くて長い、前の開いた着物」

ズボンをはいていたということなのだろうか。白くて長い着物というのは、よくイメージできなかった。

「何だか……、その人、高い所から落ちてきたという感じでした。だって、まわりの丈の高い草が薙ぎ倒されていたから……」

「高い所から……」

「そう……。で、いったい誰なんだろうって、じっと見たんだ。すると、着ているものはちがうけど、りょじんさんに似てるなぁって、思った」

「りょじんさんじゃなかったの？」つばきは真剣な表情で訊いた。「りょじんさんは、何回か、ここにもお連れしてるから、すぐにわかるでしょう」

サクは、いまひとつ自信がないようだった。少し口を尖らせた。

「うん、ちょい、ちがうところがあったんだ。お髭がなかった。でも、顔はりょじんさんだったと思う。それから、もっと若い人のようだなとも思った。肌がつやつやしているようだったし。

たぶん気絶していたんだと思う。死んでるのかなとも思ったんだ。最初、全然動かなかったから。そしたら、突然、うーんと呻いて起き上がった。上半身だけを起こして、あたりをキョロキョロ見回した。そして、オレと目が合った。オレ、頭を下げたんだ。他に、どうしようもなかったから。そしたら、りょじんさんも、ぺこんと頭を下げた。でもオレのこと、何も憶えてはないようだった。それで、オレに言った。『少年、今、何年だ?』って。で、年を教えたら、『そうか!』って。

で、ゆっくりと立ち上がろうとして……、オレ、身体を支《ささ》えてやろうと思って、土手から駆け下りようと、届けものを置いて、前を見たら……」

それから後を言いたくなさそうに口をつぐんだサクに、おさきが言う。

「最後まで、ちゃんとお話しするんだよ。サク」

サクは、うん、とうなずいた。

「いなくなってた。りょじんさんが……消えてた」

つばきが、私の顔を心配そうに見たのが、わかった。サクが「消えてた」と言ったことに、私が未来へ帰ってしまうことを連想したのかもしれない。

おさきが、私たちに言った。

「何せ、子供の言うことで、何か幻を見たのかって感じみたいな話だから、どこまで本当なのか、わからないんですよ。うちのは、そりゃあ、黒髪狐に化かされたんだって、はなから信じなかったんですよ。でも、サクは何度もりょじんさんに会ってるから見間違えるはずはないし、と思ってねぇ。そんなこと、あるんですかねぇ。人が突然、何もないところから落ちて来たり、ちょいと目を離した隙《すき》に消えてしまったり」

「さぁ、今のところ、りょじんさんの方からは連絡をいただいておりませんので、何とも言いようがありませんが、ひょっとしたら、人違いかもしれません」

つばきは、毅然《きぜん》とそう答えた。

「ホントに消えてしまっていた。びっくりした。草の倒れた跡がなければ、夢を見ていたのかなと思ってしまう。でも、絶対に夢を見たんじゃない。あのとき、あの場所に、りょじんさんは確かにいたんだ」

サクの目は真剣だった。こちらが信じてくれないのではないかと、むきになったようでもあるが、私がうなずくと、ホッとしたように表情が緩《ゆる》んだ。

「ほら」

そう得意気にサクは、おさきに胸を反《そ》らせてみせた。嘘は言ってないよというように。

おさきは、「さっ、用事はそれだけだから、仕事に戻って、父ちゃんを手伝いな」と、サクを追いやる。

「母ちゃん、自分の都合がすんだら、すぐに仕事に戻そうとするんだからなぁ」

不満気に、甘酒の入った茶碗を手に持ったまま、サクは「ホント、見たんだから。間違いないから」と言い残して、奥へ引っこんでいった。

おさきが笑顔になって、私たちの方へ向き直った。

「そういうことですよ。どう思われますか？　サクは、まだ子供っ気が抜けなくて、やんちゃなところがあるんだけど、嘘だけはつかないんですよ。だから、見間違いやら、勘違いやらはあるかもしれないけれど、サクは、何かを見てるに間違いないと思うんですよねえ」

そうだろう、と私も思う。

サクという少年が、そんな嘘をついたところで、何の得にもなりはしないのだ。突然に現れて、突然に消えてしまうなんて、想像もできないだろう。嘘をつくなら、もっと誰もが信じやすい嘘を考えるはずだ。

彼の話で気になる点が、いくつかあった。

りょじんさんは、ここいらでは知らない人がいないほどの有名人だったようだ。年齢も、かなり歳のいった人物だというイメージがある。

ところが、サクは「りょじんさんより若い人のようだなとも思った。肌がつやつやしているようだったし」と言っている。ということは、こちらの時代で、皆と知り合う前のりょじんさんと、サクは出会ったということなのではないか。

そのときのりょじんさんは、タイムトラベルの方法について試行錯誤を繰り返していた時代のりょじんさんではなかったのか？

だからこそ、やっとこの時代にたどりついたものの、すぐに未来へと引き戻されてしまった……。それで、髭もない、肌のつやつやしたりょじんさんということではないのだろうか。

りょじんさんが、こちらで暮らすことができるようになるのは、サクが会ったりょじんさんから、ずっと年齢を経てからということになるのではないか。

「どうしたんですか？」

つばきが私にそう声をかけた。そのとき、やっと我に返った。

「いや、なんでもないけど」

そう答えると、つばきは安心したように、いつもの清々しい笑顔を浮かべた。

38

天明屋を出て、鍛冶屋町の届けものをすませるとつばきが言った。

「甘いものを食べていきませんか？」

さっき、天明屋で甘酒を飲んだばかりだった。だが、つばきが町に足を運んだときの楽しみというので、つきあってもかまわないという気になった。彼女が町に来たときに楽しみにしている場所というのが、どんなところか、見てみたいという思いがあったのだ。

「お茶でもいいのかな？」

つばきはうなずき、目を細めた。

「そんなに遠くはないんですよ」

右折して、細い路地に入る。長屋が路地に面して続く。住人は近くの職人のところに勤めているのだろうか。長屋と長屋の間に井戸があり、そのまわりでは数人の女たちが洗濯をしたり、野菜を洗ったりしている。どの女たちも、身なりにかまいはしないといった感じで、粗末な着物をだらしなく着ている。それぞれが、けたたましく、ネイティヴな肥後弁で喋り合っているのだが、ほとんど内容は理解できない。つばきが醸《かも》しだしている品位とは、月とスッポンというところか。その女たちの周囲では、四、五歳の子供の集団が駆け回っている。井戸端会議という単語を思いだした。まさに、これか。

こちらには、まったく店はないようだ。

私と目が合うと、女たちは胡散臭《うさんくさ》そうに眉をひそめたが、つばきには頭を下げる。

つばきは、女たちとも顔見知りらしい。彼女の顔の広さには驚かされたが、これは、つばきに限らず、この時代の社会に特有な状況で、不思議なことではないのだろうか。

細い路地を抜けると、川沿いの土手の道に出た。

「あちらです」

土手の大きな榎《えのき》の木の下に、藁葺《わらぶ》きの一軒家があった。軒はけっこう広くとってあり、その下に泥でできた竈《かまど》が据えられている。釜がのっていて、その上にいくつも蒸籠《せいろ》が重ねられ、白い湯気を噴いていた。

反対側の軒下には、生花がならべられていた。

「へぇ。こんなところにポツンと、甘いものを食べさせるお店があるんだ」

そう私が言うと、つばきはうなずいて言った。

「この先は、お寺が多いでしょう。だから、ここで、お花や線香や蠟燭《ろうそく》を揃《そろ》えていくんですよ。で、墓参りの帰りに、ここで甘いものを食べて帰ります。だから、そういう人たち向けに、商っておられるんですよ」

そのまま、彼女は一軒家の中へ入っていく。中は広い土間になっており、右の方に台が置かれ、線香や蠟燭などが売られていた。少し離れて、奥の部屋の障子の手前に木の台が置かれ、腰を下ろせる木の椅子が台の四方に置かれていた。台の上には、笊《ざる》と大皿が置かれていた。笊の中には卵、大皿の中には漬物が入れられていた。

「あらぁ、つばきさん、来なさったねぇ」と声がする。腰の曲がった老婆が、前掛けで手を拭きながら、土間の奥から現れた。

「今日くらい寄んなはるかねぇ、と思っとりました。餡《あん》と白玉でよろしかったですかねえ？」

そう尋ねた。つばきは即座に答える。

「ええ。それでお願いします」

どうやら、それが彼女の目当てだったらしい。

「お連れさんは？」

もう甘いものは勘弁と思っていたのだが、つばきが、それほどまでに食べたかったものであれば、賞味してみたいなと思ってしまった。「同じものを、お願いします」と答えている私がいる。

「はい、はい。すぐ、こさえますけんね」

老婆は番茶を私の前に置き、皺《しわ》だらけの顔をニッと笑いで包んで去った。

「今から白玉を作るんですよ、お婆さん。少し時間がかかりますけど、ごめんなさい」

「ああ、いいですよ」

そう答えた。そのとき、今なら、りょじんさんについてもっと詳しく彼女の話を聞くことができるのではないかと思った。

「あの、つばきさん。さっきの天明屋さんの話をどう思いましたか?」

「えっ?」

「若い、髭のないりょじんさんが、突然現れたという話でしたが」

しばらく、つばきは湯呑みを手にしたまま考えていた。

「とても不思議な話だと思います。でも、りょじんさんだったら、どんなことが起こってもおかしくはないと思っていますから」

そんな悟《さと》りきったような答えが返ってきた。どうやら彼女にとっては、りょじんさんは神に近い存在のようである。

「もっと詳しく、りょじんさんの話を聞かせてもらっていいかなぁ。つばきさんが知っていることは、どんなことでも。憶《おぼ》えていることは、何でも。もっと、りょじんさんのことを知りたいんだ。りょじんさんが現れたときから、いなくなるまで。ぼくが、つばきさんと、こうやって過ごせる確実な方法は、りょじんさんのことをどのくらい詳しく知っているかと関係すると思う」

つばきは一瞬、きょとんとした目になった。それから、店の老婆の様子をうかがった。まだかなり時間がかかりそうだと確認したらしい。それから私に向き直った。

「どこから話したらいいのかしら。五、六年前ですか。父が亡くなってあまり月日が経ってなくて。最初、長岡様の使いの方が見えたんです。客人をしばらく滞在させてもらえないだろうか、ということで。で、藩にとっても重要な客ということを言われて、藩命としてそう伝えられれば、私には選ぶ道はありませんでした。それから屋敷の方に、玄馬亮様と長岡様御本人が直々《じきじき》に見えられて、くれぐれもよろしくと言われて」

五、六年前といえば、つばきはまだ中学生くらいの年齢だったことになる。

「そのときは、すでに、りょじんさんはいたんですね。この時代に……」

「ええ、長岡様のところで数日預かっておられたようです」

「長岡様と、りょじんさんはすでに会っておられたんですね？」

「そうだと思います。そのときは、りょじんさんがどこから来られたのかは、わからなかったのです。そんなお尋ねをすることも、許される雰囲気ではありませんでしたから。りょじんさんのことも、ひょっとしたら南蛮の方かなと、お会いするまでは考えていたほどですから。それで、玄馬亮様に連れられて、りょじんさんが来られて……」

「そして初めてりょじんさんに会った……。そのときのりょじんさんって、どんな様子だったのですか？」

「私に玄関で礼をされて、お世話になります、よろしくお願いしますと。背が高い方でした。白髪の、痩せた方で……着ておられたものは、惇さんがあちらで召されていたような感じでした。お荷物は、風呂敷一つだけ」

「その風呂敷には、何が入っていたんですか？　この文箱？」

私は、自分の膝の上の包みを叩いてみせた。

「それだけじゃありません。重そうでしたから、他にも何か入っていたと思います。で、りょじんさんは、座敷をお使いになることになったのですが、そのとき、よくわからないことを言われました」

「よく…わからないこと……。何と言ったんですか？」

「ふぃー何とかを……こていしなければならないので、家のつくりをいじっていいか？

そう訊かれました」

よくわからない。こてい……固定するということだろうか？

「来られて数日は、埃だらけになって、一日中屋根裏に上がっておられました。一人で……たった一人で風呂敷包みごと持って上がられて、大工仕事をなさっておいででした」

大工仕事……。まず、りょじんさんは、百椿庵そのものを固定装置にしようとしたということなのか。

「その仕事を十日ほども続けられました。その間は、お食事の世話をするくらいで、りょじんさんとお話らしいお話も、ほとんどしておりません。二、三日おきに、長岡様が藩の学者らしい方を伴われて、りょじんさんと話すために訪ねて来られました。そのときは、私がお呼びすると、屋根裏から下りて来られて、半日ほども長岡様たちと話しこんでおいででした」

「何を話していたんだろう？」

「私は、座敷で一緒にお話をうかがうことは許されていませんでしたので、呼ばれたときだけ顔を出していたのですが、長岡様の連れて来られる方は、さまざまでした。ある方は何度も信じられぬという言葉を繰り返したり、ある方は興奮して、りょじんさんを怒鳴りつけておられたり、ある方はりょじんさんの話を一所懸命《いっしょけんめい》に書きものにしておられたりと、本当にさまざまでした。

ただ、りょじんさんは、どんな方とお会いしているときも、いつも同じように落ち着いた話しぶりでした。あわてもされず、声も荒《あら》らげられず、誰に接せられても、ちっともお変わりにならない方でしたから」

長岡という家老は、りょじんさんが未来からの旅行者であることを充分に認識していたようだ。

39

そのとき、老婆が台の上に小皿を二つ置いた。皿には餡と白玉がのっている。これが、つばきのお目当ての一品なのだ。

「すみませんねぇ。お待たせしましたねぇ」

老婆に、すまなそうな様子は、つゆほども見えない。

「いいえ。このできあがりを待つ時間も楽しみですから」

そう、つばきは笑って答える。

話が途絶えた。それほどまでに、つばきが食べたいと願っていた品だ。いやが上にも興味が湧くというものだ。

私は、小皿を手に取り、見る。柔《やわ》らかなこし餡に、楕円形《だえんけい》の舌状の白玉が混ぜられていた。量は、これでもかという気迫《きはく》が伝わるように多い。半分ほどでも食べられたらいいかと考えた。

つばきの様子を盗み見ると、当たり前のように、箸で白玉をはさんでいる。

「惇さん、いただきましょうね」

と屈託《くったく》なく言って、目を細めた。

私も木箸を取り、白玉と餡を同時に口に入れた。いかにも甘ったるい味覚を想像していたら、その予想は覆された。素朴な黒糖風味の餡なのだ。それも、そんなに甘くはない。どう処理されているのかわからないが、白玉もふわふわなのに嚙むと腰があるのだ。独特の食感に仕上げられている。

「どうですか？」

箸を止めて、つばきが感想を尋ねてきた。

「うん、おいしい。予想した味とちがっていた」

一見して、伊勢の赤福と似ていないこともないが、味覚としては、まったく別種のものだった。これなら、甘いものが得意ではない私も、すすんで口にできる。

私の小皿の隅に、彼女が「どうぞ」と言って大皿から漬物をとり、のせてくれた。

高菜の新漬けだった。まだ、新鮮な緑を保《たも》っている。

「餡を食べた後に合うんですよ」

口に含んで噛むと、青臭い塩味が口の中で広がり、さっぱりとした後味になった。番茶さえ、うまく感じる。

満足しながらも、私はつばきが話してくれた〝りょじんさん像〟を、自分の頭の中で組み立てていた。

この時代に突然出現したりょじんさんは、どのような経過でかはわからないが、まず、長岡という家老のところへ連れていかれる。長岡は、りょじんさんの正体について悟り、その重要性を充分に認識していたようだ。

その世話を、人里から離れた百椿庵のつばきに託した。つばきは命《めい》に従い、りょじんさんの世話をする。

そして、ときおり長岡は学者たちに話を聞かせるために、百椿庵を訪れた。どのような話を、りょじんさんが語ったのかはわからない。彼女は、そこに同席していたわけではなかったのだから。

「さっきの話だけれど、つばきさんには、りょじんさんはあまり話をしなかったの？」

「いいえ。こんなふうに、町を御案内したりしていましたから。そのときに話しておりました」

「どんな話を、おぼえてますか？」

「いろんなことを尋ねられるんですよ、りょじんさんは。でも、私が知っていることは限りがあるんですよねぇ。尋ねられてもお答えできないことが多くって。藩には何人くらいいるんだろうとか、大きい鑪場《たたらば》は、このあたりにあるだろうかとか……。私、鍛冶屋町の鍛冶場くらいしか知りませんし。そんなふうに、りょじんさんが本当に知りたいことは、何もお答えできなかったのですよ。だから、すごく心苦しかったのです。

福薗玄馬亮様にお会いすることがあって、そのときも、いろいろと、りょじんさんからお尋ねがあっても何もお答えできないんですと申し上げると、玄馬亮様は玄馬亮様で、笑うだけで、それはそれでいいんだって仰《おっしゃ》ってました」

家老の長岡たちが、つばきのところへりょじんさんを預けたというのは、そのような効用もあってのことだろうかと思わず勘ぐってしまう。自分たちの知りたい情報は訪ねていけば得られるが、りょじんさんはこの時代の情報から隔離《かくり》することができる。

「だから、後では、家におられるときは、天気や、花や、庭に遊びに来る鳥の話。町に出たときは、さまざまな目に見える町の物を尋ねられるくらいでしたね」

「りょじんさんは、自分のことについて、話すことはなかったの？」

「家族の方は、心配しておられませんか？　そんなことをお尋ねしたことはありますが、家族はいませんよって、仰《おつしや》ってました。あと、百年以上離れた時代だからということを、よく仰っておられました。何かあるごとに、百年経てばって……」

この時代は元治元年と記憶していた。ということは、百年後とは二十世紀後半ということになる。だが、ひとつの目安として、未来のことをりょじんさんは百年と言ったのだろうか。正確には百三十年後かも、百五十年後かもしれないのだ。

「百年経てば、どうなるって言ってたんですか？　りょじんさんは」

「世の中の、枠組み……がすべて変わってしまっているって。それで私が、それは怖い世の中なんですかってお尋ねしたら、しばらく考えて、怖いってことではないって。どちらの時代が、いいか悪いかっていうことはない、って仰っていました。一人一人の心の受けとめ方だ。時代は、川だから、流れていくだけだ。上流には上流、下流には下流の風景があるようなものだからって」

「ふうん」

りょじんさんは、ずいぶん達観《たつかん》した人のように思える。

「ただ、あまり、世の中の仕組みについて、りょじんさんは興味をお持ちじゃないようでした。りょじんさんは偉い学者さんなんだと思います。暇があれば、紙にいっぱい書きものをしておられましたから」

「書きもの」

「ええ。でも、文字じゃないんです。唐人の字というか……。横にずらっと書いておられました。惇さんの世界でときどき……テレビに映っていた文字」

横に書く……。アルファベットか……あるいは数式のことだろうか。

「その書きものは、百椿庵に帰れば、残っていますか？」

つばきは首を横に振った。

「りょじんさんは、ある日、突然いなくなられたんです。私が、午後の一番に町へ用事で出まして、薄暗くなる前に帰り着きましたら、りょじんさん……おられませんでした。一人でお出かけになったのかなとは思ったのですが、夜になっても夜が明けても、お帰りがなくて、それで、玄馬亮様にお知らせして。玄馬亮様は驚かれて、長岡様にすぐ御注進申し上げると言われたのですが、それっきりでした。

その数日後に、仕方なくりょじんさんの部屋を片付けようとしたのですが、書きものについては、一切残っていなかったように思います」

りょじんさんが、つばきに事情も告げずに突然、消えてしまったというのは、どういうことなのだろうか。

百椿庵の〝場〟をもってしても、文箱の効力でも及ばぬ力で、時から跳ね飛ばされたのだろうか。それも、りょじんさんも予知できぬほどに突然に。そうでなければ、何かをつばきに伝言なりするはずではないだろうか。

あるいは、りょじんさんは、発作的に未来へ帰ろうと思い立ったのか。それほどに緊急に帰らなければならない用事とは？

他にも、何か、私が思いつかない状況があったのだろうか。

「結局、りょじんさんは、どのくらい百椿庵に滞在していたんですか？」

しばらく、つばきは考え、指を折る仕草を見せた。

「四十日……まではいっていなかったような気がします。屋根裏で十日ほど、いろいろとなさって、それが一段落してからを数えると、そのくらいだったでしょうか」

私が想像していたより、ずいぶんと短い期間だったことに驚いた。私はてっきり、りょじんさんが百椿庵に滞在したのは、数年という期間だったように思い込んでいたのだ。

それ以上のことを、彼女は知らないようだ。これより、もっと情報を得るためには……。

ふと思いついたことを口にした。

「ぼくが……長岡って家老に会うことはできるかなぁ」

つばきは耳を疑っているような表情をした。心底驚いていた。何を言い出したのだろうという表情だった。

「どうだろう？」

「無理です」

彼女は、断言した。

「まずお会いになることはできないと思います。長岡様は、とてもお忙しい方ですし、それに、こちらからお会いしたいと申し上げるなんて、思いもよらないことです」

どうも、その案は却下されたらしい。つばきは他にも何か言いたそうにしていたが、それは、そのときは聞くことができないままになった。

40

その茶屋で、白玉を食べ終えてから三十分以上も、つばきと話し続けていたような気がする。さすがに、りょじんさんの話題を続けるのは、成果のないことだと私にもわかったため、それからはその話題には触れなかった。

代わりに探した話題から、変な方向にそれてしまうことになる。

私の目の前では、釜にのせられた蒸籠《せいろ》の上部から、湯気が舞い上がり続けていた。そして、台の下に叺《かます》から溢れたサツマイモが転がっているのが見えた。

私は、何の気なしに言った。

「あの蒸籠……。何ですか？　いきなり団子ですか？」

いきなり団子とは、熊本市周辺では、馬刺しと並んで特産品として有名な菓子だ。いや、菓子というにはあまりに素朴すぎる。

私も子供の頃、熊本を訪れたときには祖母から食べさせてもらった。いきなり団子は、熊本の家庭では昔から、どこでも作っているおやつなのだという認識があった。

叺から溢《あふ》れたサツマイモと、蒸籠から噴き出る湯気によって連想が働いただけのことだ。

「いきなり団子？　知りません。何ですか、それ？」

つばきが不思議そうに問い返してきた。

「えっ……ぼくたちの時代だと、熊本だったら、どこでも売っている……。昔からあるものとばかり思っていたけれど。いきなり団子って言わないのかなぁ」

「いきなり団子？」

その声に私は反応した。茶屋の老婆が、私に番茶を注ごうと土瓶を片手に私の横にいつの間にか立っていたのだ。

「いきなり団子って面白か名前ですね。どんな団子なんですかねぇ」

本当に二人とも知らないらしい。私は仕方なく、素人っぽい説明をした。自分では作ったことがないのだから。

「サツマイモを使うんです。サツマイモを輪切りにして、小麦粉で皮を作ります。皮とサツマイモの間に餡をはさんだものもあります。で、それを蒸すと、できあがります。わりとシンプルな印象があります」

「しんふる？……」

「いや、簡単にできるということです」

老婆は、土瓶を台の上に置くと、土間からサツマイモを二本拾い上げて、言った。

「皮は、すぐでくっですよ。餡も今、少し余分に作りおきましたけん、すぐに試してみますよ」

「すぐに……ですか」

私は呆れた声を上げた。老婆はうなずき、奥へ「いきなりー、いきなりー」と唄うように呟きながら引っこんでいった。

「そろそろ帰ろうか」

私とつばきが立ち上がったときだった。奥から「ちょっとぉ、これでヨカですかねー」

老婆が呼ぶ。

出て来る気配がないから、こちらから行かなければならないらしい。

奥をのぞくと、すでに老婆は、サツマイモを小麦粉の皮で包んでいた。中に餡も忍ばせている。手際よく包みこみながら私に言った。

「こぎゃんなもんですかねー」

「そ、そうです。立派な、いきなり団子です。あとは、これを蒸籠で蒸すだけで、できあがるはずですね」

しばらく見ていると、老婆はできあがったそれを一つずつ蒸籠の上に並べ、釜の上にのせた。その作業に十分もかからなかったはずだ。

蒸籠を置いた老婆は、振り返って私たちに言った。

「この、いきなり団子。お客さんに何人か食べてもろうて評判がよかごたるなら、店で出しますけん」

「ど、どうぞ」

つばきが勘定を済ませ、私たちは帰途についた。

「立派ですね、惇さん。お団子の作り方まで詳しかったなんて、思いもよりませんでした」

歩きながら、つばきが感心したように言った。だが、私の心中は複雑だった。

熊本名物のいきなり団子は、ずっと昔から存在していたものと私は思い込んでいた。そういえば、熊本で馬刺しが急速に普及したのは、第二次世界大戦後だと聞いたことがある。それほどの歴史ではない。いきなり団子にしても、まだこの時代には存在していなかった。とすると……。後年、熊本名物になる、いきなり団子の起源というのは……私ということになるのではないのか。

茶屋の老婆が、惜し気《げ》もなく近所に作り方を伝授して、「いきなり団子」という奇妙なネーミングを伴って拡散していく。

「いきなり団子」という奇妙な名前は誰が付けたのでもない。

最初から存在したのだ。

そんなことが頭の中で渦巻いていた。

私が歴史を作ったわけじゃない。歴史に踏み込まれただけなのだ。

そういうことは、つばきには関係ないようだ。

「今日の、町行きは本当に楽しかった」

そう、つばきは邪気なく私に話しかける。

「お婆さんのお茶屋も、惇さんと行くと、ちっとも待っている時間が気にならないんですもの。今度、あそこへ行くのが楽しみ。いきなり団子って面白い名前。きっと、次は作り置きを食べることになりますよ。それから、いろいろ味について尋ねられます。あのお婆さん、いつも一所懸命おいしいものをこさえようとするから」

やはりこうして、いきなり団子は普及していくようだ。

そのまま裏通りを抜け、お寺の裏から粗末な細い木橋を渡る。その橋は、現代には残っていないはずだった。

あとは、坪井川沿いの畔《ほとり》を歩いていく。私の頭の中には、まだ会ったことのないりょじんさんのイメージが、現れたり消えたりしている。

それを考えていると、どうしても家老の長岡という人物に会う必要がある、というところに辿《たど》りついてしまう。

しかし、それを口にすると、つばきを苦しめてしまうような気がする。

私が、長岡に会う方法はないだろうかと尋ねたときも、即座に彼女は、無理ですと答えたではないか。方法はないかと考える気配さえなかった。つばきにとって、家老職というのは天上人というか、会うことを想像することさえとてもかなわない人物なのかもしれない。

これ以上、その話題を彼女に振るのは酷《こく》かもしれないと思った。

帰り道は早かった。下馬天神までは、それからすぐ。寺領を過ぎて、山道に戻った。

「大丈夫ですか？」

つばきは、私の先を歩き、時折、心配そうに振り返る。百椿庵までは、あと二百メートルもない。

おやっ、と思った。

細い山道が二つに分かれていた。下るときは、転ばないように足元に注意を向けていたので、繁みに隠れていた細い分岐には気がつかなかったのだろうか。

「ここ……、通りましたか？」

思わず立ち止まって、そう言う。すると、つばきも足を止めて「通りましたよ」と答えた。そのとき、それが見えた。

「あっ、あれ」

見覚えがあった。私がいた時代にもあったもの。そのときは何も気に留めていなかったもの。

百数十年後、この細道は、自動車が走るほどの広さに拡張され、舗装されている。しかし、たぶん、同じ位置だ。

細道にお地蔵様がいる。それも六体。

六地蔵が並んでいる。

「どうしたんですか？　惇さん」

「あれ。ぼくの時代まで残っている。変わっていないんだ」

六地蔵の上に、私の時代にはある屋根はまだない。それでも私にとって、見覚えのあるものを見つけて、どんなに嬉しかったことか。

そういえば、つばきが現代で、わざわざ花岡山の隠れ仏を見にいって、それが実在することを確認して喜んだ、あのときの彼女の気持ちと同じだということがわかった。

「これも……残ってるんですね」

つばきも嬉しそうだった。

「ということは、惇さんと私が会う以前から、同じものを見て過ごしていたということなんですよね」

「そうだね」

そのとき、気配がした。私もつばきも気配の方向を見た。

誰かが駆け下りてくる。

男だった。見覚えがある。

「福薗様」つばきが言った。「どうなさったのですか？」

男は、はっとしたように、木の枝を摑んで急ブレーキで立ち止まった。

「つばきさん。あまり遅いんで様子を見に」荒い息で、玄馬亮が言った。「長岡様が百椿庵でお待ちです」

41

「長岡様が、私に？」

小首を傾げて、つばきが玄馬亮に問い返す。

「え、ええ。つばきさんと、それからりょじんさんのゆかりの……井納様でしたか。お二人に会いたいと。私が長岡様に、井納様のことを報告したものですから。午後、急に城の段取りを空《あ》けたからと言いだされて」

福薗玄馬亮は、そう荒い息で言いながら、肩を上下《じょうげ》させていた。よほど必死に私たちの行方《ゆくえ》を探していたらしい。

つばきが、案ずるような表情で私を見た。彼女は、私に何か迷惑がかかる事態になるのではないかと不安になったらしい。

「急いでいただけますか？」

福薗玄馬亮が念を押した。

「はい」

つばきが、そう答えると、玄馬亮は「すみません」と頭を下げた。それが、かえって私を不安にさせた。

玄馬亮はすぐに背を向けて、私たちを先導するように細い坂道を登りはじめた。早足だ。つばきも何の苦もなく、玄馬亮のスピードについていく。私だけがワンテンポ遅れて登る。

茶屋では、長岡という家老と会って話を聞くしか、りょじんさんの正体を知る方法はないのではないかと考えていた。しかし、つばきに、それは無理だと否定された。

その長岡が、自分の方から百椿庵を訪ねてくるというのは、何とも好都合だ。だが、胸の奥で、すっきりしないものが溜《た》まっている気がする。たぶん長岡の目的は、私の首実検のはずだ。どのように応対すればいいのだろう。下手《へた》に嘘をついても見抜かれてしまうに違いない。相手は少なくとも、この時代の肥後藩の運営を、ある程度仕切る役目にある人物なのだ。

もやもやと考えがまとまらないまま、百椿庵に着いた。

屋敷前に、着流し姿の、顔の四角い五十代後半の男が、道端の岩の上に腰を下ろし、所在なげに頬杖をついていた。

「長岡様、お待たせしました。二人とも町に出ていたようです」

玄馬亮が頭を下げた。その男が家老の長岡らしい。家老というから、もっと年齢がいった人物を想像していたが、予想は覆《くつがえ》された。それに、映画やテレビで家老は裃を着けているものと刷《す》り込まれていたのだが、まさか着流し姿だったとは。

つばきが地面に膝をつこうとするのを、長岡はあわてて止めた。

「あ。いい、いい。つばきさん、勝手にこちらからまかり越したのだから。挨拶は中で交わそう」

そう言った。語りも気さくだった。目を細めた様子は、どこかの人の好い校長先生といった風情である。

私はどういう態度をとるべきか、正直迷っていた。すると長岡が立ち上がり、私に近付いてきて、何と右手を差し出したのだ。

「りょじんさんから教わったことの一つだ。未来では、こうやって挨拶を交わすんだろう。握手というんだったかな」

私は右手を出したものの、きょとんとした表情をしていたに違いない。握手を交わすと、

「家老の長岡監物という。よろしく頼み申す」と白い歯を見せて笑った。

「井納惇と申します。よろしくお願いします」

そう私も返す。

長岡は、細い目のままで何度もうなずき、私の頭から爪先までを舐めるように見回した。

「さぁ、つばきさん、中に案内してもらえるかな」

門戸はないし、屋敷の玄関に鍵がかけられているわけでもないのだが、つばきが不在ということで、玄関にも入らず、二人は律義に屋敷前の路上でつばきの帰りを待っていたのだということに、少し私は驚いた。家老という立場だったら、屋敷に上がり込んでいたとしても、誰も責める者はいないはずである。

長岡は鷹揚《おうよう》に顎をぽりぽりと掻《か》きながら、笑顔を絶やさない。

「どうぞ」と、つばきが小走りに屋敷に入っていく。

長岡と玄馬亮は、勝手知ったるという感じで、庭を回り、座敷を目指した。

「よく手入れの行き届いた庭だなぁ、福薗」

そんな呑気《のんき》な声が聞こえてくる。それに、玄馬亮が「はっ」と緊張して答えていた。

私とつばきが座敷に行くと、二人はすでに庭先から縁側に上がっていた。

「すぐ、茶を用意しますから」

座布団を敷きながら、つばきが言うと、「いや、水だけいただきたい。喉が渇いたから」と長岡は答えた。

よほど喉が渇いていたのだろう。長岡は、つばきから渡された茶碗の水を、立ったまま一息に飲み、「うまい」と呟いた。それから、上座の座布団に腰を下ろした。

私とつばきも、長岡の正面に腰を下ろす。つばきがあらためて頭を下《さ》げると、長岡は早々に頭を上げさせて言った。

「こちらの都合で、りょじんさんのときも世話を一方的にやらせたまま、礼らしい礼もしておらんで申し訳ない。あれから、何年も経ったというのに、今さらな」

長岡はつばきに頭を下げた。

「今日、突然にうかがったのは、玄馬亮からりょじんさんの身内らしい方が、百椿庵にやってきておられるという話を聞いたからです。突然、りょじんさんが帰ってしまわれて残念に思っていたので、すぐに参上しました。井納様……ですか？」

私も「初めまして」と頭を下げた。

「やはり、未来から？　りょじんさんは、お変わりないですか？」

私は、そう来たか……と一瞬、迷う。

「いえ、私は、りょじんさんと面識はございません。私も、この時代の人間ではなく、これから百四十年ほど先の人間なのですが、その時代にも、この百椿庵に住んでおりました。ただ、りょじんさんのカラクリの力で、こちらに飛んできたようなのです」

長岡は、細かった目を大きく見開き、私とつばきを交互に見較べた。

私も、家老の長岡には聞きたいことがある。そのためには下手な嘘をつくよりも、正直に自分の立場を明らかにして、腹蔵なく疑問をぶつけた方がいいと判断したからだ。

「なに、りょじんさんと面識がないと……」

明らかに、長岡は失望したらしい。

「そうか……。りょじんさんは、何も言い残すことなしに忽然《こつぜん》と姿を消されてしまったからなぁ。井納様にうかがえば、りょじんさんの消息を知る術《すべ》もあるかと思ったのだが。井納様の世も、すでに自由によその国との交流が行なわれているのですかな?」

鎖国《さこく》が解《と》けている時代かどうかを確認しているらしい。

「はい。国や、地方を治める人も、それぞれ民が、選挙で選ぶことになっています」

そう答えると、長岡にはその予備知識がすでにあるらしく、大きくうなずいた。

「そうか。今の世とは、やはり全然違うらしいな。わしも行けぬものかと、りょじんさんにお頼みしたが、笑われるばかりで、はっきりとは言われなんだ。

わしも、りょじんさんと初めて会ってから奇矯《ききょう》な話ゆえ、さまざまな者たちに会わせた。なかでも、四時軒《しじけん》の彼は、いたくりょじんさんの世の仕組みに驚いて影響を受けたようだったなぁ。あれから四時軒とは絶交状態になったが。それからすぐだ。彼が『国是三論《こくぜさんろん》』を唱えたのは。一昨年には『国是七条』を建言したと聞いている」

私は、びくんと反応した。今、書いていた小説の内容がリンクしたのだ。

「四時軒とは……横井…小楠のことでしょうか……」

「そうだ。井納様は、四時軒を御存じか？」

はっきりと私は思いだしていた。横井小楠は、ある時点で住まいを沼山津に移している。その住まいを小楠は「四時軒」と称していた。

「国是三論」「国是七条」は、横井小楠が著《あらわ》した開国論であり、富国強兵の方法論だ。小楠は、未来人である〝りょじんさん〟からそのありかたを学んだ……。そして、その思想が幕末の英傑《えいけつ》たちに伝わり拡がっていったということか。

私は開《あ》いた口がふさがらなかった。

〝りょじんさん〟と横井小楠が会っていたとは……。

「い……いや、名前だけは」

そう答えるので精一杯だった。長岡は、そうかとうなずき話を続けた。

「わしも、一度、未来の世を、この目で見たい。りょじんさんの話を聞くたびに、そんな思いがつのってな。りょじんさんが未来へ行こうというときは、無理を言って連れていってもらおうと頼むつもりでいたのだが」

少なくとも、つばきが未来へ迷いこんでしまったことがあるということだけは、伏《ふ》せておいた方がいいだろうなと直観《ちょっかん》が働いた。

つばきに、ちらと目を走らせる。彼女は唇を閉じ、眉一つ動かさずに真剣に長岡の話を聞いていた。彼女は、すすんで自分の意見を言うタイプの女性ではないと、私は思っていた。問いかけられない限りは。

「つばきさん。りょじんさんは、百椿庵から出ていかれる前に、何かそんな話をしておられなかったかな」

つばきは、はっきりとした口調で長岡に答えた。

「りょじんさんは、突然に姿を見なくなりました。昼のお食事のお世話をしたのが最後ですから。それから、家を出て帰りついたら、もうお姿はありませんでした。りょじんさんも、帰ってしまうことを予期しておられなかったような気がします。りょじんさんは、義理堅くて礼儀正しい方ですから、何かをお伝えになるはずではなかったかとも思いますが。ですから、何も御事情はうかがえないままでした」

「そう言っておったなぁ。つばきさん」

長岡の声は溜息まじりだった。

私は少し驚いていた。つばきは、私には、突然りょじんさんがいなくなってしまったとだけ告げていた。しかし、長岡に対しての報告では、りょじんさんの帰還はりょじんさん自身も予期していない出来事であったのではないかと推測しているのだ。それは、りょじんさんからの挨拶がなかったという長岡の寂しさに対して、つばきなりの話しかたで、長岡のプライドを守ってやるという思いやりなのかもしれないと思う。

あるいは、本当にそう推測しているのかもしれない。りょじんさんは、ある瞬間、突然にこの時間から跳ね飛ばされることになったのだと。その真意は測りかねた。

42

「ということは、りょじんさんは、もう、ここにはお戻りにならんということかなぁ」

長岡は、そう独り言のように言う。

「未来に跳ね飛ばされたとしたら、もう一度帰って来られれば済むことだ。帰って来られないということは、もう、この時代には興味が失《う》せられたということか、あるいは、時を超えようとしても叶《かな》わない……。そんなことが、りょじんさんの身に持ち上がったかの、いずれかだろう」

長岡は、そのような結論を自分なりに出したようだ。私にもわからないが、りょじんさんの滞在の様子を聞いているかぎり、何の挨拶もなしに去ってしまうような人ではないと思う。とすれば、りょじんさんのタイムトラベルの技術をもってしても限界があったということなのだろうか？

「あの方も、とうとう、りょじんさんで通されましたね」

玄馬亮が横から口を挟んだ。

「おお、そうだの。皆が、りょじんさんと呼ぶものだからな」

「不思議なところから旅をして来られたので、何とはなしに〝りょじんさん〟となってましたからね。御本人も、それでいいと笑っておられましたから」

あっ、と私は自分の耳を疑った。りょじんさんというのは、タイムトラベラーの本当の名前ではなかったのだ。

りょじん……。こちらでは、旅人のことをそう呼んでいるのだ。

時の旅人。

「じゃあ、りょじんさんの本当の名前はわからないのでしょうか？」

私が長岡に、逆に問い返した。

「わしの屋敷に連れてこられたときは、皆、〝変なりょじんが〟というふうに言っておったからな。ただ、わしには名前は言ってくれた。変わった名前だったから覚えている。たしか、仰烏帽子寿《のけぼしひさし》という名前だった。仰《あお》ぐに、烏帽子で、のけぼし、それに寿《ことぶき》という字で、ひさし。どうお呼びすればよろしいかとお尋ねしたら、あまりこちらに自分の名前が残るのもはばかられるので、りょじんで通させていただきたい、とお答えになって、それ以来という次第だが」

たしかに一度聞いたら忘れることのできない名前だ。その「仰烏帽子寿」という名前について、私は必死で考えた。私の知っている範囲では、そのような名前の科学者は耳にしたことがない。もっと遥かな未来の人物ということなのだろうか。

「で、井納様は、どうやって未来からやってこられたのか、教えてもらえないだろうか？」

長岡は、時を超える方法について興味を持っているようだった。

私は、りょじんさんが屋根裏に仕掛けたカラクリを発見したことを、包み隠さずに話した。ただ、つばきが未来に跳んだことだけは伏せて。そのカラクリに触れた結果、この時代に跳んできたことを告げると、長岡は腕を組んだまま、しきりにうなずいていた。

「では、井納様が未来へ帰ろうと思ったら、どうすると帰れるのかな？」

「百椿庵内にいるときは、りょじんさんのカラクリの力で、とどまることができるようです」

「しかし、先ほどは町の方へも出かけていたのではなかったかな」

「それは……」

答えに窮《きゅう》した。するとすかさず、つばきがフォローしてくれた。

「りょじんさんがお出かけになるとき持っておられたものがあります。それを井納様にもお持ちいただきました」

長岡は納得したようにうなずいた。

「ああ、あの文箱か」長岡がそう呟《つぶや》いたから、彼もその存在を知っていたようだ。「ということは、その文箱の力で未来へ弾き飛ばされることは防げても、こちらの人が未来へ旅する方法にまでは至っていなかったということか」

そう言って唇を尖らせた。残念そうに。

「まだ……りょじんさんが仕掛けたという、百椿庵のカラクリは、検《あらた》めておりませんが」

玄馬亮が長岡にそう進言したが、長岡は掌をひらひらと振り、「よい」と言った。

「いま、天井裏のカラクリを暴いて、どうする。しょせん我々の知識では、歯が立たん仕掛けと思わんか。まして、下手に調べて仕掛けを壊せば、井納様もここから飛ばされかねんぞ」

「は！」

玄馬亮は、思慮《しりょ》が足りなかったというように顔を伏せた。

それからしばらく、長岡は私に未来についての質問を続けた。

私は知っている範囲で質問に答えようと努力するが、遥かな未来にいても、世の中のことは偏《かたよ》った部分だけしか知らないということが、質問を受けることによってだんだん自分でもわかってくることが恥ずかしくなってしまうのだ。長岡が現在興味を持っているのは、税の公平負担と、勘定の方法。勘定の方法は、どうも会計学について合理的な方法を模索《もさく》しているようだった。

あいにく私は、どちらの方面も専門知識としては持っていない。

「さあ、パソコンのソフトで、そんなものがあったような気がするのですが」

思わず、そう口走ってしまった。長岡の役に立てそうな知識は、何ひとつ持ち合わせていないのだ。

「ぱそこん……りょじんさんも、そのようなことを言っておった。狐の鳴き声のような……、そう。コン！　そして風がピューっと。そう、コン！　ピュートというものだな。小さな箱に数えきれないほどの算盤《そろばん》のようなカラクリが詰まっていて、人が命じると、さまざまな知識を呼び出してくれるという奴か」

「そう……です」

りょじんさんは長岡に、コンピュータについて、そのように教え込んでいるらしい。ということは、平成の世とは、そう離れていない時代に暮らしていたのかもしれないと思う。

長岡は続けた。

「ということは、井納様もわからないことは、コンピュートに頼ってしまって、詳しいことはわからないということかな？」

「はい」

長岡は首をひねった。

「人が空を飛び、海の底に潜《もぐ》り、月まで足をのばすほどの世になっても、おひとりおひとりは、コンピュートがなければ知識を引き出せぬようになってしまっておるか」

少し落胆したようだった。だが、あえて私は否定はしなかった。私はそのとき、りょじんさんについて、もっと知りたいという気持ちが優先していたのだ。

「長岡様。私の方からも少しお尋ねしたいことがあるのですが、よろしゅうございますか？」

長岡は細い目をカッと開いた。玄馬亮が片膝を浮かしかける。

「井納様、お立場をおわかりか」

私の立場で家老に質問を投げかけるというのは、滅相《めっそう》もないことらしい。私もその瞬間、しまったと思う。

だが、すぐに長岡の目は平常に戻った。

「福薗。よい。かまわん。井納様の時代では、皆が平等だということだったろう。さて、何を尋ねたいというんだね」

「はい。りょじんさん、つまり仰烏帽子という方について、もっと詳細を知りたいのですが。その方が未来でどのような立場におられて、どうやって来られたか。長岡様には話されていたのではないかと思うのですが。そのあたりを教えていただけないでしょうか？」

長岡は大きくうなずいた。不愉快な様子はない。

「りょじんさんは、こちらへ来たのは、二度目だと言っておったなあ。何度か時を超えるカラクリを試されたようだが、若い頃に一度、来ることができたと。そう言っておられた。ただそのときは、こちらにいたのは、ほんの少しの間で、あっという間にあちらの方へ引き戻されてしまったとのことだ」

それが、天明屋のサクという若者が目撃したりょじんさんのことではないだろうか？一瞬で姿を消してしまったというから、辻褄《つじつま》が合う。長岡は続けた。

「ただ、そのときのやりかたで何度試してみても、うまくいかずに苦労されたらしい。どのような具合で、昔に跳べないのか、どうしてもおわかりにならなかったそうだ。同じやりかたを試されても駄目で。

そう、前日に行くことは簡単だったが、この時代までは、どうしても叶わなかったと言っておられた。どうして、この時代を選ばれたか、お尋ねしたらな。こう、答えられた。最長不倒距離だとな。

意味がわからず問い返したらな、何やら雪の上を跳ぶ競技が、向こうの時代にはあるらしいな。それで、とにかく跳べるだけ遠くに跳べる時間。それが、この時代のはずだということで、他には何も意味はなかったようだったが」

それから、長岡は玄馬亮の方を見た。

「とにかく、わしも最初、玄馬亮から話を聞いたときは、意味が解《かい》せなくてな。会ってみるまでは、唐人が肥後の町に迷いこんだくらいにしか考えられなかった」

43

それから長岡は、しばらく腕組みをしていた。ふと思いついたように、つばきに尋ねる。

「りょじんさんが、持ってきた帳面はどうなったのかな?」

「帳面?」と私は訊いた。

「そう、りょじんさんは御自分の時代から、変わった帳面を持って来ておられて、わしの屋敷におられたときから、おひとりのときは、思いだしたように書きものをしておられた。わしにも、のぞかせてくれないかとお頼みしたら、気軽に見せてもらったのだが、これが、まさに唐人の寝言を書にしたようなもので、ちんぷんかんぷんだった」

つばきが答えた。

「りょじんさんが持参されたものは、りょじんさんがいなくなられたときに、一緒にすべてなくなっております」

「やはり、そうであったか」

予想通りというように、長岡は悪戯っ子っぽく膝を叩く。

「では、井納様。りょじんさんの写本は、読めますかな?」

長岡の言いだしたことの意味が、咄嗟には理解できなかった。

「写本……。どういうことでしょうか?」

「うむ。これです」

そう言って、福薗に手を上げる。福薗は、懐から恭しく風呂敷に包んだ薄いものを取り出して、長岡に渡す。長岡がその包みを広げると、和綴じの本が出てきた。

「それは……」

「りょじんさんの帳面をお借りしたとき、福薗がたままたおったので、まるまる一冊分だけは、書き写させたものだ。だが、意味までは解せん。井納様が見れば少しは見当がつくやもしれんと、とりあえず持参した。目を通してはくださらんか」

冊子を受けとり、中を検めた。墨で、無数の文字が書き連ねてある。数式のような部分もある。それが、まったく意味もわからずに、形だけを真似て書いたものだということはわかる。算用数字が、まるで象形文字のように記され躍っているのだ。

数式だけではなく、まるで生活のメモのようなものが書かれているページもある。

「星の多さに驚く」とか、「長岡宅の近くの小川で鮒《ふな》を釣る。四十センチを超える大物が釣れる。リリースする。感激した」といった記述も混じっていた。

まるで、りょじんさんの日記をかねた雑記帳のような印象だった。「熊大」とか、「工学部と研究室へ要連絡」といった走り書きもある。だが、それはすべて福薗玄馬亮の文字なのだ。

「いかがかな」

目を走らせる私の様子を見ながら、辛抱《しんぼう》たまらぬ様子で長岡が声をかけてくる。

「数式については、私は専門外です」と答えた。

「数式?」

「この、外国の数字で書かれている部分です。これは想像ですが、りょじんさんの時を超える方法に関連した計算だと思います。それが何を意味するものかは、正確にはわかりませんが」

「井納様でも、おわかりにならないか……」

「はい。でも、これは何かの用途に限って使われていたノートではなかったようです」

「のーと？」

「はい。思うに、こちらで思いついたことを、いろいろと書き綴った……雑記帳のようです。ですから、こちらに着いてからの感想のようなものも、ずいぶん書いておられるようです」

長岡は少しがっかりしたように、うなずいた。

「これは、そのノートに書かれていた通りに書き写されたのですか？」

私は逆に福薗に尋ねた。

「ええ」と福薗は答える。「すべて、りょじんさんの書いておられた通りに写本にしております。ですが……」

「ですが……？」

「記帳した帳面の、斜めの十字に消されたところは、省いております」

福薗は指で×印を書いてみせた。

「それは、どんなところですか？」

「さっき、数式と、井納様が言われていたところがほとんどでした」

それは何を意味するのだろうか。いくつもの数式が書き改められたということは、時を超える理論が、すべて解明されているわけではないということだろうか？

あるいは、こちらの時代でも、筆算でやる必要がある計算ということは……。

りょじんさんが去った理由とかかわることではないのだろうか？

「この写本を、お貸しいただけないでしょうか？　今、長岡様の前で本をめくっていても、なかなか考えがまとまらないような気がします。ひとりでじっくり検討してみたいのですが。長岡様にとって貴重なものであることは重々承知しているつもりですが」

福薗玄馬亮が、あわてた様子で私と長岡を交互に見る。

しかし、長岡は納得したようで、あっさりと了承した。

「わかった。二日ほどでいいかな。いずれにせよ、こちらが持っていたところで、何もわかりはせんのだよ。明後日、福薗をやるから、そのとき返してもらえればいい。また、わしが出向きたいのは山々なのだが、明日から相良《さがら》の境《さかい》まで足を向けなければならない用事があってな。今日が唯一、足をのばせる機会であったのだよ。な、福薗、それでかまわんだろう？」

福薗は、「はっ！」と頭を下げる。

「ほんとうは結果を自分の耳で聞きたいのだが、それがかなわないので、福薗に気がつかれたことだけでも、伝えてくれまいか。また暇がとれるようになったら、すぐにでも詳細は確認に訪れるゆえ」

長岡は、そう付け加えた。自分が不在するのなら、もうしばらく写本を置いておいてもかまわないだろうと思ったが、そこが長岡の家老たる所以《ゆえん》なのだろうと思う。タイムリミットを設《もう》け、必ず答えの返ってくる仕掛けを作っておく。写本の在《あ》りかも、うやむやにさせない。

「承知しました」と頭を下げた。

用件が終了したと見極《みきわ》めると、早々に長岡は百椿庵を立ち去った。根っからせっかちで、しかも合理的に立ち回る人物のようだ。

つばきと二人して長岡と福薗を送りだした後、つばきは、夕食の仕度にかかりますと言って仕事に戻り、私は手許に残ったりょじんさんの〝写本〟に没頭《ぼっとう》できる状態になった。

本来なら、写本ではなくオリジナルのノートを読みたかった。筆跡や、省《はぶ》かれた部分から思いもかけぬ情報が読みとれる可能性もあるかもしれないのだ。りょじんさんの性格や年齢は、書かれた文字から自ずと浮かび上がってくるはずだった。しかし、それは望めないことだ。仕方がない。

福薗玄馬亮の文字は、あの若さにしては達筆であり、より正確に写すことを心がけたのだろうか、読みやすい。数式になると、妙に飾り文字ふうに見えて、味わい深ささえある。

文系の私は、本能的に数式を拒否する傾向が強い。本を読んでいて、そのような数式が出現すると、その部分だけ飛ばし読みするほどだ。しかし、今回は、そういうことを言っているわけにはいかない。数式そのものに何か意味が含まれているにちがいない。この時代に未来からやってきて、再び未来へ還るだけであれば、数式を記《しる》す必要はないはずだ。りょじんさんは、計算することによって何かを確定したかったはずだ。何かを知ろうとしたはずだ。でなければ、この時代の体験記録だけにちがいないのだ。

四ページにわたって、似たような二つの式が記されていた。一つがオリジナルの式のようだ。もう一つは、その式に加えて記号が増えている。何故、二つの式があるのだろう、と凝視《ぎょうし》した。

しばらく考えた。ひょっとして、りょじんさんが百椿庵の屋根裏に仕掛けを作ったケースと、作らなかったケースの比較ではないだろうか？　記号が少ない方が作らなかったケース。記号が多い方が作ったケース。

数式の最後が七五・九。

もう一つの数式の最後が二二七・四。

記号が付加された方が、導き出された数は三倍に近い。

数字は何を意味するのだろうか。

電撃的に閃《ひらめ》いた。

屋根裏の仕掛けがあれば、二二七・四。

屋根裏の仕掛けがなければ、七五・九。

いずれにしても、未来から飛んできた人間は、この時代に滞在できる時間の限界があるのではないかということだ。その限界を延ばす仕掛けと、りょじんさんが使って、この時代に来た装置とは相似性《そうじせい》があるにちがいない。だから、ある種タイムマシンの効果も持つし、固定装置の役割も果たす……。

しかし、その効果は恒久的《こうきゅうてき》なものではない。滞在可能時間を三倍に増やすことしかできないのだ。

りょじんさんは、自分の意思で未来へ還ったのではない。この時代にいることができる限界を超えてしまったのだ。そして未来に引き戻された……。

だから、急に何のことわりもなく姿を消してしまった。彼のノートも所持品もすべてが未来へ。

ということは、それは、りょじんさんに限ったことではない。私も、たぶん同じ条件下にあるということになる。

44

他のページもめくってみた。それ以上の情報はない。

写本を閉じた。

胸の鼓動《こどう》が聞こえてくるような気がする。この時代に執着はない。たった一つをのぞいて。

つばきに会えなくなる。

そのことが、私の頭の中を支配していた。

耐えられない。つばきが側にいないなんて。

無意識に立ち上がって叫んでいた。

「つばきさん！　つばきさん！」

彼女が小走りで座敷に駆けつけた。

「何ごとですか？」

立ちつくしている私を見て、つばきはただならぬ気配を感じたようだった。

「りょじんさんは、四十日くらいでいなくなられたと言ってましたよね」

「ええ」

「正確な日数はわかりますか？」

「どうして？」

つばきの瞳にみるみる不安の色が浮かんできた。

「この時代に、ぼくがいられる限界がわかる」

つばきは、その言葉を予想していたらしい。その大きな瞳に涙を溢れさせた。私の顔をじっと見つめたまま、唇を小刻みに震わせて。

しかし、取り乱すことはない。

「惇さん。いなくなってしまうのですか？」

震える声ではっきりとそう言った。

「たぶん」

そう答えるしかない。

「あの、りょじんさんの写本に、そんなことが書かれていたんですね」

恨めしそうな眼で、置かれた写本を睨む。それから、

「行かないでください。惇さん、ずっと、ここにいてください」

つばきは、そう言いきった。そう言った後に、後悔の表情を浮かべた。それは私に対して負担になる言葉だと思ったらしい。それから消え入るような声で言った。

「ごめんなさい」

「あやまることなんかない。ぼくも、つばきさんの側を離れたくない。でも、この時代に永遠に留《とど》まれないというのは、ぼくにはどうしようもないことなんだ。りょじんさんでさえ、留まることができなかった。ましてや、ぼくは時間を超えるカラクリの原理さえわからずにいるんだ。今は、この百椿庵の仕掛けの中にいれば、元の時代に戻らずにすむ。でも、その効果が限界に至ったとき、元の時代に引き戻されてしまうんだ。

できることといえば……残された時間を、つばきさんと一緒に過ごすということだけかもしれない。だから……りょじんさんがいた日数を正確に知りたいんだ。りょじんさんが留まれたのが、最大の滞在日数だと思う」

私が言葉を切っても、つばきは何も言わなかった。ひたすら黙っていた。唇を閉じ、じっと私の次の言葉を待っているようだった。

「ぼくも、ずっとつばきさんと一緒にいたい。それが本音だ。できれば、ぼくが二十一世紀に引き戻されるとき、何とか方法がわかって、つばきさんも一緒だったら、どんなにいいだろう。でも、方法は……わからない。

　これだけは確かだ。ぼくには、つばきさんが必要なんだ」

　彼女はうなずいた。

「私、りょじんさんがいなくなったときは、家を空けていました。だから、りょじんさんが帰られたのも、わかりませんでした。惇さんには、そんなふうにいなくなっていただきたくありません。もし、惇さんの仰ることが本当なら、この刻におられる最後の瞬間までを頭に刻みこみたいのです」

　そう一言一言、丁寧に言葉を選ぶように言った。そして最後に付け加えた。

「私にとっても、惇さんは、大切な人ですから」

　そのときはもう、彼女は涙を流してはいなかった。そして指を折り始めた。

　数えているのだ。りょじんさんの世話をした月日を。

「三十七日です。百椿庵に来られてから……。長岡様のお屋敷には、二日お泊りになられたそうですので、合わせて三十九日おられた計算になりますが」

　三十九日……。それが、りょじんさんの滞在した日数。私がこちらに来て、すでに二日……。あと三十七日しかない。とすると、つばきと過ごせる日時のリミットは……。

　その結果は、つばきの方が答えを出すのが早かった。

「師走《しわす》の四日になります。同じ日数で計算すると」

前日に、つばきと指切りをしたことを思いだした。彼女はあれほど目を輝かせたというのに。そして、その翌日には、もう約束に背くことを伝えてしまっている。

「もう、それからは二度とお会いできないんですね」

「それは……わからない」

「だって、りょじんさんが二度と訪ねて来られないくらいですから。りょじんさんも、いつも言ってました。ここは大好きな時代になったと。やはり、聞いた通りの時代だったと。なのに、立ち去られた後は、お戻りにはならない。それって、りょじんさんをもってしても、再度の来訪はかなわないということではございませんか」

そうかもしれないとは思うが、私には、はっきりと理由はわからない。ただ、気になるフレーズがあった。「聞いた通りの時代だった」と。

誰に聞いたのだろう？　長岡監物？

だが、長岡のはずはない。時代を比較することができて、初めて口にすることができる言葉ではないのか？

その疑問も、次のつばきの言葉で彼方に飛び去ってしまった。

「これから、師走を迎えるまで、私、屋敷を離れません。ずっと惇さんの側にいます。外の用事は、すべて笹七さんにお願いします。短い間だから、無理を聞いていただけると思います。私が外に用事で出たとき、それっきりだったら、悔やんでも悔やみきれません。惇さんが、どんなことをなさっても目に焼きつけます」

そこで、しばらく黙り、言った。

「よろしいでしょう?」

私は作り笑顔で、ウンとうなずくしかできなかった。本当は嬉しさとせつなさで泣きそうになってしまっていたのだ。つばきのけなげな想いに。

つばき自身も、きっと作り笑顔だったと思う。

「それから……師走が近付いたら、お願いします。たとえ文箱を持ってでも、百椿庵の外に出ないようにしてください」

「わかった」

「その方が、惇さんと一刻でも長く過ごせるような気がしますから」

それから、何度か私は写本を読み返した。より意味のある隠された情報を読みとろうと努力したのだ。気になったのが、「ブースター」や「バウンドアブソーバー」なる記述とともに書かれた数式だったが、私にはまるで歯が立たなかった。あと、「クロニウム」という単語。それが、不思議な光沢を放つ金属棒のことではないかと推測したが、当たっているかどうかは、わからない。「クロニウムの減少定数」という表記から、やはり金属棒は昇華する物質なのかと想像した。

りょじんさんは、ある種の天才なのだろうと思う。写本の中の記述のほとんどは、自分さえわかればそれで良しというスタンスで貫かれているため、こちらが情報として知りたい部分は、ほぼ全面的に省略されているような気がする。これでは役に立ちそうもない。

顔を上げるたびに、つばきの心配そうな顔がそこにある。私の横で、写本を読み解こうとする私の表情の変化を必死で眺め続けているのだ。

長岡の言いつけ通りに、福藺は二日後の朝に百椿庵を訪ねてきた。それまでは私とつばきは、かたときも離れず、写本から些細な手がかりでも摑めないかと読み返し続けたのだが。

「写本を引き取りに参りました」

福藺玄馬亮は、座敷に上がり頭を下げた。

私が写本を返すと、福藺は声をひそめるように言った。

「何か、わかったことはございましたか？　井納様が検分して」

「いや、難しくて。やはり、りょじんさんは特殊な方だと思います。私のような常人の理解を超えた記述が多くて」

「どんなことでもかまいませんので、おわかりになったことを教えてください。長岡様から、そうくれぐれも申しつかっております」

「長岡様に申し訳ありませんとお伝えください。お役に立てずに」

福薗は頭を振り、残念そうに写本を布で包み、懐に収めた。

玄関に送ると、福薗は表に立っていたつばきに小声で何かを伝えた。すると、彼女は言った。

「師走までは、百椿庵を離れられませんので、そうお伝えください」

45

つばきと過ごせる時間が限定されたことによって、その時間を無駄なく、悔《く》いなく過ごさなければならないという覚悟が生まれたようだ。それは、つばきの強さだろう。

彼女も一日中、片時も離れずに私の側にいた。会話が途切れたときも、つばきは私のことを目に焼きつけるかのように、凝視していた。

それは、私にしても同じことだった。信じられない出会いをして、今度は信じられない別れかたが待っている。そのやるせなさを、誰にぶつけることもできずにいる。

彼女よりも潔《いさ》ぎよくないのではないのかと、自分で思ってしまう。それが、つばきの目にも、はっきりとわかるのだろうか。

「惇さん。つばきは、惇さんの沈んだ顔を見るのは苦手です。つばきは、惇さんの笑顔だけを憶えておきたいのです。私も笑いますから、残された時間、もっとお笑いくださいませ」

そう指摘された。つばきは、確かに暗い様子は見せないのだ。

だが、確実に一日一日、残りの時間は擦り減っていく。

日が経たない頃には、文箱と握り飯を持って、平成の時代でやったように二人で花岡山に登った。師走が近づくまでに、つばきは二人のおもいでをもっと作りたいと考えたらしい。それまでは文箱の効果も有効であると信じて。

宣言したように、つばきはよく笑った。坂道は、私の時代のルートとまったく異なる細い道だ。猿でさえ転げ落ちるのではないかという急斜面に突き出た岩を踏みながら、彼女は息を切らす私の手を引いた。

風景さえもまったく異なる。つばきが洋服を着て山頂へ歩く途中、戸惑いを見せていたことを思いだした。無理もないことだったと思う。

「惇さん、ごめんなさいね。私が持ってあげられればいいのだけれど」

彼女は、そう申し訳なさそうな表情を見せる。私が、腰に文箱入りの風呂敷を巻いているのを見てのことである。こればかりは、彼女が代わりに持つということはできない。かといって、つばきが素手で歩いているわけではない。彼女が下げている風呂敷には、お茶の入った竹筒が二本と、握り飯の入った重箱が入っている。

山頂に近づくに従って、傾斜は大きくなっていくが、道幅が四、五メートルはある大きな山道に飛び出した。その山道こそが山頂へ続く本道らしい。

「ええっ、こんなところに出てくるのか！　広いなぁ」

「熊本城が築城されたときは、山頂から石を切り出して、この道を使って運んだそうです。だから、どうしても、このくらいの道幅が必要だったらしいのです。この道は、その名残りですね」

つばきは、そう説明した。石垣に使う石を切り出すのはいいが、よくこの傾斜の道を運べたものだと感心する。しかし未来では、この道はすでに使われておらず、繁みの中に隠れているはずだった。

頂上近くに来たとき、つばきが手招きした。

「惇さん、こっち」

悪戯っぽい表情で、彼女は小径に入る。人が一人やっと通れる細さだった。

五、六メートル入りこんでいく。ススキの尾花が両脇に高く伸びたその先。
大きな岩が見えた。

未来を訪問したつばきが見せてくれたもの。

その大きな岩の表面に彫られた摩崖仏だ。彼女は、こう言っていた。「隠れ仏です」と。

あのときは、山頂から滑り降りるように雑木の斜面を抜けて、たどり着いた。だが、この時代は、そんなルートを使わなくとも容易に行けるらしい。

摩崖仏の前で、つばきは小首を傾げてみせた。

「ほら、ここも……惇さんのいる所と同じ」

私は、うなずいた。

「覚えてる。こちらの方が、もっと開けてたんだ」

岩の前は、数人が参拝できるほどの空き地になっている。そして、誰かが定期的にお参りに訪れるのか、周囲の草は刈られ、野辺の花が束ねて置かれていた。途中で消されたらしい蠟燭も数本残っていた。

ここも、百年後には、人々に忘れ去られた場所になるのだ。

つばきは、未来でもやったように、しゃがみこんで仏に両手を合わせた。何かをつぶやいているようだったが、それははっきりとは聞きとれなかった。

私もつばきと同じように手を合わせた。神仏を信じる方ではないのだが、これからの彼女の幸福を願わずにはいられなかった。

目を開くと、つばきが言った。

「この石も、惇さんの時代に残っていましたよね」

そう言われて気づく。摩崖仏の岩の前に、供物を置くための石壇がある。そういえば、苔むしてはいたが、そのまま残っていたような。

「あちらにお帰りになったら、この石の右のこのあたり」つばきは地面を指さして言った。「掘ってみてください。私、惇さんに、お手紙を出しますから」

少し驚いた。

「わかった」

そう答えた。

「字は仮名しか書けませんが、読んでくださいね」

百椿庵に書き残すのは、つばきには不安があるのだろうか。人の手も入る可能性はあるし、他の人には読まれたくはないという思いか。

少し胸が詰まる思いに陥り、私は一度大きくうなずいた。泣きべそにならない努力をしたが、うまくいったかどうかは、わからない。

私たちは山道へと戻り、再び山頂を目指した。そこからは数分の距離だった。

そこは私の知っている花岡山の頂上とは大きくちがっていた。巨岩が地面からいくつも突きだした、それほど広いとはいえない場所だった。もちろん、仏舎利塔も寺院もない。そして風景さえもちがう。赤トンボだけが宙を舞っている。

まるで天然のベンチになっているような地面から伸びた細長い岩の上に私たちは腰を下ろし、つばきが風呂敷を広げ、中から重箱を取り出した。

私は握り飯と玉子焼きを頬張り、眼下を眺めた。ススキの群れの向こうに城下町が見えるはずなのだ。熊本城は、すぐにわかる。だが、町は……。町そのものは、緑の隙間から甍《いらか》がかろうじてわかるほどだ。建物そのものが、それぞれ小さく、また町なかの方々に、それだけ大きな樹木が植えられているということなのだ。

「なるほど、つばきさんが、ここまで登ってきたときに、驚いたことがよくわかる」

「そうでしょう?」

「ちがう場所みたいだ」

つばきは大きくうなずき、彼方の山脈《やまなみ》を指差した。

「あの山の形。ずっと同じままで変わっていませんでした。それに、この風……同じです」

そう言った。そう、百年やそこらでは変わりようのない確かなものもあるのだと、私は気づかされる。頰を柔らかく微風が撫《な》ぜていく。穂をつけたススキがゆらゆらと揺れる。この風は変わらないのだと、つばきに言われて感じることができる。

山頂には、他に誰も人の気配はなかった。

私とつばきは並んで座り、どちらからともなく手を握り合って、下界をいつまでも眺め続けた。

風を感じながら。

言葉を交わすこともなく。

ときどき目をやると、つばきも視線を返し、意味もなく笑い合う。

私にとっては、至福の時間だった。

「さっき、石の仏さんに、何をお祈りしていたの？」

ふと思いだして、つばきに尋ねる。

彼女は「内緒です、っていうことではいけませんか？」と言って、唇を一文字に結んだ。

「ああ、ごめん」

「いえ、いいですよ。最初にお願いしたのは、あのりょじんさんの帳面に書いてあったことがはずれますように……って。いつまでも惇さんが、つばきと一緒にいてくれますようにって。

それから二つ目に、それが駄目だったら、惇さんが帰ってしまっても、私のことを憶えておいてくださるように、とお願いしました」

「忘れるはず、ないよ」

「そうですよね」

つばきは、わかっていますというように、また笑顔を浮かべる。

騒音は何もない。

聞こえるのは、上空を飛ぶ鳶《とんび》のひゅるるるという鳴き声と、ヤマガラの囀《さえず》り。そして、ときおり吹き過ぎる風の音だけだ。

「少し冷えてきませんか？　惇さんは大丈夫ですか？」

つばきが心配そうに尋ねた。陽が少し陰りを見せはじめたのだ。と同時に、風も冷たさを増してきた。

季節は確実に師走へと向かっているのだ。

「ああ……少し冷えてきた」

「帰りましょうか」

手を握ったまま、私とつばきは立ち上がった。

46

釣りにも行った。りょじんさんが残していったという釣竿を持って。

だがそれよりも、つばきが「今夜は、柳川にしましょう」と言いだして、刈り取られた稲が干された田圃《たんぼ》の畔《あぜ》に沿って流れる小川で泥鰌《どじょう》を獲《と》ったのは、忘れられないできごとだった。

笊と竹の棒、それに竹籠を持って、坂を下った。近所の子供たちも獲りに来ていた。笊を水の中に入れ、それから茂みの下あたりを足や竹の棒で突く。その後、笊を水から出すと、小鮒やメダカ、泥鰌などが入っているという仕掛けだ。

最初、私も人目が気になっていたのだが、誰も大人は通らない。泥鰌を獲るには、子供たちから離れた、水の湧き出しているあたりがいいと、つばきが言う。泥鰌が泥臭くないからということだった。つばきが小川に入ろうとするのを止めて、私が水に浸《つ》かると、すぐに恥ずかしさなど吹き飛んでしまった。

なんと魚たちが多いことか。この原始的で稚拙《ちせつ》な方法で、すぐに二十匹ほどの泥鰌が確保できたのだから。

「惇さん、もういいです」

つばきが言った。

「まだ、いっぱいいるけど」

「それは、次のおかずに。二人だと、これでも多いくらい」

そう笑って、型の小さいものを何匹か、小川に戻した。必要な分だけでいいのだと、彼女は考えているのだ。

私が小川から上がると、つばきは「まぁ、大変」と目を丸くした。そして私の左足を摑む。

私には何が〝大変〟なのか、わからない。

つばきが細い竹の先端をあてた私の足の皮膚に、丸く黒いものがくっついている。それを細竹で剝がす。それはなかなか剝がれない。私は、つばきに訊いた。

「何なの？　それ」

「蛭《ひる》に吸われてます」

その途端、足から黒いものが剝《は》がれ、代わりに血が流れ出した。初めて、その傷口に痒《かゆ》みを感じた。

「ヒル……」

もちろん、蛭に血を吸われるなぞ、初めての体験だ。背筋が冷たくなった。おまけに……血が止まらない。

つばきは畔道の草を選び、それを一摑み手で揉んだ。そしてそれを傷口にあてて、血を拭いた。

「この草で拭くと、血が止まりますから」

本当だった。数分もしないうちに出血が止んだのだ。何の草かは、私にはわかるはずもない。現代では使うあてのない知恵かもしれないが、私にはつばきが頼もしく見えて仕方なかった。

その夜の「柳川」は泥鰌の玉子とじだった。自分たちの手で獲った泥鰌の。満腹になり、月を見ようと庭に出て、私は思った。この時代の方が、百椿庵の椿は多かったのではないか。泉水のあたりや、現代では使われなくなっているガレージのあたりも、この時代の方が、椿の木が密に植えられている気がする。

時代が経過し、その間に入った造園業者たちによって、日本庭園としての体裁が整えられていき、余分な椿の樹木は間引きされていったのだろうと思う。

そのように庭を比較するくらいしか、やることはない。隣につばきがいて、私に付き添う。

だんだんと、彼女は私を外出させることを避けるようになった。確実に、最後の日まで私がいることを望んだ結果らしい。私は、それでかまわない。

雨が降れば、縁側で二人並んで座り、庭に雨の落ちる様子をじっと眺めて過ごす。一度、驚いたのは、その雨の日、庭に鶴が舞い降りてきたことか。

つばきにとっても珍しいことだったらしく、「まぁ」と大きく目を開いた。一羽だけ渡りの群からはぐれたのだろうか。グレイの羽を何度か大きく広げてみせ、数分後にまた飛び立っていってしまった。

「薩摩に行く途中で寄ってくれたんでしょうね」と、つばきは喜んだ。

「惇さんみたい！」と彼女は評した。「ちょっと立ち寄って、こんなに喜ばせて、また行ってしまうのですから」

私は、行きたくて行ってしまうのではないと言おうとしたが、虚《むな》しいだけだと思い、口にはしなかった。

「薩摩の出水《いずみ》に鶴がたくさん来るって聞いたことがあります。その途中だったのでしょう。師走になると、飛んでくるって話ですから」

そう、Xデーまでの日数は残り少なくなっている。師走は、もう目と鼻の先まで近づいているのだ。

そういえば、私はこの時代で椿の花が咲くのを見ていないなと思って、そのことを口にすると、つばきは、「お見せしたい」と無念そうに言った。

「いろんな椿があるでしょう。一月から四月にかけて、順々に咲いていくんですよ」

それは、私も自分の時代で覚えがある。だが、圧倒的に椿の本数が多いこの時代では、またちがった景観になるだろうという予感はある。それが、どれほど素晴らしいものであるかは、想像するしかない。

「明後日《あさって》です」

つばきが私に背を向けた状態でそう言った。すでに師走の声を聞いていた。十二月の二日ということか。旧暦の。

「ええ」とだけ答えると、つばきは一人で庭に下りていった。何か目的があるかのように椿の木を一本ずつ見て回る。悲しみをなんとか紛らわせようという行動のようにも思えた。

突然、つばきが叫ぶ。

「惇さん！　惇さん！」

何ごとかと、私はあわててつばきのところへ走る。

彼女は、一本の椿の木を指差した。

「これ！」

彼女は心底、嬉しそうだった。彼女の指の先に、まだ小さな椿の蕾《つぼみ》があった。

「出ています。いつも、この樹だけは花が早いから、ひょっとしたらと思ったのです。やはり気の早い子がいました」

蕾はできたばかりで、まだまだ小さく固い。この二、三日で開花するには無理のようだということは、すぐにわかる。

それでも、つばきは蕾を私に見せたいために探していたのだ。

「ありがとう」

それだけを言った。一緒に開花を見られたら、どんなに素晴らしいことか。だが、それを口にすることは憚《はばか》られる。

思いだせば、つばきとの日々は、まるで宙を舞うシャボン玉のようだったと思う。ふわふわと浮かびながら、いつ消えてしまうかと怖れながら。そして、記憶の中には儚《はかな》い美しさしか残らない。あと三十数日あると考えていたのに、気がつけばもう二日を残すのみ。

そしてその日が来た。

朝、驚いたことにつばきは私を一度大きく抱きしめた。それは、彼女の抑えられない衝動だったと思う。私も、両手の力を入れた。

つばきが、かすれたような声で言った。

「惇さん。確かに、まだ、ここにいる」

身体を離したつばきは、恥じ入るようにその場を離れた。気がつくと、私の着物の胸の辺りが、彼女の涙で濡れているのだった。

〝そのとき〟が何時頃になるのかまでは、わからなかった。いまの次の瞬間に、〝そのとき〟が突然に訪れるかもしれないし、今日、夜遅くかもしれない。だから、まんじりともせずに〝そのとき〟を、怯えながら待つしかないわけだ。私の推量《すいりょう》がはずれているということを、心の片隅でかすかに願いながら。

そのときが来たらしいということは、全身がかすかに痺《しび》れを伴いはじめたことでわかった。直観で、それが兆しであることが私にはわかった。つばきが現代に来ていたとき、「引っ張られる」と喩《たと》えていたが、これがその感覚だろうと思った。

「もうすぐ……かもしれない」

私は昼下がりの縁側で、つばきにそう告げるしかなかった。

つばきは、そのとき、私の横で裁縫をしていた。その手から何もかも放り出すと、私にしがみついてきた。

「惇さん！」

そう言う声が裏返っていた。

「行かないでください。行っても……行っても……必ず帰ってきて」

泣き声だった。自分の感情をこれまで彼女は随分と抑えていたらしい。それが堰《せき》を切ったように。

「いやです。惇さんがいなくなるのは。つばきは、ずっと惇さんをお待ちします。だから……嘘でもいいんです。必ず、帰ってくるって、そう言ってください」

引っ張られる……その感覚が実感として強くなってきた。抗《あらが》えない。

嘘でもいいからって……。

私は自分でもあてにならないことを口にしようとしていた。「帰ってくる……」と。だが、声にはならなかった。

すべてが、白の世界と化した。

47

私が身を起こしたとき、そこは二十一世紀の世界だった。もちろん、あたりを見回してもつばきの気配さえもなかった。

上空から聞こえる飛行機の音が、そこが〝現代〟であることをことさらに主張しているようだった。

どっと虚脱感《きょだつかん》に襲われた。

つばきとは時代を隔《へだ》てて、時に引き裂かれてしまった。そんな事実が、実感として押し寄せてきた。

とりあえず、私は屋根裏の仕掛けを確認した。それが、そのとき私の一つの希望だった。あの仕掛けと金属棒さえあれば、ひょっとしてつばきと再会するという望みは絶たれたことにはならないのではないかと思えたのだ。

確かに仕掛けはまだ存在していた。

だが、差し込まれていた未知の金属棒は跡形もなく消え去ってしまっていた。梁のどの穴にも一本の金属棒も存在しない。

どこへ消えたのか……揮発性の金属であることは、うすうすわかってはいたのだが、やはり、という思いだった。

それは、残されていた文箱の中も同様だった。すべての希望は金属棒とともに蒸発してしまっていた。

あれから、再び母は、この百椿庵を訪ねてきたらしい。私の机には、母の字で、「帰ってきたら、すぐに連絡をください」とメモ書きが残されていた。

テレビをつけてみてわかった。やはり私が幕末の時代に行っている間に、こちらでも一ヵ月以上の時間が経過していたのだ。

岡山の母にとりあえず連絡を入れると、電話口で母親は、叫びに近い声で私の名を呼んだ。

「どこに行っていたの？　心配させて」と言葉を詰まらせた。

「母さん、ここで、変な場所に迷いこんだと言ったろう？　ぼくにも同じことが起こったんだ。母さんが迷いこんだのも、ぼくが行ったのも、同じだ。幕末の時代に行ったんだよ」

それは、母も体験したことだ。信じないわけにはいかない。だが、それでも母にとっての常識外の出来事なのだ。しきりに、岡山へ帰ってくるようにと哀願《あいがん》した。

だが、それは拒《こば》んだ。この百椿庵を離れてしまうことは、私とつばきのかすかな絆《きずな》が完全に断ち切られてしまうことのように思えたからだ。

母への電話を切った。母は納得しないまでも、一応の安堵を得たことで、やっとそれで引き下がってくれたのだ。

こちらも十二月に入っていた。まだ、椿たちは蕾を見せてくれてはいない。やはり、つばきがいた元治の頃よりも、庭の椿が少なくなっていることがわかる。代わりに芝生が増えて。

つばきなしの一人暮らしが再開された。それは以前とは、まったく変わらない生活のはずだが、まるで歯が抜けたかのような日々だった。一度、つばきと出会ってしまったための、これは哀しみなのだ。

書きかけていた原稿に戻ってはみたが、私の集中力はすでに錆《さ》びついてしまったようだ。筆はまったく進んでくれなかった。数行をかろうじて稼《かせ》いでも、それから思考停止状態に陥ってしまう。小楠の尖鋭《せんえい》的思想が〝りょじんさん〟との会談に影響を受けたものかもしれないという思いも、執筆のブレーキになったようだ。

溜息だけが出る。

もちろん理由は、それだけではない。

つばきの面影がよぎるのだ。すべての過去への道が絶たれた今、詮ないこととわかってはいても、それを消し去ることはできない。

コンビニに食べ物を調達しに行くときは、必ず坂道の六地蔵の前で足が止まった。この六地蔵を、つばきとともに眺めたのだ。百年経っても、六地蔵が残ると。

あれから、つばきは残りの人生をどう過ごしたのだろうかと、ぼんやりと考える。誰か、つばきが信頼できる男性と知り合えて、幸福な家庭を持つことができたのだろうか。そう願うのだが、その結果を知ることはできない。

あれから、つばきも私と同じ気持ちで、この六地蔵の前に立ったのだろうかと、ふと思う。そう考えるだけで、こみ上げてくるものがあり、あわててその場を立ち去った。

座敷で寝転がり、庭を眺める。

気がつくと、仏間の方を振り返っている。無意識に。そして視線を止める。

自分が何を求めていたか、その後に気付くのだ。そして虚しさにも。

つばきは〝幽霊〟としても現れてはくれない。過去への道は閉ざされてしまっているのだ。思い出して二階へ上がり、記憶にあった葛籠を開いた。やはりあった。つばきに現代で買い与えた服や下着、スニーカーが。百四十年の時を経てやや黄ばんだ状態で。夢じゃなかったことを再確認するだけなのだが。

ある日、ふとした思いつきで、熊本大学へ電話を入れた。

〝りょじんさん〟の存在を確認したかったからだ。

「教授あるいは講師で、仰烏帽子さんという方を探しているのですが……」

電話は教務課へと回された。

応対に出た男性は、その珍しい名前を何度も確認した。どのような字を書くのか？　専門は何なのか？

「名簿では、当大学にはそのような方は見当たりません」

それが返事だった。外部講師にも、該当するような人物はいないという。

諦めて受話器を置く。

〝りょじんさん〟と私は、生きる時代が違うのかもしれない。まだ生まれていない可能性もある。

電話帳でも、仰烏帽子なる姓を探してみた。

存在しなかった。

そのまま仕事も手につかない日々が続いた。東京の出版社からは何の連絡もない。不在の間に、ひょっとして連絡があったのかもしれないが、コンタクトのとれない無名に近い物書きは愛想をつかされたのかもしれない。いずれにしろ仕事は進んでいない。二重の意味で、怖くて連絡をとれなかった。

執筆意欲は、どこかへ漂い去っている。今の私は私ではなく、単に井納惇の抜け殻でしかないのだ。

図書館へも足をのばしてみた。

郷土史の書架を探す。だが、なんにも私の欲しい情報を手に入れることはできない。時代の一断面を知ろうとしても、事変や、偉人に関わりのある出来事以外に知ることはかなわない。長岡監物の記述は確かにあったが、数行程度のものだ。歴史の事実は、このように風化していくものなのかと思える。過去の時間の中に存在したかどうかさえ、あやふやになって。

写本の記述を思いだそうと努力もした。だが、できるはずがない。金属棒の情報も何も得ることはできない。

怖くてやれないことがあった。それが残された唯一の希望のような気がして。それを試して駄目だったら、もう自分には何も残らないのではないか。そう思うと、とても勇気が湧かなかった。

意を決したのは、新年を明日に迎えるという大晦日の日だった。

風がなく、春のような陽射しに背中を押されたような気になって、私は花岡山の山頂の方角を目指した。

坂道を急ぎながら、私は以前ほど息切れをしない自分に気がついていた。つばきとともに登ったときは、このあたりでは、すでに喘いでいたのに。短い間ではあるが元治の時代で暮らしたことが、少しは体力増強に貢献したのだろうか。

目的は山頂ではない。

巨石に刻まれた摩崖仏のある場所を目指したのだ。山の南斜面から、木の枝に摑まり、滑るように十メートルほど降りる。つばきと二人のときは恐怖を感じたのだが、今は、それはない。

そして、ジーンズを泥で汚しながら、なんとか私は隠れ仏の前に立った。

石壇を探す。

厚い苔に覆われてはいるが、その石壇は見覚えのあるものだ。

「この石も、惇さんの時代に残っていましたよね」

一瞬、つばきの声だけが蘇ったような気がした。そう、その石壇の右側。

私は、木の枝で、つばきが示したあたりを狂ったように掘った。十センチ、二十センチ。

赤土を掘ると、手応えがあった。

「あった！」

思わず私は口にしていた。やはり、つばきは私に約束した通り、手紙を残していたのだ。

あれから、つばきはどうしたろう。その答えが、ここにある。

布で包まれた小匣《こばこ》だった。布を解くと、ぽろぽろと蠟《ろう》のようなものがこぼれる。小匣の接ぎ目を蠟で覆っていたらしい。それもすでに剝げ落ちたようだ。

小匣を開いた。手紙だ。

だが……中には水滴がたまっていた。いやな予感が走った。

手紙は濡れて、茶色く変色していた。取り出して、叫び出したくなった。文字は滲み、何が記されていたのか、まったくわからない。

百四十年の歳月が、つばきの伝えたかったメッセージまで奪い去ってしまった。

ただ、これだけはわかる。

これは、つばきの手紙だ。つばきは約束を守った。これだけは確かだ。

手紙は水で膨れあがっていた。開くというより、剝がすことさえも叶わない。

これには、どのようなつばきの気持が記されていたというのか。私への想い、それからのつばきの生き方。

しかし読むことは、まったく不可能だ。どのようなものであったか想像するしかない。

怖れていたことが現実の形となってしまったことを、私は受け止めねばならない。

私は抑えられなかった。うなだれて、つばきの名を呼び、嗚咽《おえつ》を漏らすしかなかった。

手紙を握りしめて。

48

地元新聞「肥之國日報《ひのくににっぽう》」の記事に、驚くべき情報が載った。

それも二つ同時に。同日に。

他の読者にとっては、それが注意を引く要素を持っていたかどうかはわからないが、私にとっては大きなインパクトを持っていた。

新しい年を迎えて、庭の椿のあちこちに膨らみを見始める頃のことだ。

一つめの記事は、地元新聞が主催した小中学生発明コンテストの選考結果についてだった。その大賞受賞者の名が、私の目を捉えたのだ。

「大賞／「ふしぎなちょきんばこ」仰烏帽子寿くん（世安《よやす》小学校一年）」

住所は載っていない。代わりに、仰烏帽子寿という児童の顔写真が付いていた。目の大きな利発そうな子供らしいということがわかる。

私は、この子こそが〝りょじんさん〟であると確信した。他の誰でもありえない。この姓と名前を持つ人物が偶然に存在するとは思えなかった。仰烏帽子という名字が電話帳に載っていなかったのは、個人情報に敏感な一家ということだろうか。

だが……。

タイムマシンをこの子が開発するには、数十年の時間を必要とするだろう。まさか……まだ小学一年生だなどとは。

ただ、〝りょじんさん〟とは少なくとも同じ時代を生きていることだけはわかった。

充分に興奮する発見だったが、この子に会ってみようという気にはならない。この子はまだ、自分が将来、発明家になることさえ知らないはずなのだ。

そして、もう一つの記事は文化面にあった。

見覚えのある人物の写真に目がいった。

「〈松本喜三郎〉百物天真創業工＊奇跡の生人形作りを極めた肥後もっこす」

その写真の人物は玄馬亮に連れられて、百椿庵のつばきを訪ねてきた町人その人だった。

細い目と濃い眉を持つ彼にまちがいない。確かに松本喜三郎と名のっていた。

その写真と、彼の作品の一つである生人形の写真、谷汲《たにくみ》観音像があった。旅用の笠をかぶり、杖を持つ観音。

その松本喜三郎の現存している作品の展示会が、熊本現代美術館で開催されているらしい。

それも、今日から。

私の身体に震えが走った。何やら運命のようなものを感じたからだ。これらの出来事は、偶然とは私には思えなかった。これらは人智《じんち》を超えた何ものかの采配《さいはい》ではないのか。

私は、いてもたってもいられなくなり、立ち上がった。

上通町《かみとおりまち》の現代美術館に足を向けずにはいられなかったのだ。ひょっとして……。そんな予感があった。

幕末の時代に、玄馬亮を通して松本喜三郎に出会わなければ、そんな新聞記事を見ても読みとばしてしまっていたかもしれない。しかし、つばきとの関わりを松本喜三郎に感じた以上、その衝動を抑えることはできない。

開館時間に合わせて、私は現代美術館の入口にいた。そこで、看板に引き伸ばされた松本喜三郎のセピア色の肖像写真を見た。

百椿庵で会った喜三郎よりも、十歳以上老けて見える。後年に撮られた写真なのだろう。撮りなれない写真で、彼はずいぶん緊張したのか、表情が硬い。だが、濃い眉と細い目、意思の強そうな口元は、私の記憶通りだった。

チケットを買うのももどかしく、私は会場へ入った。最初に目に入ったのが、入口正面に鎮座《ちんざ》している谷汲観音像だった。

写真で見たときは、ここまで感じなかったが、まさに〝生人形〟なのだ。その表情も、観音像としては驚くほどなまめかしく、また首筋や指先の肉感的なことにも気付く。蠟人形などの比ではない。観音が、ある〝瞬間〟を刻み込まれた。そんな印象なのだ。その活写に舌を巻いた。

これが、松本喜三郎の腕なのか……。

続けて、コーナーごとの展示を見た。モクズ蟹《がに》の彫り物は、今にも動き出さんばかりに鋏《はさみ》をかまえたまま凍結《とうけつ》していた。

侍像は、顔の長い中年の侍が、驚愕《きょうがく》の表情を浮かべていた。美男ではなく、どこにでも……そう……現代でも通りを歩けば出会えそうな男だけに、かえってリアル感が増すのだった。

そして……。

次の部屋に移ったとき、私は見つけた。

「つばき……!」

そう叫んで、一枚の写真パネルに駆け寄った。

私は、これこそを望んでいたはずだ。

つばきは、後ろでひっつめた髪型をしていたが、見間違えることはない。つばき自身だった。

つばきの全身像が写真パネルで展示されていた。セピア色のトーンで、寂しげな笑みを浮かべて。

これは、つばきの生人形の写真なのだ。

やはり彼女は、喜三郎のモデルを引き受けることになったのだ。そして、今、つばきが、そこにいる。

彼女の視線は私に向いていた。「惇さん、よろしいのですか?」と語りかけそうに。

私は全身から力が抜け、身体に激しく震えが走った。

涙がとめどなく溢れ、止まらなくなった。その涙を拭《ぬぐ》うことさえ忘れ、立ちつくした。

つばきと会えた喜びと、そして相反《あいはん》したせつなさと。

つばきの生人形の写真パネルの解説には、こう書かれていた。

「西国三十三所観音霊験記（一八七一年発表）の三十三体のうちの若い女性像。空襲時に焼失したが、撮影された写真のみでも、その完成度の高さをうかがい知ることができる。制作は元治に行なわれたものらしい。（熊本現代美術館蔵）」

モデルについては、一言も言及されていない。

誰にも、わかるはずはないのだ。私だけにしか。その人形のモデルが、どのような素晴らしい女性であったのかは。

いや、誰にも、その素性を知られたくない。

つばき像が、全身、完璧な状態で残っていたとしたら……谷汲観音像などより、遥かに人気を得ていただろうにという悔しい思いさえ、心の隅にあった。

制作が元治ということは、私が現代に跳ね返されてから、そう経過していない時期にモデルを引き受けたのかもしれないとも思える。あれほど頑に、モデルになることを断わっていたというのに。

どのような心境の変化が、つばきの裡《うち》で起こったのだろうか。その人形の表情から、私は必死に読みとろうとした。

つばき……話ができるのなら、話してほしい。ここに、こうやって来ているのに。

答えは返ってくるはずもない。

あれから、どうしたんだ。どんな人生を送ったんだ。私の知らないところで。

答えのない問いかけが続いた。

きっと明日も、ここに足を運びそうな気がした。そして、その翌日も。この〈松本喜三郎〉展が開かれている限り、私はここへ足を運び続けるだろうという予感を持った。

つばきに会うために。

それが虚しい行為であるかどうかは、どうでもいい。

つばきに会えるのであれば、生人形であっても会い続ける。理屈じゃない。

そして、そのとき実感として、私はつばきをそこまで愛してしまっていたことに気付く。愛という表現は、巷《ちまた》に溢れすぎている。新鮮味も感じなかった。だが、今、私自身の中からこみ上げてくる、唯一無二の、つばきに対しての感情は、手垢にまみれた表現かもしれないが、〝愛〟と呼ばざるをえないのだ。

そう考えたとき、ふっと恩寵のように、つばきが生人形のモデルを引き受けた理由がわかったような気がした。

はるかな未来へ、私への変わらない想いを伝える方法を、彼女自身思い巡らせたのだろう。そしてこれが、つばきが辿りついた一番確実な方法。

彼女自身の魂さえも込めて、未来で私に出会うことが叶えられればと願ったのではないのか。

その、つばきの想いが今、本体こそ焼失したものの生人形の写真として私の前にある。

つばきの、はるかな過去で放った想いが、百五十年の時を超え、私の許へ辿りつく。

そういうことなのではないか？　はっきりした、つばきの、そんな意志。人形になってでも私に会いたいという……。

その他の展示物は、もうほとんど私の目には入ってこなかった。

どれだけ、つばきのコピーを眺めていたのだろう。案内係もさすがに異常を感じたのだろうか。恐る恐る私に声をかけてきた。

「どうかなさいました？　御気分でも悪いのでしょうか」

私は、さすがに潮時と感じ、その場を後にした。明日は違う案内係が座っていてくれることを祈りながら。だが、しばらくは美術館から離れるに忍びなかった。

特別展示室前の椅子に座った。そこで、私は新たな奇蹟に遭遇したのだ。

49

〈松本喜三郎〉展は、特別展示室で催されていた。そのとき私が腰を下ろしたのは、特別展示室、常設展示室、そして研修ルームの入口が重なるホワイイエのソファだ。

私の頭の中は、つばきの思い出と、今見たばかりのつばきの生人形のことが渦巻いていた。ほとんど、何も目に入らない状態で。溜息ばかりを繰り返す。壊れかけた人間というのは、そのときの私のようなものなのではないか？

周期的な大きな溜息をついたとき、私は　その視線を感じた。

その視線の方角を見た。

向こうのソファに男の子が一人で座っている。そして何ごとかというように、じっと私を見ている。私と視線が合っても、男の子は目をそらさなかった。

目の大きな子だった。しかも、その目が輝いている。眉は薄いが、子供とは思えない洞察力に溢れているようだった。

その顔に見覚えがあった。朝の新聞で頭に叩きこんでいたからだ。まさか……。

「仰烏帽子寿くん！」

その声は、男の子の耳に届いたらしい。その子はソファから降りると、まっすぐに私に向かって歩いてきた。

その向こうの研修ルームの横に、パネルが張られているのが見えた。

〈肥之國日報小中学生発明コンテスト、表彰式会場〉

今日が表彰式だったからこそ、今朝の新聞記事だったのだ。気にも留めなかったが、どうりで先ほどから親子連れの姿が目立つ。

男の子は、私の目の前まで来て止まった。

「おじさん。どうしてぼくの名前を知っているの？」

子供とは思えない落ち着いた口調だった。

この子が〝りょじんさん〟なのだ。

おじさんと呼ばれて少し抵抗があったが、小学校低学年から見れば大人の男性は皆、「おじさん」に括られるのだろう。

逆に緊張しているのは、私の方だった。

「知っている。仰烏帽子寿くんが大人になってから、何をすることになるのか……知っている」

その子は眉をひそめた。

「おじさんは誰？　予言者？」

小学一年生のはずだ、この子は……。しかし……。

「ぼくは……井納惇っていうんだ。寿くんは大人になって、発明することになる。発明って好きなんだろう？」

男の子はうなずき、「イノー・ジュン」と呟いた。

もう一度、考えこむようにして私に言った。

「イノーさん。ぼくは何を発明するの？」

私は少し迷った。どう告げるべきなのか。

「時を超える機械をこさえる。大昔に行ったり、未来へ行くことのできる機械だ」

「タイムマシンだね」

「そうだね！」

「イノーさん。どうして、それを知っているの？」

男の子の目に、一層の輝きが加わりはじめていた。あきらかに胸躍らせているのがわかった。私のソファに手をついてまで、知りたがっている。

「おじさんも、寿くんの装置で過去に跳んでしまったからね。そこで、つばきさんという素晴らしい女性と知り合った。その人から、寿くんが……タイムマシンを作ったと教えてもらったんだ」

「そうか……ふうーん」

仰烏帽子寿は腕を組んで考えこんだ。一瞬私には、彼はすでに一人前の立派な大人に見えたほどだった。

「どうしてイノーさんは、ここにいたの？」

突然、男の子は話題を変えた。それには正直に答えるしかなかった。この子にでもいい。正直に自分の体験を人に語るのは初めてのことだった。生人形を見に来て、つばきの人形の写真を見つけたこと。つばきとどんな不思議な体験をしたかということ。そして、どれほどもう一度彼女に会いたいかを語って聞かせた。相手が子供とはいえ、それを話していくと、不思議なくらい胸のつかえが少しずつ下りていく気がした。

「百椿庵に、住んでいるの？」

仰烏帽子寿は、口を挟まずに私の話を聞いていたが、私が話し終えると確認するように、そう訊いた。

「そうだよ。つばきさんも、そこにいたんだ」

仰烏帽子寿は、核心的なことを子供の直観でずばりと言った。

「イノーさんは、つばきさんが大好きなんだね。もう一度、会いたいんだね」

「ああ。でも、もう無理みたいだね。寿くんの装置でも一緒にいられる時間には限りがあったようだから」

「そうなんだ」

そのとき、研修ルームの方から声がした。

「寿！　そろそろ表彰式だってよ。早く、席に座っていないと」

母親らしい女性が、男の子を呼んだ。彼は振り向いて答えた。

「はい！　すぐ行きます」

それから男の子はソファの私に向きなおり、右手を差し出した。私に握手を求めているのだ。私も右手を出す。握手をしながら、やっと自分に笑顔が戻っているのがわかった。

「イノーさん。ありがとう。ぼくがタイムマシン作るなんて。すごく嬉しい。じゃあ、ぼくは、もう行かなくちゃ。さよなら」

仰烏帽子寿は、研修ルームの表彰式会場へ駆けこんでいく。

研修ルームの扉が閉じられた。

私は、この不思議なシンクロニシティに何か意味があるのだろうかと、しきりに考えていた。松本喜三郎の生人形展を観に来て、つばきの生人形写真と出会う。それだけではない。〝りょじんさん〟本人とも出会ってしまうということは、その確率たるや、想像できないほど低いはずである。

もっとも、〝りょじんさん〟は、まだ子供である。子供ではあったが、その素質は充分に天才の片鱗《へんりん》をのぞかせていた。だが、彼が本当にタイムマシンを完成させるのは、数十年後のことなのだ。そして、そのとき、万が一〝りょじんさん〟と再会できたとしても、私は老年の時期を迎えているはずだ。

それから、研修ルームから漏れてくる拍手の音を耳にしながら、私は立ち上がった。

帰りは、下通りから新市街を歩いた。身体を動かしていた方が、自分の心の痛みが少しでも和らぐような気がしたからだ。

一人で新市街を歩くと、やはり思いだすのは、現代を訪れたつばきと二人で、この街を歩いたことだ。

踏切の警報音に怯え、アイスクリームの美味しさに目を丸くするつばきが、まるで私の横にいるような錯覚をおぼえた。

いま、このときも、元治の時代では、つばきは私と同じように六地蔵の前を通ったり、老婆が営む茶屋に寄るたびに、私のことを感じているのだろうかと考える。そして、私と同じように、時に隔てられてしまった哀しさに沈みこんでしまっているのだろうかと思う。

つばきは、こう言った。

「帰ってしまっても、つばきのことを憶えておいてください」と。

忘れるはずがない。忘れることができれば、その方がどれほど楽なことか。

そう考えた私の横に、青い旗が見える。甘味屋の旗だ。「熊本名物いきなり団子」と書かれていたのが皮肉だった。

この場所で、つばきは変調を訴えたのだと思いだした。「引っ張られる感じがする」と。

そして、二人してこのアーケードを走ったのだ。彼女はベージュのセーターを着ていた。パンツも着けていた。

少し眩暈《めまい》がした。疲労感があるのだ。

ホテルの前から、タクシーに乗った。行き先を告げようとすると、運転手が言った。

「花岡山の横手の五郎の方ですね」

少し驚いた。

「ええ……どうして」

「前にも乗っていただいていますから」

そうだ。つばきと、あわてふためいて乗ったときのタクシーだ。運転手は憶えていたらしい。

「あのときの方は、具合はよくなられましたか？」

つばきのことらしい。運転手の目には、彼女は病気と映っていたようだ。

「ええ、よくなりました」

「そうですか……。お客さんの奥さんですか？　あの方は」

「い、いえ」

「そうですか。仲が良さそうで、本当に気遣っておられて、御夫婦かと思ったんですよ。お元気ですか。よかった」

つばきと私は夫婦に見えたのだろうか。それを否定した今、運転手はどう思っているだろうか。

私は、あえてつばきの話題を返さなかった。その雰囲気が伝わったのか、運転手も二度と彼女のことに触れようとはしない。

料金を払って降りるとき、運転手が言った。

「あのような方、ほんと、今どきいないですよ。あんなに品のある若い女性って。よろしくお伝えくださいな」

礼を言って複雑な気持ちで私はタクシーを降りた。

50

二月を迎えた。

大弁の椿が開花の兆しを見せはじめた。

つばきが生きている幕末の百椿庵の椿は、順々に咲いていくということだった。「二月は庭が椿の花で溢れるんです。今の方が、まだ椿は多いでしょう」と、つばきが言ったとおり、現在でも椿の木が多いといっても、かつての時代からすれば、かなり間引かれてしまっているのだ。

私は相変わらず、仕事に打ち込めない日々を過ごしていた。

抜け殻は、いつまでも抜け殻のままでいる。東京の出版社との縁も切れてしまったようだ。

　ぼんやりとした時間だけが過ぎていく。

　ときどき、あの仰烏帽子少年のことを考えたりもした。あの子は、いつ、タイムマシンの製作にかかるのだろうか。大人になり、大学の研究室でタイムマシンの開発を続け、失敗を繰り返す。そして、江戸時代へ跳び、〝りょじんさん〟になる。それは、何十年後のことなのだろう。

　そして、つばきの言葉が蘇る。

「必ず、帰ってきてください！」

　それに答えることはできなかった私がいる。

　はっと我に返った。

　男の声がしたのだ。訪問客は、ほとんどないはずだった。あるとしても新聞代の集金人か自動車のセールスマン。

　気のせいかと考えていると、男の低い声が再び聞こえた。

「ごめんください」

　玄関だ。私は、ゆっくりと起き上がる。

「井納さん、お留守ですか？」

そう言った。私は、あわてて玄関へ行った。

五十代前半と思われる大柄な男が立っていた。

顔中から白い髭が生《は》えていた。ジーンズに白の半袖のTシャツだ。冬だというのに。

「どなたですか？」

私は、初めて会う人物だと思った。

「井納さん、もうお忘れですか？」

男は、白い歯を見せて笑った。こんな男を私は知らない。だが、……ひょっとして。

まさか。

男は名乗った。

「仰烏帽子寿です。この間お会いしたばかりでしょう。もっとも、井納さんにとっては、私は小学一年生の子供でしたからね」

「りょじんさん？」

「そう呼ばれていたのも御存じですね。あのときの井納さんの言葉に従って、私はついにタイムマシンを作り上げましたよ。つばきさんともお会いしました。井納さんが仰っていた通り、素晴らしい方でしたよ」

私は、しばらく何を言っていいのかわからずに、ぽかんとしていたようだ。頬骨が張り、髭だらけの顔だが、言われてみれば、輝くような目だけは、先日に見た小学生の仰烏帽子寿のそれと同じなのだ。

「つばきさんと会ったんですね？」

仰烏帽子はうなずいた。

「まだタイムマシンが不完全で固定機能が不安定でしたから、ここの屋根裏に時間粒子フィールドを発生させなければならず……。そのあたりは御存じでしょう。そのとき初めて、つばきさんと会ったんですよ。でも、つばきさんは、まだそのときは井納さんと会っておられなかったから、何も井納さんのことは話していません」

「それで……仰烏帽子さんは未来に弾かれてしまったんですね」

「そうです。でも、ここへ訪ねてこられたのは……」

「まだタイムマシンの開発をあきらめなかったんですね」

「ええ……。私は、だから一生タイムマシンの研究に捧げてきました。最初の不安定タイプの過去旅行から帰ってきて、改良を重ねたんです。それから時間粒子フィールドを必要としない安定型にたどりつくまでに八年の歳月が必要だった」

「じゃ、ここへ来られたのも未来からということですね？」

「ええ。二〇五三年から来ました」

「何故、私に会いに?……」

仰烏帽子は、そこで目を細めた。そして右手を差し出した。私に握手を求めるように。その仕草は、先日、現代美術館のホワイエで私に握手を求めてきたときと、なんら変わらなかった。

「私の一生の方向を決めてくれた井納さんに、お礼をしたかったんです。あの日……井納さんにとっては今年ですね、私がタイムマシンの発明者になることを予言してくれた。あれがきっかけになって、私はタイムマシンの発明に集中することができたと思います。

あの日、聞いたことは、全部、私は記憶しています。それから成長するにつれて、少しずつあの日の井納さんの言葉の意味を理解することができたのです。何故、現代美術館のソファで、あんな表情で座っておられたのかもわかりました。井納さんは、本当につばきさんを愛していたのだと」

仰烏帽子は、私の手を握ったまま、さらにこう続けた。

「やっと安定型のタイムマシンの完成に、たどりついたんです。これまでのタイプでは恥ずかしくて、お見せすることもできなかったが……。さあ、お連れしますよ。最新型で。つばきさんのところへ」

私は耳を疑った。

「私を……元治の時代、つばきさんのところへ連れていってくれるんですか？」

「ええ、断わられるはずはないと思います。二〇五三年に井納さんのことを調べましたが、この時代に失踪したことになっていました。井納さんは、どこかへ消えてしまったのですよ。ということは、過去に跳ばれたのは間違いないのでは……」

私に断わる理由は何もない。つばきと二人で過ごせるなら……。

「行かれるでしょう？」

「もちろんです。つばきのところへ連れていってください」

仰烏帽子はうなずいた。

「そこに、あります」

仰烏帽子の後をついていく。玄関の前に、奇妙な機械が置かれている。上部を透明なフードで覆われた車輪のないバイクのような機械が……。

「さあ、参りましょう。後ろの座席に座ってください。少しまぶしいから、これを着けて」

そう言ってサングラスのようなものを私に渡す。フードが開く。私には何も迷いはない。

仰烏帽子の後ろの席に座った。

「井納さんが、元治の時代から引き戻されて、二ヵ月半が経過しましたよね。ですから、これから行く過去も、二ヵ月半経過した百椿庵を目指します。それが一番、タイム・パラドックスを起こさない過去と思いますから。それでいいですね？」

「かまいません」

私には選択の余地はなかった。それで、かまわない。家族のことが、ちらっと脳裏をかすめたが、私自身の選ぶ道で後悔がなければ許してくれると、勝手な解釈にたどりついた。一言浮かんだのは、「母さん、ごめん！」だ。

元治の、あれから二ヵ月半後の世界。

それまでに、つばきは松本喜三郎の生人形のモデルを引き受け、花岡山の摩崖仏の石壇の下に手紙を埋めたというのか。

そして、元治の〝今〟では……どう過ごしているのか。

透明なフードが音もなく閉じた。外の様子が、はっきりと見える。

このように時を超えていくなぞということは、私には想像もつかなかった。あのときの小学生の仰烏帽子への一言が、このような影響力を持っていたとは。

しかし、仰烏帽子の不完全なタイムマシンの経過がなければ、私とつばきの出会いはなかったはずなのだ。それを考えると、何がきっかけになり、何が結果だということの境界が、だんだんとあやふやに思えてくる。いや、こう思えばいいのか。

すべてが、時の輪の中で定められていたことなのだと。

「過去に跳ぶ間、空間の隙間に入りますから、風景を見ることはできません。かなりまぶしいので覚悟してください」

仰鳥帽子が私に、そう告げた。

「では、行きます」

フードの外が徐々に発光して、白一色の世界になった。

「元治の百椿庵です」

フードの外の風景が蘇った。まぎれもなく百椿庵だった。

そして私は、息を呑んだ。開いたフードから、あわてて跳び出したほどだ。

これが、百椿庵なのだ。

庭のすべての椿が、さまざまな色、さまざまな大きさで咲き乱れていた。赤、白、桃色。

そして、その庭に、つばきが立ちつくしていた。信じられないといった表情で。

何も変わらない。あの日の美しいままのつばきだ。

「つばきさん！」

思わず叫んだ。

つばきが必死に駆け寄ってくる。

「帰ってきてくださったんですね。お待ちしていました」

そう、待っていてくれたのだ。

つばきは、百椿庵で。

解　説

成井《なるい》　豊《ゆたか》

あしひきの八つ峰の椿つらつらに見とも飽かめや植ゑてける君　大伴家持

日本最古の和歌集である万葉集には、椿を題材にした作品が全部で9首あるらしい。椿は古《いにしえ》より日本人に愛されてきた。日本書紀にも「海石榴《つばき》」という表記で登場する。それもそのはず、椿は日本原産の植物で、学名は「Camellia japonica」。18世紀にイエズス会の助修士であるゲオルク・ヨーゼフ・カメルがこの花の種をヨーロッパに持ち込んだことから、「カメリア」と名付けられた。19世紀には園芸植物として大流行。フランスのアレクサンドル・デュマ・フィスはそれに便乗して『椿姫』を書いた。

日本では江戸時代初期に園芸ブームが起こり、椿は大人気となった。各地で品種改良が行われ、絵画・彫刻・工芸品の題材にも使われた。茶道でも茶席を彩《いろど》る茶花としても好まれ、「茶花の女王」と呼ばれた。

なぜ椿はそれほど人に愛されるのか？

確かにその花は大きく、色鮮《いろあざ》やかで美しい。が、重要なのは冬に咲くことではないか？真冬の鈍色《にびいろ》の雲の下、凍《い》てついた風に吹かれながらも、椿の花は凛《りん》とした姿で咲き続ける。そこに人は「ひたむきな心」「一途《いちず》な思い」を感じるのではないか？　椿の花言葉は「控えめな優しさ」もしくは「誇り」。椿は謙虚《けんきょ》さと強さ・逞《たくま》しさが共存する不思議な花だ。

『つばき、時跳び』のヒロインの名前は、つばき。江戸時代末期の熊本に住む、19歳の武家の娘だ。物語は現代の小説家・井納惇《いのうじゅん》が、熊本にある祖父の家「百椿庵《ひゃくちんあん》」で、つばきと出会うところから始まる。

現代の男と江戸末期の女が１５０年の時を越えて出会うのだから、この小説をジャンル分けすれば、間違いなくＳＦということになるだろう。

作者の梶尾真治は１９４７年、熊本県熊本市生まれ。１９７１年に『美亜に贈る真珠』でデビューして以来、46年にわたって、優れたＳＦ小説を書き続けてきた。日本ＳＦ大賞を１回、星雲賞短編部門を４回、星雲賞長編部門を１回受賞し、今や日本のＳＦ界を代表する作家の一人となっている。はっきり言って大御所なのだが、ファンからは親しみを込めて「カジシン」と呼ばれている。

どの作品も質が高いため、代表作を挙《あ》げるのは難しいが、近年最も高い評価を受けたのは、2016年に星雲賞長編部門を受賞した『怨讐星域《おんしゅうせいいき》』だろう。舞台は近未来。太陽のフレアの膨張により、地球が消滅することが判明。アメリカ大統領アジソンと、彼に選ばれた3万人は、世代間宇宙船ノアズ・アーク号に乗り、172光年先の惑星を目指して出発する。残された70億人はアジソンたちを激しく憎み、星間を瞬時に転移する技術を開発。目的地へ先回りして、ノアズ・アーク号の到着を待つ……。

原稿用紙2000枚、文庫本で全3巻の大作で、中身も壮大なスケールのスペースオペラ。まさに「ザ・SF」と呼ぶべき小説だ。

しかし、『つばき、時跳び』はこれとは全く違う。井納惇はなぜつばきに会えたのか、その原因を探《さぐ》る。そして、つばきに時を跳ばせた科学的メカニズムを発見する。このアイディアはきわめて斬新《ざんしん》で、過去のSFに類似のものはない。その点、『つばき、時跳び』はSFとして非常に優れた作品だと言える。

が、梶尾氏が本当に描《えが》きたかったのは、この科学的メカニズムではない。井納惇とつばきの出会い。いや、もっとはっきり書いてしまえば、つばきその人だと思う。

科学的メカニズムは、つばきを現代の熊本に登場させるための手段に過ぎない。が、この手段が適当だったり曖昧だったりしたら、読者は信じない。同時に、梶尾氏のSF作家としての性《さが》だろうが、ＳＦ的な部分はきっちり書かずにはいられなかったのだ。

井納惇はつばきに一目で惹《ひ》かれる。激しい恋に落ちる。

つばきは井納惇の目を通して描かれる。外見的な描写は「睫毛《まつげ》が長い。瞳が驚くほど大きい。きれいな人だ」。これしかない。

しかし、つばきが井納惇の前で見せる態度や振る舞いを知るうち、読者は徐々に井納惇に共感していく。いや、共感せずにはいられない。

１５０年後の未来に来たつばきは、電灯に驚き、チッチンに呆然とし、テレビに好奇の視線を向ける。外へ出れば、目の前を走る自動車、空を飛ぶ飛行機にいちいちショックを受ける。踏み切りに近づくと、遮断機の音に恐れおののいて、

「惇様」

つばきが言った。「さん」ではなく「様」にもどってしまっている。

「はい。何ですか?」

「あの……。手を握っていて、よろしいですか?」

つばきは怖いのだ。

「ええ。かまいません」

私が答えると、つばきは手を私に伸ばしてきた。両手で私の左手をぎゅっと握りしめた。汗ばんでいる。

さりげない場面だが、つばきの純粋さ、繊細《せんさい》さ、折り目正しさ、芯《しん》の強さがよく伝わってくる。読者はますます井納惇に共感していく。つばきに惹かれていく。よくぞ「つばき」と名付けたものだと思う。つばきはまさに椿そのもの。真冬の風の中でも凛と咲き続ける。けっして己《おのれ》の美しさを誇らず、しかし、胸の奥には強い信念を抱《いだ》いている。前を向いて生きていこうと。そんなつばきに対して、井納惇は思う。

つばきの、そんなひたむきさを感じるとき、私は衿《えり》を正さなくてはいけないような気持ちになる。

現代において、140年前から来たつばきは弱者に過ぎない。当然、井納惇はつばきを守ろうとする。が、二人の間にステイタスの差はない。対等なのだ。そうなるのは一にも二にも、つばきの人柄。梶尾氏はそんなつばきを様々なエピソードを通して、丹念《たんねん》に描いていく。

こんなＳＦは他にない。梶尾氏の過去の作品にもない。梶尾氏は『つばき、時跳び』という小説で、タイムトラベルのスリル、現代と江戸末期のカルチャーギャップのおかしさ、現代文明への批判などでなく、一人の女性を描こうとした。時を跳んだつばきという女性を。これは梶尾氏の新たな挑戦であり、ＳＦというジャンルの新たな開拓だと思う。

私事で恐縮だが、私は２００５年から今日までの間に、梶尾氏の小説を7作、舞台化してきた。熊本市のご自宅にもお邪魔した。そこは古びた日本家屋で、庭に椿の木が何本も立っていた。梶尾氏は照れ臭そうな顔をして、「ここが百椿庵なんです」と仰《おっしゃ》った。それはちょうど『つばき、時跳び』を読んだ直後だったので、激しく感動したのを覚えている。まさか、ご自宅を小説の舞台に選ばれるとは。

このご自宅は、今はない。２０１６年4月14日に発生した、最大震度7の熊本地震によって、半壊。梶尾氏は苦渋《くじゅう》の決断で、取り壊し・建て直しの道を選ばれた。失礼な話だが、取り壊しの前に本物の百椿庵を見ることができて、幸運だったと思っている。

『つばき、時跳び』は２０１０年8月に明治座で舞台化された。脚本と演出は、梶尾氏のご指名で、私が担当させていただいた。つばきは福田沙紀《ふくださき》さん、井納惇は永井大《ながいまさる》さんが演じた他、勝野洋《かつのひろし》さん、金子貴俊《かねこたかとし》さん、真野恵里菜《まのえりな》さん、紫吹淳《しぶきじゅん》さんらが出演した。

芝居を盛り上げるため、つばきを剣の達人にし、横井小楠《よこいしょうなん》や坂本龍馬《さかもとりょうま》を登場させて、チャンバラの場面まで作った。が、つばきのひたむきさだけは大切にしたつもりだ。

椿の花は花弁が基部でつながっているため、萼《がく》を残して丸ごと落ちる。それが首が落ちる様子を連想させるため、入院患者へのお見舞いに持っていくことはよくないとされている。が、椿は他の樹木と比べて成長が遅く、寿命が長い。その逞しさは、やはりこの小説のヒロインに似ている。この小説も末永く愛されることを祈る。

２０１７年11月

この作品は、「つばきは百椿庵に」の表題で、「月刊百科」(平凡社刊)２００４年９月号〜２００６年９月号連載。『つばき、時跳び』に改題し、２００６年10月に平凡社より単行本で刊行、２０１０年６月に平凡社ライブラリーから刊行されたものに、加筆・修正をいたしました。なお、本作品はフィクションであり実在の個人・団体などとは一切関係がありません。

徳間文庫

つばき、時《とき》跳《と》び

2018年1月15日 初刷

著者 梶《かじ》尾《お》真《しん》治《じ》

発行者 平野健一

東京都港区芝大門二―二―一 〒105―8055

発行所 株式会社徳間書店

電話 編集〇三（五四〇三）四三四九
販売〇四八（四五一）五九六〇

振替 〇〇一四〇―〇―四四三九二

印刷 本郷印刷株式会社

製本 ナショナル製本協同組合

ISBN978-4-19-894299-1 （乱丁、落丁本はお取りかえいたします）